1

¿Dónde estás Lilith?

Mauricio Sebastián Araya Pavela
-Mapzero-

Año 2019

Araya Pavela, Mauricio
I. Título: ¿Dónde estás Lilith?. –
1a ed. - San Juan: Ediciones Plaza, 2019.
  184 p.; 21 x 14 cm.

  ISBN 978-987-770-726-7

  1. Narrativa Argentina. 2. Novela.
CDD A863

Prólogo

"Dónde estás Lilith", es una novela que relata la historia de un ser legendario que se liga a uno de los profetas más importantes de la Biblia, reencarnado en todos los siglos, mil años renace como varón, y mil años renace como mujer. Cuando es varón encarna al mito del héroe, y cuando es mujer encarna a la ramera de Babilonia del Libro Apocalipsis (capítulos 17 y 18). En el tiempo en que es varón, los reyes se inclinan por la virtud, y en el tiempo en que es mujer, envanece a los hombres apartándolos de Dios, pues ellos la pretenden a ella antes que a Él, más cuando es varón los acerca a Dios.

En esta novela lo más importante parece ser Lilith, pero que sepa el lector que también es un ensayo, por lo que en igual importancia se recrea la historia -con mucho contenido ficticio tengo que advertir-, cambiando los nombres de muchos personajes históricos, para que la crítica a mi exactitud histórica no sea tan dura conmigo, y que se centren en el relato como una novela ficticia.

Así y todo, presentando la idea de Lilith, en esta novela se podrá apreciar en ella a un tipo de mujer de la vieja escuela, con valores y creyente en Dios. Sin embargo tendrá sus deslices.

Pensé en un instante en mostrarla tal como el libro Apocalipsis enseña a la ramera de Babilonia, pero salvaguardando el honor de Dios, preferí que el sueño de todo rey de pretenderla y poseerla sea frustrado.

En el tiempo que reencarnó como varón, de momentos era religioso y filósofo, y de momentos lo mostré como un guerrero. Lo más lógico era que fuera siempre un hombre de armas, sin embargo lo presenté de diferentes formas para amoldarlo al contexto de la historia.

Lilith vendría siendo la encarnación de Luzbel o Lucifer, como quieran llamarle al primer ángel que se rebeló contra Dios. Por tanto se la presenta encantadora, porque se dice de este ángel que el motivo por el cual se creyó más que Dios, estaba ligado a su belleza. Pero hay que acotar que la belleza de Lilith radica esencialmente en el encanto de su alma, aunque en la novela se haga énfasis en su físico.

El objetivo de la novela se centra en presentar y describir a un personaje en cuanto ha influido en el proceso de los hechos históricos, para entender la realidad de dos milenios distintos y contrapuestos, en la cual en uno nace como varón y en el otro como mujer. De allí que se aprecien sus obras de un sexo como del otro, dando a entender que como varón fue más digno a los ojos de Dios que como mujer.

El fin de la misma novela, como se dijo, no es otra que mostrar el proceso histórico conocido, y explicarlo a raíz de este personaje, por lo que no hay una historia concreta en la cual uno tuviera que esperar un final al respecto de este personaje y en relación a otros. Cada capítulo es una vida y un relato distinto, pues en cada capítulo Lilith reencarna en un nuevo cuerpo, por tanto en una nueva historia.

Se podrá observar que en algunos capítulos la importancia se centra más en el proceso histórico que en el personaje principal. Pues esto se debe a que los personajes más relevantes de la historia también tienen importancia en la vida de este personaje, aunque muchas veces sus intervenciones hayan sido fugaces.

Lilith no es meramente un personaje anónimo de la historia, sino que en un instante se convierte en un actor conocido. Cada personaje de la historia es llamado como "arquetipo", o sea, "modelo". Este arquetipo o modelo, se repite en todas las eras, es como una ecuación, y es encarnado por un alma a la que se la hace propietaria de dicho arquetipo.

Espero que mis lectores y mis críticos no quieran apedrearme luego de haber leído a toda mi obra, y que sepan que esto se trata más bien de tan solo una expresión de una idea y de una mera creencia.

Mauricio Sebastián Araya Pavela (Mapzero)
Viernes 26 de abril de 2019

Siglo I

Era el siglo primero de nuestra era, y el erudito Abel era degollado por la mano traicionera de uno de sus hermanos. Se dice que él moría para expiar sus grandes pecados del pasado, sin embargo la gente lo reconoció como un hombre noble y ejemplar. No querían pensar de él lo peor, aunque tenía grandes detractores, cuyo inconsciente e intereses, les llevaron a repudiarlo y a tratarlo de farsante, por haberse hecho con muchos elementos de la fe abrahámica, y no perteneciendo al pueblo de Dios.

Pero Dios se sentía complacido y se conmovió por su muerte, castigando a sus enemigos, empezando por su hermano Jonás que le traicionó y le entregó a sus enemigos. Dios maldijo a Jonás, y este no pudiendo soportar el remordimiento del corazón sin poder hallar perdón, anduvo como errante por el mundo, viviendo en la locura, y esparciendo el mal al mundo.

Abel enseñó un código, tal código eran máximas morales, llamado por muchos de la posteridad como el "código de los caballeros". En él exalta los valores por encima de lo bello y lo sublime. La nobleza es más bella tanto más que la belleza y tanto más que la sensualidad física, con la que se ensañarían en batalla los siglos venideros.

Tal Código enseña en breves palabras:

1) Amor a Dios sobre todas las cosas.
2) Amor y causa por la Justicia contra todo vicio.
3) Ser hombre de palabra y de verdad.
4) Aceptar el justo castigo.
5) Ser piadoso y misericordioso con el prójimo.
6) No hacer distinciones de personas.
7) Poner por encima a los valores, de las riquezas terrenales.
8) Sacrificar lo que más te cuesta por la causa del Reino.
9) Ser honrado y noble incluso en secreto.
10) Ser discreto y no hacer gala de las buenas obras.

Diez sentencias que explican la moral del noble. La gente no podía borrar de su corazón a un ideal tan supremo que se correspondía con sus creencias. Y al ver morir a este erudito en nombre de tales enseñanzas, avivaba aún más en su corazón, y ardían de pasión por aspirar a tales ideales.

Abel enseñó por muchas ciudades y defendió a Dios, a pesar de que en muchos casos falló y dudó de Él. Demostró ser un mortal, un hombre noble, pero imperfecto a su vez, pero la gente lo quiso por su sinceridad.

Abel ante Dios, ya habiendo partido de esta vida, tuvo un diálogo:

Abel: Aquí estoy Yahvé, he muerto cumpliendo la misión que me encomendaste, expiando mis grandes pecados de vidas anteriores ¿Qué me resta ahora por hacer?

Dios: Fuiste noble Abel, me fallaste en algún instante, y me deshonraste, pero demostraste tu ánimo por querer cambiar. Te enviaré al mundo una vez por cada siglo hasta mi venida, yo diré cuando es suficiente. Ahora irás como erudito, mucho trabajo resta por hacer.

Abel: ¡Que sea como tu mandes Yahvé!

Y tras un siglo de persecuciones, de predicar el código de Abel, y de muchos mártires, el siglo II esperaba una nueva venida al mundo de este personaje, pero pasaría desapercibido físicamente, solo se propagaría su espíritu por el mundo.

Pues en el siglo I aún se cargaba con la idea y con la pasión de un milenio que le ha precedido. De costumbres y acciones de los hombres entregados a las riquezas, a los placeres y a las mujeres. Se susurraba el nombre de una tal Lilith, que había nacido varias veces, y que pervertía a los reyes, señores y mercaderes del mundo. Éstos se llenaban de su lujuria y de su pasión, y se corrompían. El mundo no lo sabía, porque Lilith era desconocida a la vista, sin embargo, no había hombre que se resistiera a sus encantos al verla. Pasó por muchos harenes, fue mujer de muchos reyes, y ellos la usaron como prenda y pago de deudas, como centro de atención y madre de todos los placeres, iluminaba a Babilonia con sus obras terrenales, la convirtió en faro del planeta. Su cuerpo se convirtió en una Jerusalén pero del pecado. Todos contaban sus historias, y peregrinaban con la esperanza de verla y de tener un encuentro con ella. Era hermosa, su piel blanca como la nieve, y su cabello violeta radiante, olía a lujuria, el aroma de su alma se sentía a la distancia y a la lejanía. Era la dama del placer. No se lamentaba por nada, no se entristecía, animaba a todos los hombres y mujeres. Las mujeres querían parecerse a ella, pues ella establecía la moda. Los hombres tristes se alegraban, y sus almas se animaban, pero de pecado.

Abel estaba pagando las deudas de Lilith, se decía que Lilith se hizo cordero para inmolación, porque era el tiempo de la plenitud de la historia, el hombre de pecado finalmente reinaba, y todo parecía hipotéticamente perdido, ya no se podía hacer más. Por eso Dios envió a Abel, para expiar los pecados de Lilith y los del mundo, sin embargo no fue suficiente, él no era digno de tal obra, ni era suficiente obra para poder concretarse. Por eso le prometió que enviaría a alguien más en el futuro.

El mundo extrañaba a Lilith, y no renunciaba a la pasión de esta mujer. Aunque estuviera ausente, se resistían a olvidarla, y querían que regresara a la Tierra. Por eso atacaron a Abel, e intentaron abusarse de él, para que por la fuerza hacer volver a Lilith. No les importaba que él fuera varón, querían convertirlo en hembra (sodomizarlo) contra toda lógica. Pero fallaron, Abel les maldijo en su corazón, y el mundo perdió la gracia con la que contaba siglos anteriores. Ya no se vivía bajo el signo de la providencia, las riquezas no se acumulaban, y las personas abandonaban de poco en poco esa vida pecaminosa, y se inclinaban por llevar vidas más santas, bajo el signo de la prudencia y de la mesura.

Los reyes de la Tierra no soportaron inconscientemente lo que apreciaban a la vista, y se llenaron de odio en su corazón. Por carecer de Lilith, y por escapárseles de sus manos ese harén y ese paraíso de la lujuria, perseguían y hostigaban al pueblo entero, para subyugarles y que se sometieran a la voluntad de Babilonia.

El código estaba más arriba que todo ese recuerdo de pecado, y la gente se inclinaba cada vez más por éste -por el código-, y abandonaban con más convencimiento lo que les ofrecía el mundo. Nerón el malvado, con toda su locura, no pudo detener a este cambio que se avecinaba en el mundo. Persiguió como nadie a todos estos santos de Dios, que en masa declaraban renunciar al mundo y en encomendarse a Dios y a su Código. Millares de mártires por todo el mundo, en el siglo venidero el Imperio prometía reestructurar y restablecer el orden de la antigua Babilonia, regresar el harén y los placeres, como la vuelta de la providencia divina, que hace de los reinos del mundo afortunados en riquezas, progreso y prosperidad.

Abel vuelve a nacer.

Siglo II

Ante la presencia de Dios, Abel dialoga previo a reencarnar en el mundo:

Abel: Me llamaste Señor, ¡ante Ti estoy!
Dios: Abel, te tengo una nueva misión en la Tierra, de la que estás arraigado, aún falta para el Gran Rescate. En esta nueva vida serás un erudito que pasará desapercibido, pero tu espíritu fortalecerá y animará al de los demás.
Abel: Que sea como tú quieras mi Señor.

Y así Abel volvió a nacer. Nació en Grecia en el seno de una familia recién conversa a las creencias y valores de Abel, y fue apodado como Basilio. Así recibió a Basilio su familia:

Partero: ¡Es un varón y está sano!
Adela: ¡El Señor me ha bendecido con este precioso niño!
Epifanio: ¡Es nuestro primogénito amada mía!

Le apodaron su nombre, y creció fuerte y de poco en poco asimilando la fe de sus padres. Se interesaba por la historia del pueblo hebreo, al que perteneció Abel, y por la sabiduría que fue legada de sus santos mártires.
Pero Basilio era un hombre como cualquiera, y pensaba, sentía y deseaba lo que todo hombre. Tenía sus falencias, y una personalidad rebelde que lo llevaba bajo determinadas circunstancias a rebelarse contra la autoridad. Está en la naturaleza de su alma. Si el mundo supiera que fue Abel, no lo podría comprender, teniendo por aquel, la idea de un hombre noble y de altos valores, de casi un hombre santo.
Amaba a las mujeres tanto como cualquier otro, y deseaba casarse con una. Entre tanto, nace su enemigo y rival, quién en la vida anterior fue Jonás, y en otra vida fue Alejandro Magno. Ahora nacería como una mujer, porque era el tiempo que a él le correspondía. Antes se presentó a Dios:

Jonás: ¡Heme aquí frente a Ti mi Dios!
Dios: Jonás, con gran carga has pesado sobre ti, luego de alta traición contra tu amigo Abel, sin embargo cumpliste lo que estaba escrito.

Ahora te enviaré a la Tierra, de la que estás arraigado hasta el día que yo decida. Nacerás como mujer, como has venido naciendo, luego de haber cumplido tu rol arquetípico en Alejandro Magno, y tras esta breve interrupción en tu rol de Jonás, hasta los días en que el gran rey Carol, tu negativo, venga al mundo y finalmente muera, allí comenzarás tu era como varón.

Jonás: ¡Qué así sea mi Señor!

Dios: ¡Y una cosa más!... En esta próxima vida te cruzarás con Basilio.

Así comienza una nueva historia, tanto para quién fue Abel, y para quién fue Jonás. Ahora uno sería varón y el otro, mujer, y tal vez amantes, quién sabe… Lo que la vida nos depara, que dos grandes enemigos, en el tiempo puedan cruzarse como amantes.

Así nació Jonás, un par de años después de Basilio, pero en Roma:

Partero: ¡Benditos sean los dioses! ¡Es una niña! ¿Cómo le llamará?

Justina: Lucila.

Claudio: ¡Es nuestra primera hija mi amor!

Justina y Claudio eran amantes y no un matrimonio, pero Claudio quiso estar presente en este nacimiento de quién sería su hija. Justina era una mujer independiente, ya tenía un hijo varón, y ella se hacía cargo de todo.

Pasaron un par de años, Basilio era ya casi un adulto, tenía 17 años, y decidió viajar a Roma para aprender de su cultura, y para estudiar. Llevaba tiempo estudiando en Grecia, tierra de grandes filósofos, pero debía rendir una tesis que por la cual debía realizar unos estudios en la gran capital del mundo. Allí conocería a Lucila por casualidad.

Basilio: ¡Cuánta magnanimidad en esta ciudad, orlada por grandes monumentos! (pensaba por dentro mientras observaba complacido todo lo que sus ojos veían en la gran ciudad).

Entre tanto, frente a sus ojos y a su mirada, pasaba Lucila de camino, y ambos se sintieron misteriosamente atraídos. Basilio era una persona tímida, que se sentía incapaz en abordar a las mujeres, y conservador de una moral que iba forjando de poco en poco. Fue Lucila la que tomó la iniciativa. Esto se explica mediante su contexto, ella era pagana, y en Roma no existían escrúpulos para el amor.

Lucila: -Se detiene a observar a Basilio y piensa- ¡Qué joven más apuesto! ¿Qué podría hacer yo para poseerlo?

Su madre Justina, era pagana y era aficionada a la hechicería, como la mayoría de los paganos. Cuando se empeñaban por algo, acudían a estas artes para atar aquello que buscaban. Por tanto Lucila de repente, al ver a Basilio le entró como una obsesión por él, pero que como mujer le sometería a un gran juego, ya que la mujer es la que en el amor tiene el poder.

Basilio intentó restarle importancia al encuentro visual, pues tenía frente a sus ojos muchas mujeres, pero era Lucila, y no otras, la que se fijó en él, y de la que él tenía constancia. Que por tanto, Basilio pensó en darse la oportunidad con ella.

Ahora centrándonos en aquel instante, describamos el suceso:

Mientras Basilio observaba una estatua del emperador Octaviano, no pudo eximirse de Lucila mientras pasaba:

Lucila: -Se queda con su mirada penetrante fijo en Basilio, y le sonríe con un gesto pícaro-.

Basilio: -Él responde al gesto de Lucila, con un gesto noble de aceptación y acogimiento, y a su vez le saluda- ¡Hola!

Lucila: Hola...

Basilio: ¿Cómo estás?

Lucila: Bien ¿y tú?

Basilio: Bien ¿Eres de por acá?

Lucila: ¿Tú no eres de aquí?

Basilio: No, vengo de Grecia. He venido a terminar una tesis de mis estudios.

Lucila: Tienes aspecto de erudito ¿Qué estudias, algo relacionado con la filosofía no?

Basilio: ¡Vaya que eres perceptiva! (se asombró).

Lucila: (Sonrisa complaciente).

Basilio: ¿Se puede saber tu nombre?

Lucila: Lucila ¿Y el tuyo?

Basilio: Basilio.

Lucila: Adiós.

Basilio: Adiós -se queda boquiabierto por el repentino corte y despedida-.

Basilio se quedó con las ganas de terminar de conocer a Lucila, pues ella le cortó el momento con un adiós. Sin duda era un juego de histeriqueo, pero ella era muy posesiva, y ese adiós no se trataba sino de otra cosa que un juego. Ella le perseguirá.

Basilio un poco desconsolado y deslumbrado por la situación, notó en sí decaer su concentración en sus estudios, pues su atención y entusiasmo se desvió en esta muchacha. Sin embargo intentó con todo ahínco en dedicarse a lo que vino a la gran ciudad. Seguía visitando las grandes universidades, sus bibliotecas y museos, no quedaron de lado los edificios institucionales, se deleitó de presenciar debates en público, y se asombró por toda la opulencia y grandiosidad de lo que estaba presenciando en esa gran ciudad, algo que nunca antes había contemplado, ni siquiera en Grecia.

A todo esto, Lucila no lo perdió de vista. En aquel día que se encontraron, averiguó bien dónde Basilio estaba parando. Y día tras días ella de vez en cuando pasaba cerca de su morada. En una de esas se volvieron a cruzar, esto fue en un comedor:

Basilio: (Piensa: Allí está la muchacha de la otra vez).
Lucila: (Piensa: Se percató de mí).
Basilio: -Se acerca a ella y le habla-. Hola Lucila ¿Cómo estás, te acuerdas de mí?
Lucila: El muchacho que contemplaba los monumentos de los antiguos emperadores, por supuesto.
Basilio: ¿Y tú qué cuentas? Hemos coincidido en venir a comer aquí.
Lucila: ¡Ah sí! Es que estoy sola hace una semana en casa, hoy no tenía ganas de hacer de comer.
Basilio: ¿Vives con tus padres?
Lucila: Sí, con mi madre y mis hermanos.
Basilio: ¿Y vives por aquí cerca?
Lucila: Así es, si quieres un día te invito a que conozcas dónde vivo o en un rato más.

Basilio era un hombre de moral y de principios religiosos, pensaba y meditaba sobre dicha invitación...

Basilio: ¡Claro, no habría problemas! Pero ahora mismo estoy un poco ocupado, podríamos volver a encontrarnos.

Lucila apreció el titubeo de Basilio, y sintió cierta irritación oculta, pero era tenaz y no perdería oportunidad con él, pues buscaría la forma de irlo atando. Entre tanto, Lucila era una mujer promiscua, salía con varios hombres y asistía a los banquetes que en Roma se realizaban, con grandes comilonas, vino y orgías. Por eso es que a simple vista Basilio vio en ella algo del mundo que no le cerraba del todo. Sin embargo ello no dejó de lado su cierta atracción por ella, solo que pensaba en ir un poco más despacio, pero el truco era que a cuanto más despacio iban, más se alejaba él del amor con aquella mujer, pues de entre medio surgían los típicos dramas de novelas, escenas de celos, decepciones, etc.

Lucila: Cómo gustes. Esta noche estaré en un banquete dónde las calles se cruzan, a media cuadra.

Basilio se sintió muy tentado, pues era un hombre virgen y casto, no había estado con mujer alguna, pero valoraba su estado de castidad, y lo estaba reservando inconscientemente para un momento propicio de su vida. Lucila a simple vista se dio cuenta del estado de conservación y virilidad de Basilio, y por tanto más quería poseerlo antes que cualquier otra mujer, sentía inconscientemente que allí había un valor grande, tanto que implicaba en su destino. Por tanto, al ocaso, ella se dedicó a su hechicería y a toda arte para atar el alma de Basilio a la suya. Sin embargo, dije, "era mujer promiscua", no le amaba, sino que ella era como una coleccionista, quería poseer a todos los hombres que quisiera, y manejarlos a su antojo. Arruinarle la vida a aquellos que apreciaban el don de la castidad, y apoderarse de todos sus talentos.
Basilio comenzó a sentirse un poco molesto y fastidiado con aquel espíritu de Lucila, pues intuía que era una mala mujer, no digna de su amor. Pero tenía intriga, y quería conocerla aún más, por lo que se dio una visita al banquete.
En el mismo -en el banquete- observó a Lucila que ante él y ante su observación se privaba con los hombres de sobrepasarse, pero en un momento ella desapareció de su vista, y más tarde la vio nuevamente, y se acercó a él.

Lucila: Viniste.
Basilio: Si, lo hice. Quiero conocerte.

A estas palabras ella sonrío y se escabulló nuevamente. Pues Basilio se sentía como impotente y poseído por su espíritu. Sentía que ella le engañaba, que algo andaba mal. Pues no comprendía cómo le quería, si a su entender o percepción se iba con otros hombres a la vez.

Lucila sabía que lo tenía, y noche tras noche se ponía en presencia de los espíritus, y con su hechicería buscaba atarle el corazón a Basilio. En esa noche Basilio se resistió al histeriqueo y a la ofrenda de Lucila. Pues ella buscaba que él se rindiera a sus pies. Pero Basilio sentía que su alma se perdía. Por eso decidió abandonarla, sin embargo ella por dentro decía: ¡No me abandonarás! Y se aferraba aún más a él, y ahora con cierta cuota de odio hacia él.

Basilio no soportaba este peso grande de cargar con el alma de Lucila en su corazón, estaba buscando la forma de repudiarla, y de hacérselo sentir a ella. Pero ella, por cuanto más Basilio se ensañara en su contra, estaba dispuesta a vengarse impartiéndole maldiciones y mostrándole que podía tener a los hombres que quisiera, y sin que él lo supiera. Estaba dispuesta a atosigar el corazón de Basilio, a no darle tregua, y a arruinar su vida, si no se entregaba a ella. Pero era una mujer astuta y sutil, no demostrativa, aunque su espíritu esté sobrepasado de maldad. Pues al hacerle perder la virginidad a Basilio sentía que se hacía con un puente y por el camino de la gloria en el mundo. Así se lo habían revelado los espíritus a los que ella acudía por las noches.

Por tanto Basilio, como bien dije, decidió a darle un punto final a tal situación, buscó poner a Lucila en su lugar, y en demostrarle que ella no era la mujer que él buscaba para su vida. Sin embargo Basilio estaba débil, su espíritu había caído en gran debilidad, y no sentía la fortaleza ni la autoridad para tomar la determinación. Pero contra toda fuerza él se ensañó en ser determinante.

Le escribió una carta a Lucila, pues si la veía pensaba que la tentación sería tan grande que no la soportaría, en la misma se despidió cortésmente, y decidió marcharse de Roma, interrumpiendo su tesis, y volver a Grecia, para reponerse del mal que sentía en su alma.

La carta decía lo siguiente:

Estimada Lucila, me pareciste de entre todas las mujeres especial, por haberte fijado en mí como ninguna otra, en este simple hombre. Pero presumo de tu falta de sinceridad sobre mí, que no pude corroborar ni poder comprobar, pues me sentí tentado ante ti, y con tal carga no podía sopesar sobre mí sin poder resistirme, por eso elegí la distancia.

Te dejo, pues he caído en una gran crisis, y siento que mi norte se está desviando. Tengo dudas de ti, dudo de tu falta de sinceridad, como bien te lo señalé, he considerado que tus fines en cuanto a mi respecto, y a mis sospechas, no son buenos. Siento tu presencia, y ella me debilita, al tiempo que me causa cierta repulsión -disculpa que me exprese de esta forma-, percibo algo malo en ti, no sé que es porque no te conozco, pero lo siento, y ante los sentimientos uno debe responder antes que nada.
Te deseo una buena vida, por mi parte que sea piadosa, y que te permitas conocer la fe de los mártires hebreos, que es mi fe, y tal vez hallar redención en tu alma. Abandona esos ídolos paganos a los que sirves, y deja atrás esos vicios que el mundo te ofrece. Me cuesta decirte esto, y sé que te golpeará tu corazón. Espero que no te haya ofendido, pero no tengo otra forma de expresarme. Firma: Basilio.

A todo esto, Lucila irritada, no se quedó con los brazos cruzados, y denunció a las autoridades una acción de acoso de Basilio contra ella. Pues fueron tras él y lo detuvieron. Fue indagado y privado de muchos de los derechos. Sin embargo él era griego, y era considerado en estima, ya que Roma tenía muy buenas relaciones con su nación -Grecia- a quién considera como su madrina, de la que fruto de su cultura y sabiduría ha sido legada, por tanto no fueron tan duros con él.

Basilio estuvo un mes preso, y pasando por los tribunales. Quería intentar no odiar a Lucila, pero no podía contener ese sentimiento tan negativo sobre ella. Pues mucho mal le sobrevino desde aquel día en que la vio.

Les envió una carta a sus padres en Grecia, y estos pagaron su fianza para que sea liberado. Así Basilio regresó a su ciudad natal, frustrado por no haber podido concluir sus estudios, y ahora dedicado a sus creencias religiosas, a brindarle atención a su fe, acudiendo a las reuniones de su comunidad, a la que sus padres asistían, pensando en un empleo no tan digno como el que pretendía, trabajando quizás en las artesanías o como comerciante.

Entre tanto, ya pasado unos años, Basilio sobresalió como gran erudito en medio de sus correligionarios de su fe. Era estimado por su sabiduría y entendimiento, tenía aproximadamente 35 años, y querían enviarlo de misión a Italia, quizás vuelva a reencontrarse casualmente con Lucila, o quizás no ¿Qué sería de ella?

Todas las sectas repartidas en toda la península itálica, ya estaban avisados de su llegada. Basilio podría tener el honor de conocer a los más grandes y famosos filósofos y teólogos de su fe.

Finalmente Basilio avistó las tierras paganas que rodean a la gran ciudad, llegó como eminente erudito, y ya no como estudiante de filosofía, aunque no contara con matrícula o posea digno título institucional, sino meramente estimado por su secta, la de los "mártires hebreos".

Basilio disertaba frente a una multitud, en un gran debate:

Basilio: Estimados concursantes, nuestro Dios nos ama, en estos tiempos tan sombríos de los cuales fuimos advertidos de que "el mundo iba a rechazarnos". Con dolor y suspiro me lamento por la cantidad de mártires que ha padecido nuestra Secta hebrea. Ahora se nos ha dotado de un tiempo de paz, en la cual podemos predicar libremente, pero no hay que olvidar que las garras del mal están allí amenazantes y al asecho. Que están profetizados días aún más sombríos.

Debemos velar por nuestra castidad y fidelidad a Dios, a nuestra fe y a nuestra Secta. Las pruebas son grandes, pero hay que someterse a la voluntad de Dios, Él peleará y morirá por nosotros, porque así está escrito.

Basilio deslumbraba ante el público, pero no tanto como los más grandes eruditos y famosos, como Ireneo el calvo, que era estimado y autor de varias obras, o como el obispo Pio, líder supremo de toda la Secta en Roma.

Entre tanto, luego de enviarle las encomiendas encargadas de sus pares de Grecia, se encaminó a Roma a cerrar unos trámites, y en esto se encontró nuevamente con aquella muchacha de su adolescencia, ya adulta, con más años, y a la vista que la edad hizo las suyas. De parte de ella hubo una mirada y gesto complaciente, como si se conocieran, pues ella le reconoció, aunque Basilio, hombre de poca memoria, no pudo borrar esa mirada y ese recuerdo de ese espíritu tan pesado. No se atrevió a brindarle su saludo, solo un gesto de antipatía, como un saludo cortante.

Ella -Lucila-, vivía sola con un hijo varón, a los demás embarazos los abortó. Y ahora, sentía que tenía una nueva oportunidad con Basilio, y si lo hacía caer, era aún más gloriosa, pues él era un hombre puritano de alta estima entre la gente. Sin embargo Basilio la resistió como un guerrero a una bestia.

Ella se volcó nuevamente a sus artes de la hechicería, y e intentó amedrentar al espíritu de Basilio. Basilio, acompañado y protegido por sus pares, oraba constantemente, adoraba al Único Dios, y se llenaba de

su Gracia. Parecía inmune a los encantamientos de Lucila. Así, Lucila frustrada, se ensañó en una guerra contra él, y quería contra toda fuerza, que acabara sucumbiendo, así fuera bajo la tortura o la muerte. Por eso se empeñó en armar un escándalo entre los miembros de la Secta, y se alió con varias mujeres y hombres, para escracharlos en público, así finalmente el emperador los declarara anatema del Imperio. La inteligencia, astucia y sagacidad de Lucila pudo más que la piedad de los hombres de la Secta, y le hizo saber a Basilio que ella es su ama. Basilio no se rindió, ni sus colegas de su fe, y afrontaron el escrache público. Pues la Secta sobrevivía en la clandestinidad, no se hacía muy pública, y al emperador le molestaban sus tintes puritanos. Extrañaba los tiempos en que el sexo era visto sin meros escrúpulos y sin mera condena, cuando los hombres se inclinaban por los placeres y la sensualidad de la mujer, y no ahora que se inclinaban por la virtud. Sin embargo la virtud era un contrapeso a esa sensualidad, y todo hombre, incluso el emperador mismo, no ignoraban su valor. Sabía el emperador que si alimentaba la virtud, sería aún más amado que estableciendo feriados y días de circo. Pero la censura que atosigaba en el espíritu de la Secta hebrea, era tan grande, que realmente el mundo se estaba olvidando de la sensualidad, y él era un hombre entregado a tales placeres. Por el pasado sabía que sus antecesores fueron pródigos, así como en placeres, en riquezas, y que los dioses los aprobaban. Por eso decretó una proscripción para los sectarios hebreos, en la cual se prohibía predicar, invitar o enseñar en público sus doctrinas.
Los sectarios se encontraron privados de sus derechos y de su libertad de acción. Sin poder predicar en público, o dar a conocerse, la Secta no podría crecer, y estaría limitada a su extinción o disminución. Pues debían moverse y reunirse en las cuevas, las catacumbas y lugares ocultos. Se comunicaban a mera forma de códigos, pero la gente por ahí los descubría, y eran apresados. Su accionar estaba muy restringido.
Hasta que finalmente al obispo Pio se le ocurrió la gran idea de afrontar sus cargos, y demostrarle al emperador que la voz de Dios no se podía acallar ni con la muerte. Por eso habló en público dando un discurso:

Pio: Hermanos de nuestra fe, a todos, reunidos en esta plaza, los llamo, en nombre de nuestro Altísimo Padre Celestial, a no temer las amenazas del príncipe de este mundo, a no avergonzarse de nuestra fe, a no padecer este estigma sin dar nuestro rostro a conocer, porque de Dios nadie se avergüenza, aunque quieran amedrentarnos por ello. Ha salir de las cuevas y de las catacumbas, y a movernos libremente y predicar en público a nuestra fe, porque somos conscientes de que nada malo hacemos, y de nada pueden hacer cargar sobre nuestros actos, sino mentiras.

Así mediante este discurso, el obispo Pio animó a sus fieles a convertirse en mártires de la verdad, de su fe.
Basilio fue uno de los más férreos fieles en tomar para sí estas palabras, y las cumplió a rajatablas, arriesgando su vida y su reputación. Lucila que lo solía ver por las calles, le denunció y le tendió una trampa. Dijo de él cientos de mentiras, leyendo su carta, la que él le dejó, agregando otras palabras, y mostrando su firma. En ella hacían ver a Basilio como un hombre perverso, que desprecia a las mujeres y a las costumbres romanas, hipócrita, hombre que no condice con lo que predica, que ama tanto a las orgías como cualquier otro, pero que en su corazón trae oculto una gran misoginia, y que toda la moral del Imperio está en riesgo mientras él y otros como él, sigan enseñando y en libertad.
Los magistrados se tomaron en serio las denuncias de Lucila, estudiaron las palabras de Basilio, y realmente encontraron en ellas causa de condena. Le apresaron, lo llevaron a los tribunales, y le obligaron a renunciar a sus creencias, o por el contrario pagaría con grandes torturas o la muerte.
Basilio se resistió, sin embargo cuando le torturaron, claudicó, y allí le condenaron a muerte. Sin embargo una vez que su cabeza posó sobre la piedra, declaró arrepentirse de haber renunciado a su fe, y de amar y confesar su amor por Dios y por el culto de los mártires hebreos. Ya era tarde y ridículo para obligarle a que se retractara, por lo que murió como un mártir más de su Secta, degollado, y su nombre fue recordado en las celebraciones, junto con centenares de más que murieron como él, en situaciones de idéntica y similar particularidad.
Lucila vivió resignada el resto de su vida, y no halló pasión tal por otro hombre como la sintió por Basilio. Ella alcanzó la vejez, y murió con gran remordimiento en su alma.
El ejemplo, sin sobresalir de renombre, que Basilio dejó en el medio de su contexto social, fue esparcido por el mundo, como un espíritu de aliento, y como un ideal de una moral a la que aspirar, "de alcanzar la santidad y aspirar a un amor mucho más grande".

Siglo III

Basilio y Lucila vuelven a nacer en este próximo siglo, luego de pasar por el inframundo (morada de los muertos). Previo a nacer, ambos se ponen en presencia de Dios, con quién acordarán la nueva vida que llevarán:

Basilio: ¡Señor me llamaste, aquí estoy ante Ti!
Dios: Te tengo una nueva misión en la Tierra, de la que estás arraigado, volverás a nacer, y serás soldado del Imperio. La situación social será caótica y convulsa, serán tiempos difíciles ¿Tienes alguna pregunta, o alguna sugerencia?
Basilio: Ninguna Señor, salvo que te quería preguntar respecto al amor ¿Será posible que en esta vida pueda al fin encontrar a la parte de mi sexo opuesto que me complementa?
Dios: Recuerda Basilio que en este milenio tú me sirves a Mí antes que todo. Estás haciéndole contrapeso a Lilith, y debes sobresalir sobre ella. Debes ser el modelo de hombre, como ella lo ha sido de mujer. Y darás equilibrio a la balanza. Tendrás otras historias en el amor, y es probable que concretes algo, pero ese no será tu gran logro en esta vida, pues también es probable que bebas de la frustración del amor, depende todo de ti.
Basilio: Disculpa que sea pretensioso mi Señor, antes que todo mi gracia es poder servirte a Ti ¡Y que se haga tu voluntad!

Basilio, quién antes fue Abel, ahora nace en la gran ciudad, Roma, nuevamente en el seno de una de la fe de los mártires hebreos. Fue el tercer hijo varón, y le llamaron "Horacio".
Paralelamente, años posteriores nace nuevamente Lucila, que significativamente le vuelven a llamar por el mismo nombre. Pero antes su alma se pone en presencia de Dios, previamente a venir al mundo:

Lucila: Señor, heme ante Ti, ante tu presencia, me llamaste.
Dios: Lucila, te tengo una nueva misión en el mundo, al que estás arraigada. Nacerás en un tiempo de convulsiones, volverás a formar parte de una familia pagana, porque ese es tu sello, y volverás a conocer a Basilio ¿Alguna pregunta?
Lucila: ¿Solo saber si algún día me concederás poseerlo?
Dios: Eso depende de vosotros, tanto de ti como de Basilio. Yo respeto vuestra libertad. Pero sabed que Basilio antes que todo, me sirve a mí

en este milenio. Tú sabrás qué hacer, y soportar el rechazo, si así fuera la voluntad de Basilio. Los corazones tienen vida propia, y toman sus decisiones independientemente, mal haces en querer forzarlos, sin embargo tú tienes tus dones, y se te ha permitido conservarlos.

Lucila: Está bien mi Señor, tus palabras son verdaderas, acataré a tu voluntad, pero también pondré de la mía y de todo mi esfuerzo. Que así sea.

Y Lucila, que fue Jonás, y que también se dice que fue Alejandro Magno, nace también en Roma, al igual que Horacio en el seno de una familia pagana, y es segunda hija, y llamada nuevamente "Lucila".

En esta ocasión, Horacio, también inclinado por el estudio de las letras, y curioso de la historia de la fe de sus padres, crece alimentando su intelecto, pero como Dios lo había señalado, era un siglo de convulsiones sociales, de revueltas, de rebeliones, de crisis económicas, de caos social, y de anarquía. Incluso los soldados del ejército se rebelaban y se declaraban muchos de ellos emperadores.

Pero previamente a ingresar en este escenario, vamos a introducirnos en la adolescencia de Horacio, en dónde se cruza nuevamente con Lucila. A diferencia de los dos siglos precedentes, en este siglo la mayoría de los ciudadanos del Imperio, se habían volcado por hacerse creyentes de la fe de Abel, por lo que la moral y las costumbres estaban cambiando. Seguían los banquetes y las orgías, pero con ciertas limitaciones, o bien sin el furor y la pasión de los siglos previos, ya que la práctica se conservaba pero en una porción limitada de la sociedad.

Muchos de los soldados del Imperio eran de la fe de Abel. Se estaba buscando darle una identidad a dicho culto, que se desentienda de su proscripción y de la persecución a la que estaba sometida aún. Eran mayoría los "abelistas", y no podían implicar continuar e implicar siendo una minoría perseguida y excluida.

Horacio contaba con 16 años, y andaba de paseo por las calles de Roma, visitando una de sus plazas, se encuentra con una obra teatral en la cual satirizaban al actual emperador. Si algo era cierto, es que no ha habido emperador que no tuviera que soportar pasar por tener una imagen cuestionable ante el pueblo. Siempre han tenido que pasar por la crítica, la sátira y los escraches, todos de una o de otra forma, de cierta manera han sido cuestionados, salvo el emperador Octaviano, porque se lo consideraba un ídolo en vida, por haber restaurado la paz luego de feroces y grandes combates, dolores por los cuales pasó la ciudadanía, estableciendo las bases del sistema político del devenir del Imperio.

En dicho paseo, Horacio se encuentra con Lucila, que tenía 15 años. Horacio era adverso a la política, y contrario a la imagen que daban los emperadores, pues era común en ese tiempo esa actitud de la gente contra los políticos. Todos querían tener parte en la historia, y añoraba cada uno poder derribar a los políticos de ese tiempo. Horacio soñaba con un futuro en el cual él transformaría la realidad social, económica y política de la gente. Pero de sueños se dice que uno vive, más la realidad siempre nos sorprende.

Actor: ¡Y así el emperador dijo las palabras mágicas y el Imperio se unificó!
Público: (Carcajadas y aplausos).
Horacio: (Aplaude, y su mirada se fija con la de Lucila que también estaba allí contemplando la obra, y se acerca a ella) ¡Gracioso espectáculo no?
Lucila: ¡La verdad que sí!
Horacio: ¿Y qué haces?
Lucila: Viendo la obra teatral (risas) ¿Y tú?
Horacio: Solo salí a dar un paseo ¿Eres de por aquí?
Lucila: Si ¿Y tú?
Horacio: Vivo a unas diez cuadras de aquí. No te había visto nunca antes. Sin embargo algo de ti se me hace familiar ¿Cómo te llamas?
Lucila: Lucila ¿Y tú?
Horacio: Horacio. Hasta tu nombre me suena familiar, debe ser un deja vu.
Lucila: Seguramente.
Horacio: ¿Y qué cuentas de ti?
Lucila: Nada en especial, soy una joven de 15 años, que está disfrutando de su flor de la edad.
Horacio: Ambos lo estamos. Yo soy un estudiante de filosofía, y practicante de la fe mis padres.
Lucila: ¿Y en qué creen tus padres?
Horacio: En la fe de Abel.
Lucila: (Siente un poco de frustración, ya que tiene un mal concepto de los abelistas) Ah, mira tú...
Horacio: ¿Y tú en qué crees?
Lucila: No le doy demasiada relevancia a las creencias, creo en lo que me conviene creer. Mi familia rinde culto a los ancestros, son tradicionalistas.
Horacio: ¡Ah bien! Entiendo.

Lucila: Por tu porte y tu estilo me imaginaba que eras profeso de ese culto.

Horacio: ¡Eres muy perceptiva!

Lucila: (Sonríe complaciente) ¿Qué tienes que hacer esta noche? Hay un banquete en casa de unos amigos, por un cumpleaños ¿Te apetece?

Horacio: (Los padres de Horacio le inculcaron a no relacionarse con este tipo de prácticas y de enredarse con los paganos, sin embargo Horacio era un joven rebelde). Creo no tener inconvenientes en ir, dame la dirección y estaré allí.

Lucila sintió en su ser que había algo de mucho valor en el alma de Horacio, y quería tomar parte de sí en él. Era pagana como lo fue en su vida anterior, y a fin a las prácticas de la hechicería. Previo al banquete realizó algunos de sus conjuros para poder atar el corazón de Horacio, pero no contó con sus rivales, otras mujeres, e incluso hombres, que se interpondrían, sin embargo ello no sería problema para la tenacidad de Lucila.

Lucila no era virgen, había perdido su virginidad a los 12 años, en cambio Horacio sí lo era, y practicaba la castidad, pero ahora estaba a punto de romper sus votos, entregado por un sentimiento de pasión que le iba a superar.

La noche llegó y Horacio se hizo con su cita en el banquete, Lucila ya estaba allí, se fue vestida muy sensual, preparada para una velada. Habían muchas mujeres hermosas y hombres apuestos, por lo que Horacio, en su actitud altiva, sentía la presencia de la competencia y rivalizaba con muchos de los presentes. Sus padres no sabían a dónde estaba, les mintió que saldría de visita a casa de un colega suyo, pues eran muy guardianes de su hijo.

En el banquete, Horacio quedó deslumbrado por la belleza de las mujeres presentes, divisó a Lucila, y ella no escatimó en acercarse:

Lucila: Viniste.

Horacio: Claro que sí ¿Cómo faltar? ¿Me vas a presentar? Todos me observan como un extraño.

Lucila: En Roma, ningún romano es un extraño.

Ulises: Lucila, amiga (la saluda con besos) ¿No me has presentado tu amigo?

Lucila: Se llama Horacio.

Ulises: ¿De dónde has sacado a este muchacho?

Lucila: Lo conocí hoy.

Ulises: Tú no pierdes el tiempo Lucila. Mucho gusto Horacio, ¡eres bienvenido aquí! Soy Ulises.
Horacio: ¡Mucho gusto Ulises, muchas gracias!
Lucila: Ahora te presentaré al cumpleañero ¡Feliz cumpleaños Próculo! Te presento a un amigo, Horacio.
Próculo: Gracias Lucila ¡Me honra tu presencia Horacio!
Horacio: ¡Muchas gracias feliz cumpleaños!
Próculo: Tienes buena compañía, goza de ella (referido a Lucila).
Horacio: Es una mujer muy simpática y atenta -se queda observando a los presentes, y fija su mirada en las bellezas que pululan de aquí para allá, nunca antes había estado en un banquete de paganos-.
Lucila: No puedes simular tu mirada, tus ojos se han quedado fijos en mis amigas, te puedo presentar a algunas, pero antes tienes que darme algo tú a mí.
Horacio: ¿De qué hablas? (Titubeaba, pues era algo tímido).
Lucila: Tú sabes de qué hablo, todo tiene un precio. Me das lo que yo te pida, y tendrás lo que tú anhelas.

Horacio siente que quiere entregar su castidad pero primeramente a la mujer que ama, y no a otra, él no sentía nada por Lucila, que por la cual quedaba opacada por otras bellezas, no sabía qué hacer. Lucila pensaba en hacer un pacto con sus amigas, para que él fuera antes de ella, por lo que las conversó, y ellas, que son de su calaña, accedieron a cambio de algunos favores que ella les prometió. Horacio era obstinado, por lo que se resistiría a Lucila, se obsesionó con una en particular, se llamaba "Clemencia". Él le pidió a Lucila que se la presentara, pero ella no accedió, y lo hizo beber. Horacio obstinado y con los efectos del alcohol se presentó solo a las amigas de Lucila que estaban bien cortejadas por otros muchachos, que por tanto elevaron sus celos:

Horacio: ¿Hola como están?
Amigas: (Le miraban y se reían).
Horacio: ¿A caso soy causa de gracia? ¿Cómo te llamas bella mujer?
Clemencia: Clemencia ¿Tú has venido con Lucila?
Horacio: Me la crucé por casualidad esta mañana por la plaza, gracias a ella estoy aquí.
Clemencia: Deberías estar acompañándola y satisfaciéndola, pues te hizo un gran favor el poder estar aquí presente ¿No lo crees?

Clemencia apreció el porte y lo apuesto que era Horacio, pero respetaba a su amiga, y lo vio muy impulsivo a la hora de abordarla. Horacio no escatimaba, pues ella se besaba con uno y con otro de los muchachos, y uno ya le estaba proponiendo tener relaciones.

Horacio confundido y no acostumbrado a estos hábitos, no podía separar la idea de sus creencias, de que una mujer pertenecía a un solo hombre, con las costumbres romanas de liberalidad y determinación del individuo. Quería poseer algo que en principio no era posible. Se había quedado atrapado en la mirada de Clemencia, y a su vez comprometido con Lucila. Sentía que quería pertenecer al círculo, sin embargo no sería tarea sencilla. Lucila en su plan, lo quería todo para ella, y luego de poseerlo pretendía levantar malos comentarios sobre él, y en hacerle mala fama entre sus colegas y amigos, así no escaparía de sus manos. La conversación continuó, junto con la obstinación de Horacio:

Horacio: Por supuesto ¿Pero ante tal eminencia, cómo poder ahora fijarme en Lucila?
Clemencia: (Sonrisa complaciente). No puedo portarme mal con mi amiga, más ahora tengo a unos amigos a los que brindarme. En otra ocasión tal vez.

Horacio estaba dispuesto a hacer todo por formar parte del círculo y en conquistar a Clemencia. Pero se sentía impotente. Su falta de experiencia, de gala como de carácter, le complicaban sus asuntos. Clemencia era bisexual, en vidas pasadas fue soldado de Julio César, uno de los más sobresalientes, luego de esa vida, cuyo arquetipo cumplió en este mundo, reencarnó dos veces como mujer, y esta ya era la tercera vez. Era una mujer bella, pero lasciva, entregada a los placeres y libertades sexuales. También como Lucila, le gustaba subyugar a los hombres, y a resistirse a ellos. Horacio en condición natural de hombre, quería como contrapartida subyugar a la mujer, sin embargo todos sabremos que aquí había una relación de enemigos con enemigos. Quienes eran hombres en este tiempo eran enemigos de quienes eran mujeres, desde el punto de vista universal del combate entre el Ying y el Yang, o sea de los opuestos. Horacio no se rendiría, pero sería finalmente rechazado.

Horacio: ¿Qué puedo ofrecerte para que esta noche seas mía?
Clemencia: No tienes nada que ofrecerme que yo no tenga. Yo poseo a los hombres que quisiera.

Horacio: Pero no a cualquier hombre, tenlo por seguro.

Clemencia le ignoró y se entregó a los placeres con sus pares. Horacio no soportó el rechazo y acabó en las manos de Lucila, habiendo bebido un poco más, perdió su norte del objetivo, y traicionó a su fe. En un momento de impulsividad, se abalanzó sobre Lucila:

Horacio: ¡Sé mía esta noche Lucila, responderé a tus pretensiones!

Lucila no se apresuraba, y quería poseer antes que el cuerpo de Horacio, a su corazón, y hacerlo sufrir de deseo. Por tanto lo dejó con las ganas.

Lucila: ¡Alto muchacho! No creas que todo se consigue con facilidad, yo tengo mis preferencias, y esta noche yo decido con quién estar.

Y Lucila se fue a pasarla con sus colegas y amigos, y tuvo relaciones sexuales a los ojos de Horacio. Horacio estaba indignado de impotencia, y se fue. Lucila por dentro sonreía.

Horacio indignado, estaba empeñado en ignorar a Lucila, e incluso a sus amigas, no soportaba tal humillación. Fue invitado a un banquete del cual no pudo sentirse parte y partícipe. Sentía que le habían ultrajado su honor. Sin embargo pasaron los días y las semanas, y la irritación junto con sus pensamientos, iban carcomiendo su orgullo, y buscaba la forma de vengarse, quería acostarse con cualquier mujer que se le cruzara, pero en la mayoría de la ciudad habían buenas mujeres, pues se dijo que la mayoría era practicante de la fe de Abel, y las pocas paganas eran sinvergüenzas, por decirlo de alguna forma, o sea, astutas y adversas a los abelistas de quienes buscaban reírse y rebajarlos.

Sin embargo, Horacio no hallaba candidata, y en lo profundo de su corazón sentía que debía ser fiel a Dios. En un instante estuvo a punto de desistir de tal empresa, y Lucila a quién veía y se cruzaba de vez en cuando, notó que le perdía, por lo que utilizó de sus encantos y sensualidad, y despertó la pasión de Horacio. Él iba tras ella como un perro buscando las sobras de los alimentos de su amo. Jugaba con él, y eso la hacía sentir complacida en sus deseos. No era de la calaña y no estaba a la altura del modelo de mujer que Horacio buscaba y anhelaba, pero él se sentía como un ratón en un laberinto, atrapado y sin salida, tenía grandes conflictos emocionales. Sus padres llegaban a notarlo, y le preguntaron en qué andaba, pero él los despistaba. Sentía que el tiempo se le acortaba y que debía llegar a una determinación.

Finalmente tuvo la suerte de conocer a una agradable muchacha que era practicante de su fe, se llamaba "Florida", y Lucila estaba al tanto de lo que hacía, por lo que intentaría frustrarla.

Horacio: Hola Florida, ¿cómo estás? Esta noche hay reunión de la Secta ¿Asistirás?
Florida: Iré con mi familia ¿Tú estarás no?
Horacio: Contando con tu amistad y digna presencia ¡Cómo no!
Florida: Me alagas.

A esto que se encontraban por las calles, pasa Lucila frente a ambos y se detiene a dialogar con Horacio a la mirada y oídos atentos de Florida:

Lucila: ¡Hola Horacio!

Horacio reacio a dignarse de la presencia de Lucila, no le queda otra que enfrentarla:

Lucila: Esta noche hay un nuevo banquete, te estaré esperando, es en la cuadra siguiente a la esquina.
Horacio: Hola Lucila, tengo otros compromisos.

En esto Florida no comprendía, pensaba si Horacio se había vinculado con la gente pagana, y sintió dudas por él, y de momento lo puso a prueba y le rechazó.

Lucila: ¿Quién es tu amiga? Ella puede venir también. Hola soy Lucila.
Florida: Mucho gusto Lucila, yo soy Florida.
Lucila: Tu amigo nos dignó de su gran presencia en un anterior banquete.
Florida: ¡Qué bueno! (Estaba decepcionada). Yo no acudo a esas fiestas, bueno los dejo a solas, debo irme.
Horacio: ¡Espera Florida, tengo aún que hablar contigo!
Florida: Luego Horacio, adiós.
Horacio: ¿Por qué me haces esto Lucila?
Lucila: Te espero esta noche.

Horacio fue tras Florida, y ella le cortó el rostro, de repente pensó otra cosa de él, algo diferente a lo que pensaba antes. Horacio se sentía avergonzado, ya no sentía los ánimos para asistir a la reunión, cabizbajo, pensativo y enojado con Lucila, no supo qué hacer. Estaba amargado, pensaba en no salir de casa, pero a media noche sintió el ímpetu y fue al banquete. En él vio a Lucila a penas con unos harapos colgando, desnuda, y en posición tentativa, con el dedo y bajo los efectos del alcohol le señalaba a Horacio a que viniera. Horacio perdido de pasión y turbado mentalmente, fue directo a ella, se quitó la ropa y copuló angustiosamente. Ella sintió que lo atrapó finalmente, pero para él la situación no implicó lo que anhelaba, habiendo roto los votos de castidad, y caído en grave pecado, lloró amargamente. Sentía que se debía a Lucila, pero ella solo lo usaba, y la situación no cambiaba. Tuvo dos encuentros más con ella, y ya cumplió sus 18 años de edad, por lo que fue llamado al servicio militar.

Horacio sintió que al perder la castidad una luz se apagó en él. Se sintió ultrajado, y su espíritu decaído, sin dar muestras de recuperación, sin embargo Dios le perdonaría, y tendría una nueva oportunidad de demostrar su valía.

En el Imperio reinaba el caos, y se había partido en mitades. Horacio pelearía a favor del aún llamado Imperio Romano, contra las otras dos partes restantes, que eran el Imperio Galo y el Imperio de Palmira. En batalla pudo mostrar sus habilidades y su valía, sus colegas le estimaban, y estimaban por sobre todo a su valor y valentía. Su vida acabaría en batalla.

Los ejércitos se encontraban frente a frente, el Imperio Romano frente al Imperio Galo, Horacio era soldado raso, y la orden se dio para que marcharan al combate. Y Horacio en un acto de valentía, luego de horas de batalla, se dio al combate embistiendo a sus enemigos, que de momento parecían superarles.

Severo: ¡Horacio no! ¡No rompas la formación!
Horacio: ¡Es necesario, deja que haga valer mi vida por una vez!

Rompiendo formación, se tranzó en combates con el enemigo, matando a dos o tres, siendo herido de gravedad, perdiendo su escudo, y sacando todo coraje y valor de dentro de sí, sus gritos de aliento, avivaron el espíritu de sus compañeros, y los guió a la victoria. Una legión fue suficiente para vencer al enemigo, pero sacrificando la vida de Horacio. En momentos de agonía, dialoga con sus colegas, luego de la gran victoria:

Severo: ¡Horacio, amigo, no puedes dejarnos, aún quedan batallas por ganar, de tu valor y nobleza necesitamos!

Horacio: No digas eso amigo Severo, no digas eso de mí, muchos títulos para poco hombre, te habrías decepcionado de mí sí me hubieras conocido un poco más...

Víctor: ¡No digas eso Horacio! Gracias a ti hemos ganado esta batalla, por tu valor y coraje. Eres un ejemplo de soldado, fiel servidor del Imperio, el tipo de modelo que necesitamos.

Oído estas últimas palabras, Horacio reclina su cabeza y muere, con tan solo 22 años. Joven, valiente y soldado, termina su vida como un guerrero en batalla, sintiendo a su vez haber expiado los pecados de su pasado. En la memoria de sus compañeros, no será borrado su recuerdo, intentarán imitarle, y su espíritu es esparcido por todo el orbe, y en el inconsciente de los hombres renace el mito del héroe[1].

Entre tanto, Lucila, y a razón de la crisis del Imperio, pierde sus bienes, y muere a manos de las fuerzas del ejército, cuando en una revuelta popular buscaban hacerse de alimentos para subsistir. Él se fue con 22 años, y ella, que era un año menor, se fue con 45 años, vivió un par de años más después de la muerte de Horacio. Su vida era miserable, angustiosamente pobre, y la crisis del Imperio le golpeó tanto a ella como a su círculo de relaciones. Horacio muere de un solo golpe en un acto de valía, pero Lucila tuvo que soportar grandes miserias y crisis sociales que no encontraban remedio. Perdió a sus dos hijos en las guerras y revueltas, quedando viuda, y se preguntaba una y otra vez: ¿Qué habrá sido de Horacio, ese amor que no supo valorar y al que confundió con mera posesión y objetivo de conquista para sus caprichos? Oyó de él historias en el tiempo en que prestó sus servicios como soldado en el Imperio, y se sintió cautivada de momentos. Estuvo con más hombres, pero Horacio ocupaba un lugar especial en su alma.

Siglo IV

En este próximo siglo, Horacio y Lucila no se encontrarán, habrá otra mujer, una mujer virtuosa que buscará opacar la imagen de Lilith al tiempo de intentar emularla, su nombre es Hipatita.

---

[1] Pienso que hubiera sido mejor si lo hubiera mostrado en la arena del Coliseo. Los hombres se hacían allí en esa época, pero en cambio demostré su valentía y hombría en la guerra.

Horacio vuelve a nacer, se pone en presencia de Dios, y Él le indica que en esta vida volverá a ser un erudito, su nombre será Amancio, y será contemporáneo del gran teólogo Agostino. De Lucila no diremos nada, pues su vida estará excluida en este caso de la órbita y de la escena de nuestro personaje principal. Solo diré que ella vuelve a nacer como mujer, y cuyo carácter sigue siendo obstinadamente pagano, no se cruzarán en esta vida, ni se verán a la distancia, ignorarán ambos de su existencia y de su presencia.

El nuevo siglo trae consigo una nueva paz al Imperio, de la mano del emperador Constante, convertido a la fe de Abel, cuyo culto se legalizó, y comenzaron a llamarse "abelistas", unificando su doctrina mediante un Concilio Universal. Hubo que limar muchas diferencias y radicalidades, pues la fe llevaba a una observancia muy extrema del propio culto y enseñanzas de Abel, que no se acomodaban al orden instituido, y que mantenían en constante rebelión al hombre contra la sociedad y las propias instituciones estatales.

Constante era un hombre surgido en notoriedad en el siglo III, por tanto mayor que Amancio -quién fue Horacio en la anterior vida-. Hipatita y el teólogo Agostino eran años más jóvenes que Amancio. En esta vida, nuestro personaje vivirá hasta la ancianidad, y morirá de viejo.

Ya había pasado su adolescencia, mucho más estable que las precedentes vidas pasadas. En su círculo de relaciones se prescindió de la presencia pagana. Como bien se dijo, se legalizó su culto, y era una notable mayoría, si aún eran mayoría en el siglo precedente, los paganos apenas eran un puñado de sobrevivientes, y ahora éstos perseguidos.

Hipatita era pagana, y el teólogo Agostino fue pagano en su juventud, con el tiempo fue asimilando la fe abelista, por la que finalmente se decantó y se convirtió en notable defensor.

Amancio tenía 35 años, viajó a Egipto con una misión de la Secta, para reunirse y debatir ciertas diferencias con otras facciones de la misma. Allí oyó de Hipatita, y se quedó asombrado por tal virtuosa mujer. Pero lamentó en su corazón que ella fuera una defensora del paganismo en estos tiempos. En un debate público, Amancio disertó sobre la doctrina:

Amancio: ¿Acaso no dice la palabra, "vuestras obras son superiores si se las practica en el sigilo"? Ante Dios, más antes que a nadie, debemos dar el ejemplo, siendo sinceros de corazón, y no hipócritas, como aquellos que solo obran a cambio de una retribución, ¡cuya retribución es el reconocimiento!

Público: (Aplausos).
Hipatitia estaba de pasada, y oyó a Amancio, se asombró de su enérgico espíritu al momento de defender su fe y sus preceptos, pero disintió con él interviniendo.

Hipatita: Disculpe señor, no me he presentado, soy Hipatita, disculpe que le interrumpa, no pude contenerme luego de oírle ¿Cómo habláis de valores cuando sometéis por la fuerza a creer en vuestro culto a quienes cuya libertad, que supuestamente Dios nos ha atribuido, y que rompéis vosotros mismos coaccionando contra las voluntades del individuo? ¿Si ese tal Dios nos ha dado el libre albedrío, por qué venís ahora a reprimir la independencia con la que cuentan vuestros hermanos de la misma fe? ¿No está en el hombre la elección, y en Dios nuestro juicio?
Público: (murmullos y aplausos).
Amancio: Disculpada está mi hermana, soy Amancio de Roma, encomendado de la Secta de mi ciudad. Entiendo su postura ¿Y Ud. acaso es miembro de nuestra Secta, porque si no fuera así, con qué autoridad te atribuyes hacerte vocera en este debate, en nombre de quién está Ud.?
Hipatita: ¿Autoridad? Este debate se está realizando en una plaza pública, y el derecho a la libertad de expresión y de opinión es válida para cualquiera que se haga presente en este estadio. Veo que ignoráis a muchos de los derechos, aunque aparentes ser un hombre de letras.
Yo hablo por todos los hombres, y no por una sola religión. Los derechos no discriminan a credo alguno. Somos todos hermanos, paganos, abelistas o hebreos. Somos una sola humanidad, y no una sola religión.
Público: (murmullos y aplausos).

Amancio se encontró con notable rival, y se pudo dar cuenta de que la presencia de esta mujer era tan relevante, como que era una eminencia para todo Egipto, cuyo liderazgo se basaba en su propio carisma, un liderazgo natural, y no institucional conocido como "auctoritas".
En una vida pasada, Hipatita acompañó a Abel, fue su amigo, se llamaba Magdela, y entre ambos hubo una especie de amor platónico frustrado por las circunstancias. Ella era una mujer orgullosa, y tenía cierto egocentrismo, amaba, verdaderamente amaba, pero tenía un gran ego. Por lo que no era una mujer fácil, se hacía respetar, no con autoridad, sino mediante su fuerza de espíritu, los hombres caían rendidos a alabar su virtud. Era una científica, filósofa y maestra, estaba dotada en todas

las artes del saber, y era muy buena en ello, por eso venían hombres de todas partes a aprender y a escucharla. Incluso los magistrados del gobierno le consultaban en sus decisiones. Por eso era odiada por los abelistas, pues veían en ella una amenaza contra la Secta abelista de Egipto, pues competían en su influencia en el gobierno.

Hipatitia tenía muchos pretendientes, pero ninguno estaba a la altura de ella. Decidió casarse, no para tener relaciones o para formar una familia, sino para que los hombres dejaran de molestarla. Esa fue la consigna de su compromiso.

Cuando vio a Amancio, sintió una atracción, pero a su vez rechazo interior, pues veía a un hombre notable, con un aura de belleza, pero a su vez al enemigo, pues en cuanto a creencias se encontraban en veredas opuestas. Amancio reconoció virtud en esta mujer, pero al igual que ella, el contexto los separaba y los colocaba en una confrontación.

Agostino, más joven de edad que Amancio e Hipatita, era adolescente, y andaba de paseo por Egipto, en ese instante era pagano y andaba probando muchas opciones de vida, y a su vez, "evaluando". Quedó deslumbrado cuando oyó a Amancio en uno de los debates, y se quedó meditando en todo lo que él había dicho. Le picó el bichito del abelinismo, quería investigar un poco más sobre este culto, a pesar de haberlo rechazado en su núcleo familiar. Pues su madre era abelista, tanto que su padre no, y allí se abrió una brecha, en la cual Agostino quedó a merced y apartado de la disyuntiva. Enojado, dejó su familia por un tiempo, y se emprendió en un viaje acompañado de un amigo, y aquí lo trajo a Egipto. Pasarían unos años para que se decida por la fe de Abel.

La situación era tensa entre Hipatita y la Secta de Abel. Los correligionarios de Amancio en Egipto, le presionaban a tomar una decisión y una determinación. Hubo más debates e Hipatita intervino en algunos. Se estaba disputando la influencia del gobierno, como bien se dijo. Y el gobierno era condescendiente con Hipatita. La Secta de Abel retrocedía y no crecía en Egipto.

Amancio llegó a irritarse en uno de los debates, y le levantó la voz a Hipatita, y ella lo contradijo y lo humilló con su sabiduría y carisma. Él no soportando la difamó en los círculos de su Secta.

Amancio: ¡Ésta mujer es una atrevida! ¿Cómo se atrevió a dejarme así frente a mis correligionarios y frente al pueblo?
Luca: Estimado Amancio, no debes ponerte así, tu impulsividad y tu carácter te han traicionado, la mujer respondió con diligencia, ha sido

honesta, tú te dejaste llevar por la pasión y es por tu culpa que has quedado mal ante la gente y ante tus correligionarios.

Aunque un miembro de la Secta le hacía notar sus defectos, inculpando a Hipatita, muchos de sus colegas se inclinaban por la opinión de Amancio, pues sus intereses lo llevaban a darle la derecha. Pero otros tantos defendían la nobleza de Hipatita.

Amancio no se quedó por mucho tiempo más, pero dejó su marca de ira y de enojo en Egipto, y sus tesis fueron repetidas una y otra vez. No se pudo llegar a un acuerdo o a una solución para integrar a la facción de Egipto al seno de la Secta universal surgida del concilio organizado por el emperador Constante. Las divisiones eran difíciles de limar, y todo parecía que la unificación plena era un sueño anhelado difícil de concretar.

Hipatita, luego de conocer a Amancio, y de decepcionarse de su carácter y de su forma de ser, se apartó aún más de la idea de sentir amor y de creer en los hombres. Se ligó y se aferró aún más a su amor platónico, "las letras". Quizás en un instante había pensado algo distinto sobre Amancio, pero con el tiempo se dio cuenta de la persona que es... No creía hallar a un hombre que sea superior al propio saber.

Agostino viajó a Grecia, y entró a una academia de estudios, quería ser abogado, allí le presentaron y conoció otras formas de cultos. En su corazón adhirió y llevó inconscientemente el espíritu ferviente de Amancio, sin darse cuenta. Pues tal espíritu finalmente lo llevaría a dar y coincidir con la fe de Abel.

Hipatita tenía la idea del modelo de mujer del mundo, como un objetivo alto al que aspirar, o sea, "al modelo de Lilith", pero cultivó ella misma un modelo que creía aún superior, por eso se convertirá en un mito que superará al de Lilith en la historia. "Su amor y entrega por las letras".

Lilith era el modelo de aquella mujer esbelta de belleza, suculenta en su cuerpo y en su físico, bella y atractiva, seductora y atrapante. Hipatita sería algo de eso, pero otra cosa, y más.

Si Lilith fue odiada por traer pecado al mundo, en cambio Hipatitia será odiada por virtuosa, por haber superado a los seguidores de la fe de Abel, en los que tanta virtud habría que hallar. Una pagana y una mujer, superaría a una comunidad entera, de hombres principalmente, gran humillación para ellos. Por eso estaban pensando en la forma de deshacerse de ella. El espíritu colérico de Amancio había penetrado en la comunidad, cuya misma sentía tal irritación a su vez.

Hipatita se apreciaba inalcanzable por los hombres, y a su vez deslumbraba y los humillaba, pero sin rebajarlos, sino por su virtud ¡Qué gran mujer!

Su vida ahora correría peligro, la Secta abelista de Egipto estaba ensañada en lincharla en cuanto tuviera la oportunidad. Como Jonás, iban a esperar llegado el momento, como él lo hizo con Abel, ahora los abelistas lo harían con Hipatita.

Hipatita ya era mayor, alrededor de 45 años tenía, iba de camino a su casa, luego de venir de visita del congreso de su ciudad. Un grupo de matones pagados por un grupo de las autoridades de la Secta de Abel, le tenían preparada una trampa. A penas la vieron cerca la encerraron, la dejaron sin salida alguna, le pusieron una bolsa en la cabeza, y la apartaron del camino. La llevaron a un descampado y la mataron a golpes, luego muerta fue descuartizada, y sus partes repartidas por la ciudad con leyendas: "Éste será el destino de todo pagano que desafíe la autoridad de la Secta". Desde ese momento comenzó una gran persecución contra los paganos. Este hecho será una mancha imborrable en la memoria de la Secta de Abel en la historia, y una buena excusa para prescindir de dicha fe.

Amancio se enteró de lo sucedido en Roma, y fue testigo de la gran revuelta que se armó en todo el Imperio, en persecución de los paganos. Se sentía culpable aunque no haya estado allí, pues él fue parte en buena medida de todo el repudio contra esta mujer. En él entró un sentimiento de culpa muy profundo que lo limitó a la hora de poder disertar, y siempre teniendo detractores en todos los debates. Su vida en los años que le prosiguieron, fue más bien opaca, un contraste a sus primeros años, previos a conocer a Hipatita. Hipatita marcó un antes y un después en su vida.

Entre tanto Agostino, con sus 33 años de edad, ya había abrazado al abelinismo, pronto a ocurrir la muerte de Hipatita y la gran revuelta contra los paganos. Ahora se encontraba en una disyuntiva, si defender la libertad de culto de los paganos, o sobrevalorar su fe contra el prejuicio que se alzaba entre la gente contra los abelinistas. Él se encontraba en Grecia, nación de espíritu crítico y científico. Ya había muerto hacían dos décadas el legendario emperador Constante, ahora el nuevo emperador Teodorico estaba mucho más empeñado en defender al abelinismo, al punto de convertirlo en religión oficial del Imperio. Ya no bastaba la mera causa de ser legal, ahora debía ser oficial, lo que implicará el devenir de siglos de intolerancia contra el paganismo en todas sus formas.

Lucila en su nueva vida, fue víctima de esta barbarie, y fue apaleada en las calles por un tumulto perdiendo su vida, eso se dice de ella, sin más detalles. El abelinismo que con tanto auge venía surgiendo, ahora manchado por haberse involucrado con la política, y ostentando miembros indignos, sería parte en su seno de malos actos, de malas obras, y de malos ejemplos dignos de repudiar, que no serán olvidados jamás en toda la historia. Los ateos de un futuro se aferrarán a la hipocresía de sus correligionarios como excusa para rechazar dicha fe, desde una perspectiva moral.

Agostino y no Amancio, será el encargado de valorizar el culto a Dios en la fe de Abel, él defenderá a esta religión contra las críticas de sus contemporáneos. Pues conoció la Gracia de Dios, y mandó al frente a los hipócritas, y desvinculó a Dios de aquellos.

La vida de Amancio era como una vela, se iba consumiendo de a poco, se casó, formó una familia, pero nunca pudo amar a su mujer, ni fue buen padre, su consciencia estuvo en conflicto hasta su muerte. Sin embargo en sus últimos años, ya en su ancianidad, tarde, se sintió revitalizado, pues Dios le perdonó tras años de penitencia[2]. Leyó muchas de las obras de Agostino, y se complació de la vida de este erudito contada en sus relatos, cómo fue la virtud que fue cosechando en su fe sincera. Murió feliz, pero arrepentido y acongojado por su pasado, pero con el perdón de Dios.

El próximo siglo será un siglo difícil para la humanidad, muchos arrebatos sobrevendrán y grandes pérdidas, a su vez, un gran cambio, y una nueva era para el devenir.

Siglo V

Este siglo será crucial para el destino del Imperio, debilitado por las rebeliones internas del siglo III, y por las persecuciones y barbarie internas de los abelistas, su moral estaba quebrada. El abelinismo estaba entre el dilema y la aceptación. Pues se conocían las obras de barbarie de muchos de sus adeptos, desagradables a los ojos de todos, y a su vez se legitimaba en la defensa que el erudito Agostino hizo de la

---

[2] Al error de Amancio se lo atribuyo a su odio por los paganos. Pues Dios no quiere que odiemos. También se lo atribuyo a vincularse a la corrupción creciente en la Secta desde el momento en que se ha politizado. Pues se habría perdido la pureza y propósito original. Por cuestiones como éstas, son por las que hoy en día mucha gente se separa de sus Iglesias cristianas, pues critican el haberse alejado y apartado del mensaje original.

fe. En este siglo se definirá el destino, tanto del Imperio como de la fe de Abel.

Como bien decía, quebrado el Imperio institucionalmente y dividido socialmente, ahora tendrá que hacer frente a una amenaza externa, a los pueblos llamados "bárbaros" o "incivilizados", asentados en las afueras, habiéndose contenido por siglos, pero que en este último y en el anterior se fortalecieron, gracias a como dije, a las convulsiones internas del Imperio que lo mantuvieron entretenido y procurando su estabilidad.

De entre los bárbaros había un pueblo terriblemente cruel, que provenía desde el más lejano oriente, un pueblo nómade acostumbrado a vivir en la escasez y en condiciones de vida adversas. Era un pueblo guerrero por naturaleza, y sus rasgos físicos eran orientales, por tanto para los europeos se los consideraban "demonios encarnados", y ellos mismos así lo entendían, lo que avivaba aún más su ferocidad.

Este pueblo es el que finalmente quiebra al Imperio, dejándolo a merced de los demás. Pero nos centraremos principalmente en la vida de nuestro personaje, que precedentemente fue Amancio. No descartaremos a otros nuevos surgidos, como Hipatita, Agostino, Constante y Teodorico.

En el nuevo siglo, Amancio se presenta ante Dios en el Inframundo:

Amancio: ¡Heme aquí Señor, ante Ti me presento por tu llamado!

Dios: Amancio, volverás a nacer en la Tierra a la que estás arraigado, será un siglo difícil para tus hermanos, y para ti también, la espada y el hurto serán la ley.

Amancio: ¡Intentaré amedrentar a mi espíritu en este siglo, para servirte cada vez mejor!

Dios: Que sea como tú dices.

Luego se presenta Hipatita:

Hipatita: ¡Heme aquí Señor ante tu presencia me digno de tu llamado!

Dios: Hipatita, has cumplido con realizar tu arquetipo en el mundo, fuiste hembra, ahora nacerás varón hasta la muerte de "Anastasia la guerrera".

Hipatita: Que sea como Tú digas mi Señor. Espero servirte tan bien como hombre tanto mejor lo hice como mujer, para cumplir los designios del mundo.

Dios: Que sea como tú digas.

Ahora se presenta Agostino:

Agostino: ¡Ante ti me presento oh Señor de los Ejércitos!
Dios: ¡Agostino, me siento gratificado de gran alabanza que has hecho de mí, me has dejado bien frente al mundo, tendrás gracia sobre muchos hombres en este siglo difícil, porque soy el Señor y lo juro!
Agostino: (Se conmovió hasta el llanto) ¡Gracias Señor, solo te he servido, porque es mi deber hacerlo y porque te amo!
Dios: Que sea como tú has dicho, sírveme nuevamente en tu nueva vida. Ahora nacerás como mujer, hasta el día de la muerte de "Germán el rebelde".
Agostino: Que sea como tú digas mi Señor, espero servirte como dama, como mejor lo intenté como varón.

Ahora es el turno de Constante:

Constante: ¡Heme aquí Señor ante Ti me digno en tu Presencia, cumpliendo con tu llamado!
Dios: Constante, bien has cumplido con tu arquetipo, me has servido, fuiste fiel a mi fe, a pesar de algunos deslices.
Constante: De mi parte intenté cumplir con los designios de mi corazón, espero a razón de mis errores no haberte ofendido demasiado.
Dios: Ahora nacerás como mujer, hasta la muerte de "Walter el vanidoso".
Constante: ¡Que sea como tú digas!

Y por último Teodorico:

Teodorico: ¡Heme aquí Señor, ante tu Presencia me digno de rendirte honor!
Dios: Teodorico, cumpliste con el rol de tu arquetipo, siento que te sobrepasaste, pero ya te perdoné. Ahora volverás a la Tierra a la que estás arraigado, y nacerás como mujer, hasta la muerte de "Atom el pirata".
Teodorico: Que sea como tú digas, espero ser una buena mujer en el milenio que me ha tocado vivir.

Así, cada quién habiendo cumplido con su rol arquetípico en el mundo, salvo Amancio, vuelven a nacer en condición de su sexo opuesto.

El primero en nacer es Constante, según el orden del siglo pasado. Nace en el seno de una familia abelinista, y le apodan "Fausta". El segundo en nacer es Amancio, también en el seno de una familia abelinista, y le apodan "Marco". El siguiente es Teodorico, también en el seno de una familia abelinista, y le apodan "Prudencia". La siguiente es Hipatita, nace en el seno de una familia pagana, y le apodan "Poncio". Y por último Agostino, al igual que la mayoría, nace en el seno de una familia abelinista, y le apodan "Gregoria".

Quién cumple el rol arquetípico principal en este siglo es el despiadado "Látigo el Huno", un rey bárbaro que se apoderó del trono de los hunos, cruel, como no ha habido jamás rey alguno, no tiene piedad por nada y ni por nadie, no se salvan ni las mujeres, ni los niños, y ni siquiera los inocentes animales, terror debería llamarse, y ahora castigará, como si Dios se lo hubiera ordenado, a todo el Imperio.

En el Imperio no solo habían mujeres nobles y notables en la fe abelinista, sino que convivían con algunas rezagadas del pasado, como era Lucila, y otra más que se presentará en escena, la reencarnación femenina de Julio César, llamada "Gloria". Ella tendrá la misma edad que Marco -nuestro personaje-, y se encontrarán.

Por tanto, el contexto del Imperio era socialmente hablando, y de una parte gente civilizada y honrada, y por otra parte aquellos ligados a los desenfrenos, a la bebida y a las inmoralidades, que aún persistían en un tiempo de grandes cambios y de valorización de la moral y de la fe en Dios.

Nuestro personaje Marco, era un hombre fervientemente creyente, como bien se dijo, la barbarie era el sinónimo de lo que se vivenciaba en aquellos tiempos. Había una legitimidad de la fe abelinista, pero a su vez la propia violencia que ésta ejercía. Pues por el trabajo de Agostino, sumado el contexto, no se revirtió la violencia para mejorar la imagen del abelinismo y llevarlo a sus primeros tiempos, sino que se fusiona la virtud de la fe abelinista, como bien se dijo, con la violencia que sus miembros ejercían. La fe se había desvirtuado, solo pervivía en el seno de la erudición y en los monasterios. En las calles solo se apreciaba fanatismo. Y Marco era un fanático.

Entre tanto, Fausta (Constante), en su vida llegó a ser contemporánea de Agostino cuando éste estaba en su ancianidad. Ella era una mujer obediente, tenía encanto y pasión, pero éstas condiciones se ensombrecían con su amor por su fe y su pueblo. Antes elegía formar parte de la comunidad que abrirse a caprichos pasionales.

No así Gloria, que era una mujer astuta, que ante la gente se mostraba como una mujer piadosa, pero que en su círculo practicaba tanto la homosexualidad como reuniones secretas que emulaban a los antiguos banquetes romanos, con sus comilonas y orgías. Esto lo hacían con mucho cuidado y cautela, pues de ser descubiertas, sus vidas correrían peligro, serían linchadas y asesinadas por el populacho ahora plagado y repleto de creyentes abelinistas. Los abelinistas estaban al tanto y conocían que esas prácticas aún prevalecían en lo oculto, por tanto eran ahora los perseguidores de las antiguas costumbres paganas.

Prudencia era al igual que Fausta, otra mujer religiosa, muy piadosa, pero a diferencia de aquella, era aún más ferviente en su fe y determinante. No iba con chiquitas, por decirlo de alguna forma. Era más puritana que Fausta, pero populachera, con gestos y formas que la hacían familiar entre la gente. Ambas buscaban realizarse, formar parte de la comunidad y encontrar un marido digno.

Poncio, quién fue Hipatitia en la anterior vida, nació en el seno de una familia que se podría decir pagana, pero por la parte paterna, su madre en la juventud se había convertido al abelinismo, y por cuestiones políticas y sociales, toda la familia tuvo que abrazar dicha fe, sino sus vidas correrían peligro. Sus antepasados eran miembros de la aristocracia, pero que entre el siglo pasado y éste, perdieron todos sus beneficios, y sus nombres fueron desprestigiados. Entre tanto Poncio se dedicó a las bellas artes, a la pintura y a la música esencialmente, y como era culto, de vez en cuando uno que otro libro pasaba por sus manos y era estudiado. Era alegre y elocuente, las mujeres le admiraban y veían ternura en él.

Gregoria era la más joven. Tenía cierto parecido a Fausta y Prudencia, pero a diferencia de aquellas dos, era más alegre y cautivadora. Como ellas, nació y se crió en el seno de una familia abelinista. No sobresalía por su belleza física entre las mujeres, pero era linda, y cualquier hombre se fijaría en ella, aún más conociendo las buenas costumbres de su familia. Representaba una buena promesa de vida.

El más obstinado y pasional de todos, sin duda era Marco. Ya conocemos bastante de esta pobre alma, y en este tiempo de arrebatos, de violencia y de promesas de un próximo juicio final, su espíritu parecía haber hallado morada. Como en ocasiones anteriores nació en lo que es Italia, pero la ciudad que Dios eligió en esta vez fue Rávena. Su familia fue una elite que sirvió al ejército romano por generaciones. Ahora conmocionado el Imperio, que de perseguidor de los abelinistas, pasó a ser el Imperio de los abelinistas, se sentía abocado en defenderle de sus agresores paganos del exterior.

Las costumbres de los paganos se parecían a muchas de las de los antiguos romanos, pero a diferencia de éstos, eran notablemente incivilizados. Sus naciones no estaban organizadas bajo un código de leyes unificadas, no se aplicaba una justicia mesurada y equilibrada, sino que la ley prácticamente era su propio rey, y todo el pueblo debía soportar a los caprichos diarios de éste. La ley se aplicaba al parecer del rey, si habían leyes, éstas jamás estaban por encima de las decisiones y del parecer del rey. Marco amaba la guerra, en ese siglo él sentía su espíritu contemplar su rebeldía natural, y era tan necesaria como un remedio para el Imperio. Ansiaba la guerra. A penas a los 16 años se alistó en el ejército, su anhelo por conformar una familia o por conocer una mujer quedó ensombrecido y nublado.

En todo el Imperio se avivaba la idea del enemigo exterior y del interior. Abelinismo e Imperio eran como sinónimo, una causa en común. La persecución interna de los paganos era mucho más convincente que en el siglo precedente. Era común ver a paganos en la hoguera o linchados en público. El enemigo exterior aún no se animaba a enfrentar militarmente al Imperio, pues tenía sus dudas. Solo hacía falta un dinamitante, y "Látigo el Huno" avivaría el fuego que habría de venir luego.

Latígo había tenido correspondencia y un encuentro íntimo con la hermana del emperador, Honora, y ésta, habiendo tenido pleito con el emperador, su hermano, y echándose de enemiga a toda la familia, envió una carta a Látigo con su anillo de compromiso, pidiendo su rescate y como promesa la corona del Imperio. Látigo se tomó muy enserio la proposición de Honora, y era verdaderamente un capricho contrasentido de la política, pero fue el motivo y la causa por la cual Látigo movilizó a todas las hordas de bárbaros contra el Imperio.

Para el emperador esto fue una gran locura, totalmente descabellada, se tuvo que precipitar para negociar con sus aliados bárbaros, para frenar la embestida de Látigo el Huno. Pues pactó con ellos cinco décadas de intercambio económico, y como anticipo, la supresión de todas las deudas con el Imperio, y una buena cantidad de oro de compensación.

Los ejércitos se pararon en el terreno de la Galia (Francia), y allí se definiría el destino.

Marco tenía 30 años en ese momento. El reclutamiento de hombres para copar el ejército fue descomunal, nunca jamás visto. Ya desde los

13 años eran incorporados a las filas de las legiones. La guerra no parecía apreciarse en esta ocasión como la composición de una sinfonía como así lo había sido en los mejores tiempos del Imperio. Ahora era una barbaridad de personas de la cantidad que eran en el campo de batalla, enfervorizados, con miedo, y a su vez con ánimos de desesperación, porque era de vida o muerte. Iban dispuestos a todo, sin estar bien equipado y preparado el ejército, contaba con almas dispuestas a todo en el campo de batalla. Pues sería una guerra como de un populacho frente a otro, y no de un ejército ordenado frente a otro.

Látigo era el alma de esta batalla. Más fiero que él no había. Era fiero en apariencia como en su personalidad. Sus hombres eran tan brutales como su líder. En el campo de batalla cada quién demostraría su barbarie frente al otro. Marco estaba a cargo de una legión, y eligió estar entre las primeras filas, de entre aquellos que se sacrificarían primeramente. Llevaban el símbolo de la estrella de Israel como estandarte del Imperio. Y aclamaban una y otra vez el nombre del Señor como grito de guerra.

Una vez emplazados y establecidos en el terreno dónde se llevaría a cabo la contienda, las hordas de Látigo comenzaron el asedio. Marco encendió la respuesta, y con él se lanzaron las demás legiones del ejército romano. Se entablaron en gran batalla, dura batalla, estuvieron todo un día, cayeron cientos de millares de hombres en el terreno de la contienda, corría sangre como ríos, y las almas de los muertos parecían que seguían en batalla contra los fantasmas de los caídos enemigos. Nunca antes se vio tan feroz batalla en el mundo, ambos se jugaban la vida y el destino.

Marco quedó mal herido, pero se salvó de morir, fue rescatado y llevado con los heridos. Y por muy temido que haya sido Látigo, Roma le venció, pero le dejó huir sin constatar que le dejó el paso libre a la ciudad universal. Todo el ejército romano estaba situado al norte. Error[3] cometió su general en no liquidar a su enemigo, ahora lo que quedó de las hordas bárbaras iban de camino sin freno a saquear a la gran ciudad, y a sitiar a toda la península.

Ante este desconcierto y situación, el pueblo sintió el hacha en su cuello, indefensos y sin escapatoria no les restó otra que implorar y rezar a Dios por su protección. Milagrosamente esta protección llegaría

---

[3] Lo habría hecho porque al parecer tanto su vida como su puesto en el ejército dependían de la constante amenaza de los hunos, por ello no le convino liquidarlos.

de una forma anecdótica. El obispo de Roma Leandro, comprometido con la oración, y con fe en su Dios, fue a esperar a Látigo en las orillas del río Po, y ya entregado, pues sin nada más que perder, pidió una audiencia con el rey de los bárbaros. Látigo se dignó de la presencia de quién supuestamente era el líder espiritual de todo el Imperio, llegando apenas con una pequeña delegación, careciendo de toda protección armada. Látigo le pregunta:

Látigo: ¿Así que tú eres el líder espiritual de todo el Imperio? ¿Cómo así vienes ante mí? ¿No sabes que ahora yo puedo hacerte mi prisionero y mi rehén y pedir cualquier cosa a cambio?
Leandro: Somos servidores de Dios, y no tememos a la muerte ni a perder en esta vida, porque así lo enseña nuestro Libro Sagrado. Hemos venido para ver si Dios puede tocar el corazón del líder Huno, y demostrar piedad y un ejemplo más digno que cualquier otro rey conocido.

Látigo se sentiría un cobarde si tomaba por la fuerza a Leandro, hombre desarmado y solo investido de las armas de la fe. Y apreciaba en el pueblo romano algo que no había apreciado nunca antes en cualquiera de los demás contextos, en un instante parece haberse convertido en creyente del Dios de Abel, porque sintió la fuerza del Espíritu, y las llamas que iluminan a las almas de los abelinistas. No se atrevió a poner su mano sobre el pueblo romano, sentía que gran maldición caería sobre él si lo hacía, por tanto, le ofreció oro a Leandro como obsequio por gran diligencia de su parte, sin embargo Leandro lo rechazó, y tan solo se dignó del buen gesto de Látigo como premio celestial. Se despidieron, y el rey Huno regresó entre atemorizado y con el corazón sanado por la gracia que percibió.
El pueblo romano ahora veía en el obispo de Roma, a un hombre mucho más importante que al propio emperador. Pues hizo lo que aquel no pudo lograr, que era salvar a Roma del predador más grande que haya conocido. El corazón del bravo Huno fue mermado por la gracia de Dios. Cómo Dios no hay mejor protector, y quedó demostrado.
Marco regresó a casa, y en el camino mal herido se enteró de la gran proeza de su líder espiritual. Era un llamado a bajar las armas, y a hacerse de las armas de la fe. Así lo entendía todo el pueblo. Sin embargo en los círculos políticos se intentaba bajar la importancia del encuentro entre Látigo y Leandro, y dejarlo pasar como mera casualidad, o bajo ciertas murmuraciones, de que hubo algún tipo de

arreglo económico. Roma quería conservar su estatus político, a sus instituciones, sus impuestos y su ejército. Veía coherente esta decisión, y mal en pensar que todo quedara a la suerte. Pues dudaban que nuevamente tal suerte les privilegiara.

Marco entre tanto, abandonó al ejército, y sintió vergüenza de volver a empuñar una espada. Vivió el resto de su vida como veterano de guerra retirado, y se consagró a la fe pacífica de Abel.

Los demás pueblos bárbaros de las afueras se dieron cuenta de que era una gran oportunidad la presente, de lanzarse a invadir Roma. Látigo resintiéndose de su decisión tomada en el río Po de retirarse, avivó el fuego nuevamente para invadir definitivamente a Roma, pero murió de muerte súbita la noche próxima a declararle nuevamente la guerra. Pero ello no frenó a todas las hordas de pueblos bárbaros de tal entusiasmo, y se lanzaron cada uno guiados por sus respectivos reyes contra la gran ciudad y todo el Imperio.

Marco sería testigo de tal eventualidad, y se quedó con las palabras del obispo Leandro:

Leandro: La desconfianza y la duda de Dios de nuestros gobernantes, trajo como castigo el resurgir de la amenaza de nuestros pueblos hermanos. Ahora el Imperio tendrá que rendir cuentas de su gran pecado. Ellos querían que las instituciones sobrevivieran sobre la fe de Dios, sin embargo ahora Dios será mayormente acudido en detrimento y en la confianza que podamos tener en dichas instituciones. El Imperio puede desaparecer, ¡pero nuestra fe NO!

Tal así, Marco fue testigo de la invasión de los bárbaros, el Imperio fue desmembrado, saqueado, y "destruido". Solo quedó el recuerdo. Los reyes que invadieron la península irónicamente se consagraban como emperadores de todo el mundo, sin embargo no era más que una anécdota graciosa, nadie respondía a ellos, y se sucedían unos a otros, con traición y muerte. Se disputaban un título que tan solo pervivía en la memoria. Pues Italia no era más que un feudo, o un territorio compuesto por varios de ellos. Cada rey bárbaro en cada ciudad se hacía emperador de su tierra conquistada. Nadie obedecía a Roma. Lo único que hacia ubicarla como ciudad central, era el obispado abelinista.

Leandro volvió a hacer de Dios otra vez un héroe, salvando la vida de los habitantes de la gran ciudad de los bárbaros del sur que llegaron en barcos, y tan solo admitiendo sus posesiones materiales.

En las afueras de la ciudad, Leandro se reunió con el líder bárbaro de los vándalos, "Lancerito":

Lancerito: ¡Mis respetos para Ud. Obispo! ¿Viene a pedir clemencia por su ciudad también como lo hizo con el rey Huno? Yo no soy Látigo.
Leandro: En nombre de Dios estimado Lancerito, tal como le dije a tu predecesor, "honra la virtud de la clemencia sobre un pueblo, y serás estimado en toda la historia, lo que se hace hoy, tendrá eco en el mañana, y más aún en el más allá". Puedo repetir estas palabras cien veces, y cien veces tendrán eco y fortaleza, porque son palabras de verdad. Son palabras de nuestra fe, y Abel, nuestro patriarca, ha hablado a través de mí.
Lancerito: Verdaderamente eres digno de todo respeto, Obispo Leandro. Creí subestimarte, pero tu sabiduría y tus palabras, son como la ley, han de ser respetadas. No tomaré la vida de ningún ciudadano, pero a mis hombres les he prometido un gran botín, y voy a invadir a la ciudad y a quedarme con sus riquezas. Advierte a los tuyos de lo que haré, y que no impongan resistencia, y así nadie saldrá herido y perderá su vida.
Leandro: Que así sea...

Leandro era un hombre notable en el seno de la "Gran Secta Abelinista". Había hecho grande a la fe de Abel, y a su Secta reconocida en todas las naciones, como a su nombre y al testimonio de su historia. Él dijo algo que penetró en el seno de la Secta, y que repercutiría a través de los años en el devenir, dijo *Abel ha hablado a través de mí*, esto implica que dentro uno siglos, otros obispos de Roma tomarán de Leandro estas palabras para darle autoridad a Roma sobre todas las demás comunidades de la Secta, como también traerá aparejado rechazo y discusión, pero no hablaremos de ello en este preciso instante.
Marco se rindió a la fe de Abel, según como era enseñada por los líderes de la Secta, y abandonó la idea que había tenido, esa idea de fusionar al Imperio con la fe abelinista en una sola causa, y armada. La paz era nuevamente prodigada. Agostino en el siglo anterior, y ahora Leandro su benefactor.
Marcos moriría pobre y soltero, de muerte natural, feliz y en gracia de ser testigo de los grandes prodigios que ocurrieron en lo que fue de su vida. La historia de los demás personajes, no distaría mucho de suponernos qué fue, a razón de todos los sucesos acaecidos. Fausta y Prudencia vivieron el trágico hecho de perder a todas sus posesiones

materiales, y caer en la pobreza, a colocarse a la altura de vivir como un bárbaro, se casaron y tuvieron hijos, y educaron en la fe incluso a sus visitantes incivilizados que vinieron a establecerse en sus tierras. Poncio estaba feliz, pobre también, pero dialogando y educando a sus nuevos inmigrantes, que cayeron como invasores. Gregoria se fue a Egipto, huyó de la invasión, y oró por el mundo hasta el fin de sus días, se casó, tuvo hijos, y los educó cuidadosamente en su fe. Gloria se salvó de la muerte a manos de sus verdugos abelistas, no fue descubierta, y ahora con la llegada de los bárbaros, danzaba y se entregaba a los placeres con ellos.

Siglo VI

Y así en el siglo pasado, finalizaban los días del Imperio Romano, solo dejando en el presente su recuerdo de lo que fue o habría sido en el tramo oriental, gobernado por Constantinopla, la capital que fue instituida por Constante como ciudad universal en el siglo IV, y que ahora le pertenece a Bizancio, que no es más que un recuerdo de lo que fue el Imperio, como bien decía, aunque se siga alegando ser su heredero y de serlo de hecho.

En este siglo se configurará la que luego será conocida como la Edad Media, basada en un esquema de feudos y reinos, o señoríos, gobernados por unos caudillos que se creerán cada uno en su tierra unos absolutos emperadores, dueños y señores de las vidas y de los destinos de cada uno de sus habitantes, bajo regímenes autoritarios, precarios en instituciones, y con un sistema de leyes muy vagos y arcaicos.

Incluso Bizancio, quién a sí mismo se dice ser el Imperio Romano, tendrá forma de feudo, y aunque se aparente más civilizado que todos los demás, se pondrá a la orden del día con el contexto.

En este siglo habrán dos personajes notables, el rey franco "Clodo", y el emperador de Bizancio "Justo". El primero será el predecesor de un gran monarca que vendrá en un futuro no muy distante, dejando las bases para lo que luego será la Francia medieval. Y el segundo, el último intento de reconstituir al Imperio Romano y de poder recuperarlo.

Por tanto, este siglo tendrá una primera mitad y una segunda mitad como escenario. Nuestro personaje estará y cubrirá el tiempo de ambos. En esta ocasión cumplirá el rol de monje, primeramente a las órdenes del Abad Boniato, y luego a las órdenes del Obispo de Roma,

Gregario, al primero en la primera mitad del siglo, y al segundo en la segunda.

Para dar una idea del contexto, en Occidente, el Imperio había sido dado por muerto por la gente, el propio emperador, que no era más que un rey bárbaro, admitió la realidad, que Italia se había convertido en un feudo, y que él era su rey, y no un emperador de un Imperio que de hecho dejó de ser, luego de décadas de disputarse el trono entre los mismos secuaces bárbaros. Entre el tiempo en que Roma fue saqueada, hasta los tiempos en que Gregario fue Obispo, Roma vivenció una época de mucha oscuridad y de mucha carencia de un líder, conductor o guía. Fueron muchos años, los suficientes como para hacerla caer en la más profunda ruina. Sin servicios, sin economía, sin seguridad, sin una justicia confiable, y sin un gobierno estable ni representativo, Roma era un pedazo de campo habitado por muchos ciudadanos que emigraban día a día en busca de oportunidades en otras ciudades o zonas del mundo. La ciudad cada vez se volvía más solitaria, sus edificios históricos que llegaron a ser tan emblemáticos en ruinas y deshabitados. Muchas casas y departamentos convertidos en cuevas, ranchos y gallineros. Pues tan solo conservaba la fachada de lo que un día fue, pero de hecho era una villita que funcionaba como museo.

Las escuelas, las universidades y las academias, dejaron de ser, todo el saber pasó a los monasterios y a la Secta, en quién la gente ponía confianza y reconocía a su Obispo como su representante en la ciudad, y de un hipotético imperio.

Nuestro personaje, que anteriormente fue Marco, volvería a nacer en Italia, y en Roma. Así se presenta a Dios en el Inframundo:

Marco: ¡Bienaventurado seas mi Señor Dios, aquí me hago presente ante tu llamado!

Dios: Marco, apaciguaste parte de tu ira y de tu sed de gloria, a cambio de mi paz. Te envió nuevamente al mundo, al que estás arraigado, en una nueva misión. Padecerás las penas de un tiempo en el que el progreso, será debacle. Día a día te decepcionarás del avance material y de los gobiernos terrenales. Si una vez sentiste que todo evolucionaba y avanzaba, ahora verás su inverso. La gente se decepcionará de sus gobernantes y del mundo, desconcertados no sabrán que hacer de sí, cuando las aspiraciones son enriquecerse, como contrapartida no podrán huir del empobrecimiento creciente. Estate atento a esto que te digo, que por tanto la gente se aferrará a las enseñanzas de mi Libro Sagrado, en las cuales la pobreza es virtud, y allí encontrarán motivos

para animarse. Si el siglo pasado fueron úlceras para tu mundo, en este tendrás que hacerte de paciencia con las secuelas y enfermedad que dejaron. Pero serás bendito, y con eso tendrás con qué enorgullecerte.
Marco: Tus palabras son de ánimos mi Señor, me dispongo a afrontar el destino que me has dispuesto.
Dios: Que así sea.

Ahora la pregunta es, ¿qué será de los demás personajes que se han venido arrastrando en la historia que venimos relatando? Contarán con un destino similar al de nuestro principal personaje, tendrán que arreglárselas con este mundo decadente, cada uno buscando su propia salida, lo que implicará como contrapartida, que a partir de este tiempo, cada individuo surge mediante su propio talento y oficio, y dejando atrás esa idea de que todo quedaba en manos de los gobernantes. El que no le ponga el pecho a la vida y se suba el costal a los hombros, no sobrevivirá, por tanto todos están empujados a hacerlo y así sobrevivir.
Nuestro personaje nace en el seno de una familia abelista, pues ya nadie hay que quién no pertenezca al seno de la Secta. El paganismo fue contrarrestado y eliminado. Solo sobrevive en las tierras que no han sido avistadas y visitadas, como los pueblos del extremo norte.
Marco nacerá pronto, y ha llegado la hora, nacerá como varón, y será apodado "Santino". Este será su contexto, su juventud y su devenir:
Santino crecía fuerte, era obstinado como lo hemos conocido con anterioridad en sus pasadas vidas, con un ferviente amor por Dios y curiosidad por la historia y por el saber. Con el pasar de los años, él se había propuesto un futuro, como todo joven, pero la ciudad no significada una oportunidad, angustiosamente veía como sus amigos y mucha gente joven, como las familias, dejaban la ciudad y se iba a emigrar en busca de oportunidades en otras ciudades y en otros reinos. Se había enamorado en dos oportunidades, y ambas dos mujeres partieron con sus familias en busca de otros destinos, no volvió a verlas jamás. Desazón sentía en su corazón y abandono, quería hacer lo mismo, sin embargo estuvo vagando de ciudad en ciudad por la península, y el panorama que se presentaba era similar. Mucha gente caía en la más profunda ruina y tenaz pobreza. Habían bandas de mendigos, gente harapienta, y se encontraban malos hábitos entre ellos. La gente era creyente en el Dios de Israel, pero no había una dirección moral para la ciudadanía. Se veía en el compromiso de hacer algo por sí mismo, para no terminar como ellos, y para de cierta forma ayudar y aportar algo a la sociedad.

Por tanto, Santino conoció a unos ermitaños, gente que se había reunido y conformado en sociedades y que mantenían como código la exclusión de mujeres y el celibato. Pues se esmeraban en poder entregarse plenamente a Dios, sus vidas y sus cuerpos, buscaban combatir a la corrupción moral, y se empeñaban en la búsqueda de todo rastro del saber. Habían conformado una elite, que se habían hecho de una gran biblioteca. De allí estaba la idea de convertirse en maestros y en instructores de los habitantes de este mundo, y de guías de reyes y de magistrados del gobierno. Este grupo fue surgiendo naturalmente, tan naturalmente, como inconscientemente, pues estábamos hablando de un fenómeno colectivo, ya que sucedía de forma similar en distintos puntos del mundo. Y a este grupo lo encabezaba Boniato, a quién eligieron como Abad (Superior).

Boniato escribió un código, que era como la constitución del grupo, antecedente de lo que fueron las constituciones del milenio siguiente como la carta magna inglesa, que era secular, a diferencia de ésta que era de carácter monástico y religioso.

Santino se la pasó leyendo en la "casa de fe", como le apodaron, dialogando y debatiendo con sus hermanos, y aprendiendo manualidades. La casa de fe crecía, llegaban día a día nuevos integrantes, y se había hecho de recursos y de capital material. Tuvieron que emigrar y edificar una más grande, a la que le llamaron monasterio. Lo edificaron en el medio del campo, en el cual tuvieron independencia y contaron con el favor de los reyes, magistrados y demás religiosos. Se hicieron populares, y se convirtieron en un oasis para el mundo, en lo que respecta a la sabiduría, por tanto también en una necesidad para un mundo carente. Casi por poco podía hacer de municipio si hubiera contado con estructura física, pero distaba mucho de ello, pues eran tiempos de reconstrucción, y había antes que formar a las almas y a las mentes. Su fin era más espiritual y relacionado con el crecimiento personal y en lo debido a lo social, en cuanto a trabajar en equipo, formarse interiormente, para luego brindarse a los demás, y para que éstos se hagan de las armas suficientes para sobrellevar un gobierno y una vida. Su fin era la conversión de las almas y la dirección de las mentes. No estaba en sus planes la búsqueda de acumulación de capital y de estructura para hacer caminos, edificar puentes, preparar un ejército y sostener un Estado con el esfuerzo del tributo de todo un pueblo. A todo esto se lo había intentado infructuosamente. Pues había mucha contienda, rivalidad, falta de disciplina y de respeto por la autoridad. La gente no se sometía, y faltaba mucho el intelecto como la conducta. Por eso había que trabajar en lo personal de cada uno. Dónde había riqueza, todos iban a meter mano allí. Más a la Secta se la respetaba, porque a Dios era a lo único que se respetaba y al que se le temía. Desde los días de Leandro la Secta era respetada y en ella la gente ponía fe y confianza. El monasterio estaba bajo su tutela, por tanto era intocable.

En el norte de la Galia (Francia), había un rey llamado Clodo, pagano y de carácter, respetado y temido por los suyos, pero a su vez también odiado, por un pueblo con códigos tribales. Pues tuvo que enfrentarse a sus soldados en varias ocasiones, ya que como eran pueblos incultos e indisciplinados, era común que se sublevaran y se disputaran el liderazgo, incluso el suyo. El orden llegaría a partir de un instante, pues Clodo tuvo un par de batallas difíciles con sus vecinos, y sobrevino una que había puesto su cabeza en la piedra junto al hacha. Si no vencía, sería depuesto. Por tanto, en la desesperación y en la duda, oró al Dios de Abel como último recurso, que si vencía se convertiría a su fe.

Pues parecía que Dios había respondido a sus oraciones, y la victoria llegó. Clodo, apreciando tal eventualidad como obra de un milagro, se aprestó a convertirse. Ante esta noticia, envió a unos emisarios a Roma para que le prestaran las condiciones y le permitieran formar parte de la Secta. Santino y dos hermanos más fueron elegidos y enviados al norte para preparar a Clodo a ser iniciado en la fe de Abel.

El viaje fue largo, pero estuvieron acompañados por la delegación de Clodo, y no tuvieron demasiados inconvenientes. Cuando llegaron fueron recibidos como magistrados de un gobierno, y hasta más, casi a la altura de la dignidad de un rey. Se dispuso que para la fecha de la fiesta más importante de los paganos, el 25 de diciembre, se elija como rito de iniciación para formar parte de la Secta. Pues era significativa tal fecha, como renuncia a los ritos paganos y a abrirse a abrazar a la nueva fe, que será más importante.

Clodo, a las afueras del palacio gubernamental, y ante la presencia de todo su pueblo, fue iniciado en la fe de Abel. Fue tan emotiva y emocionante la ceremonia, que dejó cautivado a todo su pueblo que no demoró en seguir el ejemplo de su rey. Tuvieron que acudir más representantes de la Secta, para poder llevar a cabo la tarea de iniciar a cada habitante de los francos.

Fue la primera conversión en masa de todo un pueblo en todo el mundo, la primera nación bárbara que entraba como miembro en el seno de la Secta. Clodo quería seguir los pasos del antepasado Imperio, civilizar y educar a su pueblo, y traer progreso a su reino, pues para él pertenecer a los romanos con esta conversión, era como conformar una parte de lo que fue el Imperio.

El clima en su gobierno cambió, y de indisciplinado que era su pueblo como rebelde, Clodo pasó a ser respetado y dignado por todos, era no solo un jefe, sino un gobernante en nombre de Dios. Pues pasó a ser "amado" por los suyos. Su sociedad se cohesionó y se unió más, lo que le dio más relevancia a los francos sobre los demás pueblos.

No tardaron en imitarle los demás feudos y reinos aledaños. Y los que se resistían a convertirse, eran considerados enemigos. Los reinos convertidos junto con los francos, se apreciaban notablemente superiores a los demás. Sus soldados con mayor determinación y convicción, así como con mejor preparación, pues los reinos convertidos contaban con la instrucción de los monjes.

Santino tuvo una nueva misión, fue enviado a la tierra dónde una vez fueron los Hunos, el rey del feudo pidió la misma atención que Clodo, quería convertirse. Allí conoció a Isolda, quién en la vida pasada fue Látigo, el terrible rey de los Hunos. Era menor de edad que él, y estaba presta a convertirse a la fe de Abel.

Santino con su delegación inició al rey en los ritos de la fe de Abel, y así a toda la gente de su reino. Isolda también se convirtió, y fue iniciada por el mismo Santino. Allí tuvieron su primer encuentro. Santino conoció a su familia -de Isolda-, y dialogó un poco:

Santino: ¡Se la ve feliz! ¿No?
Padre de Isolda: La verdad que sí, todos estamos felices.
Santino: ¿Y encontrará un hombre con quién amarse?
Padre de Isolda: Mi hija es muy pretenciosa, se fija en los hombres más apuestos, pero yo le digo que se baje del caballo y que sus pretensiones sean más humildes, de lo contrario no encontrará varón.
Santino: También se la nota como muy callada.
Padre de Isolda: De momentos se le desata la lengua, especialmente cuando se da a la bebida (rizas).
Santino: Debe tener cuidado con ello, no es malo beber, pero no hacer de la bebida un desenfreno. Espero Isolda que ahora disfrutes de vivir en gracia, ya que te has iniciado en la fe, una promesa de mejor vida encontrarás.
Isolda: ¡Gracias, eres muy amable!

Isolda era entre tímida, callada y como bien dijo su padre, bebedora y pretensiosa. Pero era una buena mujer, y en su nueva fe, fue de las más creyentes y fieles, aunque tuvo que lidiar con sus malos hábitos todo el resto de su vida.

El rey Clodo falleció, y al poco tiempo el Abad Boniato. Entramos en la segunda mitad del siglo, y un nuevo emperador romano ascendía al trono en Constantinopla, su nombre era "Justo", y en Roma se sentaba en el sillón de Obispo de la Secta, el estimado "Gregario". Santino ya era un hombre mayor de edad, tenía 60 años, pero el Señor le regalaría 25 años más de vida. Era un monje diligente y enérgico. El Obispo lo nombró Abad de un monasterio, y le encomendó la construcción y restructuración de una gran biblioteca, lo puso como encargado de todo el saber, y a preparar lo que son las constituciones de cada monasterio que se abría, en base al código que realizó Boniato para el suyo.

Gregario vio con buenos ojos los frutos de las conversiones de los pueblos bárbaros del norte, y quería llegar aún más lejos, se propuso tal tarea como una gran misión, y la propia misión de la Secta, que era "id y predicar la Palabra a toda tierra y a todo habitante". Por lo que nombró a un monje encargado para tal labor, su nombre era Ansel, y al que le acompañó una gran delegación de hermanos. Fueron a Inglaterra, Irlanda, Dinamarca, Rusia, y hasta se dice que algunos llegaron a Escandinavia, pero de estos no se supo más. Convirtieron a mucha gente, y algunos reyes y señores feudales oyendo la historia de Clodo, siguieron sus pasos.

Entre tanto, en Italia, el rey bárbaro Alarik, hambriento de riquezas, se quería hacer con el botín de los caudales acumulados de la Secta en los monasterios y en la misma Sede de la gran ciudad. Saqueó varios de los monasterios, y Gregario desesperado, le envió un mensaje desesperado al emperador Justo del Imperio Oriental, para que acuda en su ayuda. La respuesta militar no llegó, por lo que Gregario tuvo que pactar una tregua con el rey Alarik, y le ofreció una renta como tributo a cambio de paz, y Alarik la aceptó.

El emperador Justo se pensó en la ayuda que le podría haber brindado a Roma, y lo que podría haber conseguido a cambio de tal ofrecimiento. De allí pensó en la idea de rescatar a todas las ciudades del occidente, y así tal vez poder recuperar la gloria pasada. No se conformaba con ser emperador de Bizancio (como le llamaban al Imperio Oriental), sino que ansiaba la gloria de sus antepasados, y se sentía en la aptitud para concretar dicha empresa, que de ser fructífera, su nombre se grabaría para toda la eternidad.

Por ello comenzó una gran cruzada, y puso todos los esfuerzos en preparar un gran ejército, bien equipado y adiestrado para el combate, aunque sería una sombra comparado con el de los mejores tiempos de Roma. Por lo que Justo le envió una carta a Gregario para hacerle saber que estará bajo su protección, y que prontamente someterá a todos los reinos bárbaros rebeldes de la fe y del Imperio.

Justo se enteró de la gran labor de los monjes, de sus obras, de sus constituciones y de la recopilación bibliotecaria de muchas obras que se habían considerado perdidas. Por lo que intentó imitarles y hasta superarles, compilando y creando un Código de Derecho unificado, el más completo del cual se tenga noción, que luego pasó a ser la herencia de lo que se conoce como derecho romano.

Quería que la capital de la fe de Abel sea Constantinopla, por lo que para rivalizar con Roma, construyó el Templo más grande jamás conocido. Abrió un nuevo concilio, buscó la forma de unificar a toda la fe basado en los elementos más tradicionales de la misma (ortodoxia).

Hizo al Estado nuevamente el monopolio de la economía, buscó abrir mercados con los reinos aledaños. Su reinado fue próspero, y se puede considerarlo como otro emperador romano más. Pero toda esta empresa implicó un gran esfuerzo para todo su pueblo, y su expansión, exitosa, trajo consigo problemas económicos muy graves, por lo que en sus últimos años fue repudiado por su pueblo.

Y desde el punto de vista religioso, tras competir con Gregario, por el podio del liderazgo de la Secta, hizo que Oriente se enemistara de Occidente. Pues hasta en el propio Concilio hubo divergencias entre ambos extremos, lo que podría determinar como el comienzo de un divorcio, no solo político sino hasta religioso, de lo que fue una vez el Imperio Occidental del Oriental. En Bizancio había mucho celo por atribuirse a sí mismo la herencia del pasado imperial, no solo de la política, sino también de la religión.

Justo imitó el procedimiento que vio en los reinos bárbaros del norte convertidos, como el caso preciso de los francos, vio lo efectiva que es una misma fe para todo un pueblo, por lo que buscó de todas las formas, eliminar a todas las llamadas "herejías", o sea, facciones independientes y divergentes de la tradición (ortodoxia) en la fe de Abel.

Al final de sus días, había concretado tal vez más de lo que se imaginó a partir de lo que se propuso, trajo nuevamente la gloria al Imperio, pero dejando en la ruina económica a gran parte de la población, sumada una gran peste que asoló a todo su reino. Se le considera el último emperador romano de la historia, y paladín de la fe de Abel en el Oriente, a la estatura del emperador Constante. Intentó expandirse lo más que pudo, en centralizar a todos los recursos, y en darle vida nuevamente al Estado.

Santino en ese tiempo no tuvo demasiado protagonismo, se centró en llevar una vida dentro de cuatro paredes dentro de su monasterio, en sus lecturas, en la recopilación de obras literarias, en debatir con sus hermanos, en asesorar a los miembros de la Secta, en preparar a las constituciones que le encargaban, y en llevar una vida contemplativa cumpliendo con todos los ritos que se establecieron en el código de su monasterio.

Así finalizaba este siglo y la experiencia de vida por la que pasó nuestro personaje. En el próximo siglo, el Imperio Bizantino tendrá que afrontar grandes reveses con la ascensión del Islam en Arabia, religión que fundará el llamado profeta "Mahoma" en el desierto de la península, quién dice haber sido enviado al mundo a comunicar la verdad que fue tergiversada por los hombres. La expansión de su fe, llevará consigo la apropiación de gran parte del territorio que era de Bizancio. Por tanto no se dirá más, y pasaremos al próximo capítulo, dónde será tratado.

Siglo VII

Como si fuera poco, a la ruina interna del Imperio Bizantino, ahora debía sumársele una nueva amenaza, "el avance del Islam". En el siglo VII de la era abeliana, nace al que consideran "el último profeta de la fe en el único Dios". El Islam considera a Mahoma a partir de su prédica, como el último profeta. Y de hecho es el último profeta del primer milenio, de una lista y de una saga de historias de hombre iluminados. Después de Mahoma no hay otro profeta. Pues lo que vendrán serán místicos de la fe, pero profeta, al último se lo considera a Mahoma, hasta el fin de los tiempos, instante por el cual se espera al Mesías.

En lo que va en seiscientos años, la fe abeliana ha pasado por una serie de procesos, concilios y diversidad de interpretaciones. Mahoma aparece como el hombre de Dios que va a revelar la verdad sobre la fe, quién iluminará y aclarará el significado de la verdad, sobre lo que los hombres entienden en el presente e interpretan de su fe. Él les mostrará la verdad, y demostrará que los hombres han tergiversado el mensaje inicial, renovando a su vez la propia fe.

El Islam, religión fundada por el profeta, se expandirá rápidamente, cubrirá a toda la península arábiga, avanzará por todo el norte de África y todo el territorio de Medio Oriente, incluido el sureste de la capital bizantina, o sea, parte de lo que es el territorio de Turquía, todo en el tiempo de un siglo.

Ha ocurrido que mucha gente ha aceptado el Islam, porque cuando vencían a los reinos, a medida que avanzaba, a aquellos que se convertían les permitían gozar de privilegios tributarios. Y lamentablemente la gente en general, no es sincera en su devoción, y eso podemos apreciarlo en todo tiempo. El interés forma parte también de muchos de aquellos que se acercan al Templo. Pero como dice el dicho "no hay mal que por bien no venga", y para el Islam este era un mal menor que por bien venía. El trabajo sería posterior, lo que implica la reconversión, o "conversión sincera".

El mensaje de Mahoma era muy contundente en este sentido, llamaba al Hombre a sincerarse con Dios, y denunciaba a toda hipocresía humana, por muy pequeña que fuera. Por eso, una vez que hayan aceptado el Islam, sobrevendría la conversión. Así fuera que lo hayan aceptado porque se enamoraron del mensaje de Mahoma, o por interés, como bien se lo ha señalado…

El Islam trajo algo que faltaba a estos tiempos, que era un espíritu de adoración a Dios mucho más intenso, y el respeto por lo sagrado.

No iré en detalles con el Islam y la historia de Mahoma, porque la misma ya se conoce y puede ser conocida si vamos a los libros de historia o aprendemos de su misma religión. Por lo que no se tocará, sino que se amoldará en el contexto de Occidente a parte de la historia ficticia de nuestra novela. La historia esta vez se va a centrar en nuestro personaje, que volverá, en este siglo, a ser un hombre de letras.

Al norte del Imperio Bizantino, rodeando el Danubio, se instaló un pueblo bárbaro, nómade, similar a los hunos, durante mucho tiempo, y fue como un tumor para Europa que se encontraba en pleno apogeo de una edad oscura, como le llaman muchos historiadores, por la falta de información que se ha podido recabar. Este pueblo bárbaro era conocido como los "ávaros", que aliado con los turcos del sur, ejercían gran presión sobre Bizancio.

El mundo estaba en decadencia, solo brillaba el Islam en esas instancias. Mahoma resultó ser el hombre más sobresaliente de su tiempo, más aún cuando se enseñaba que él era analfabeto desde su origen. Por lo que resultaba llamativo y milagroso que una persona así contara con tanta sabiduría y sea tan iluminado.

Occidente se sintió agraviado por las enseñanzas del Islam. Pues en ésta religión se decían muchas verdades y se cuestionaba a toda la autoridad de los concilios. Pues se decía que "entre abelianos se contradecían, más la verdad fue tergiversada, y Mahoma predicaba esa verdad".

Las ciudades seguían en declive. Constantinopla era la ciudad más importante del mundo, la más grande y la más próspera, aunque no eran los mejores tiempos del Imperio, que iba en decadencia siglo tras siglo. La gente continuaba abandonándolas, y como los monjes lo indicaban, cada familia se hacía con sus propios recursos. Migraban al campo y se establecían, ellos se proveían de agua, fabricaban sus propias herramientas, labraban la tierra, criaban animales, y se hacían artesanos de sus propios bienes y elementos. Reinaba la fe como comunión de unión entre los hombres. Pues no había gobierno secular, o sea, "político", pero había paz entre los pueblos, y la Secta reinaba sobre todos los hombres. Los hombres seguían sus principios éticos, y le respetaban. Por tanto la religión era el centro de comunión entre todos los hombres, como se dijo, las leyes estaban agarradas de las creencias, cada feudo tenía sus propias leyes, eran arcaicas, pero el mensaje de la religión se infiltraba en todos los campos de la vida, tanto en las leyes como en las costumbres.

Santino nacería nuevamente, y ahora estaba ante Dios en el Inframundo:

Santino: ¡Señor, heme ante Ti, aquí estoy respondiendo a tu llamado!

Dios: Santino, has vivido uno de los siglos más dignos que hacen a tu historia en tu pasar por la Tierra. Ahora te vuelvo a enviar, porque arraigado estás a ella, serás nuevamente un religioso, y tendrás desafíos por delante, como la amenaza del Islam sobre mi fe. Tendrás que demostrar que la fe de Abel, tal cual el pueblo que la heredó, responde a mis promesas iníciales a mi elegido Abel.

Santino: Tarea difícil en un mundo de oscuridad, me esmeraré lo más que pueda.

Entre tanto Clodo, Justo, Gregario y Boniato vuelven a nacer, pero a partir de ahora como mujeres, ya que venían de cumplir con el rol arquetípico que les tocó en la historia. Pero no nos centraremos en ellos, como así hemos hecho en capítulos anteriores con otros personajes. Sino en Santino, que ha nacido nuevamente, ahora en el reino de la Galia (Francia), y fue apodado como "Raimundo".

En todas partes, y en todos los rincones, no había lugar dónde no se hablara del tal Mahoma y del Corán. La Secta, presta y carente de cuerpo intelectual, con dificultad le podía hacer frente al Islam, que estaba dotado de rico contenido. Pues le sobrevino como balde de agua fría en un siglo muy pobre para nuestra civilización. No sabía ni tenía cómo defenderse, tardó en hacerse de armas, pero fue el comienzo de una carrera en las letras, como interludio del próximo renacimiento (renacer de la cultura, las artes, la ciencia y las letras) del siglo IX. Entre tanto, se utilizaron recursos deshonestos, como la edición de libros apócrifos, o sea, relatos y profecías falsas, que se suponían de los primeros tiempos y que ya hablaban del Islam. Al desafío del Islam, se oponía duda, confusión y engaño, para mantener la cohesión del abelinismo en Europa.

Raimundo nuevamente se consagró como monje, e intentó defender al abelinismo contra el Islam. Occidente estaba muy distante de Oriente, dividido por mar y por territorio bárbaro. Por lo que la cultura de la Europa Occidental, aislada de la Oriental, creció con su sello propio, y centrado en las creencias y por la fortaleza del Obispado de Roma, quién había centralizado la misión abelinista a partir de Gregario. De allí que todos los monasterios y la propia fe respondieran a Roma.

En este siglo no hubo amenaza militar sobre Occidente, sino en cuanto a las creencias se refieren, como bien se viene comentando. Occidente carente de las letras, se irá haciendo de las armas.

Vamos a relatar el contexto de Raimundo: Raimundo nació en el seno de una familia campesina humilde, como era costumbre en la época, el futuro estaba en formar parte de un monasterio, ya que para formar parte de la aristocracia militar, había que ser hijo de un señor, o tener la fortuna de ser nombrado por el rey. Por ello, Raimundo, como algunos de los integrantes de su familia, quienes no eran buenos con las manos y la tierra, se separaron de sus familias y se integraron a la vida dentro del monasterio. Aquí en este siglo ya se vislumbra la idea de las cruzadas, no desde el punto de vista armado, literalmente hablando, sino como principio de defensa de la fe, y como un elemento ya propio de la cultura. Entrar a un monasterio, en este siglo, era sinónimo de convertirse en paladín de la fe abelinista. La cruzada era hacer retroceder el nombre de Mahoma y su Corán, y revalidar al abelinismo.

Aunque el siglo sea el de una edad oscura, la moral y las costumbres de las personas eran ejemplares. Nunca faltaba en medio de la vida algunos desenfrenos, pero era común que se sirviera a los principios de la fe. Era oscura la edad, como bien señalé, por la falta de elaboración literaria que nos refleje algo de historia y de información. Además de pobre en elementos. Pero fuerte en principios y en moral. La gente estaba distribuida por el campo que era cada vez más poblado. La economía se unió a la política. El dinero dejó de basarse en una única moneda, y en ser dirigido por un ente central. El sistema político era esencialmente militar, o sea, el rey respondía por su gente en cuanto a la aplicación de la justicia y en mantener el orden, cuyo proceso era convalidado con el uso de la fuerza de las armas. A cambio, la gente le respondía al rey y a su jerarquía, con parte de sus cosechas y bienes, que era considerada la décima parte de sus bienes, y por temporada, lo que no siempre era mensualmente, esto según el caso.

Raimundo, junto con sus hermanos, intentaron darle respuesta al Islam. Estudiaban la doctrina de su Secta día tras día. Buscaban profecías o manuscritos antiguos que le ventilaran un poco más para poder saber cómo hacerle frente. No había forma de invalidar al Islam. El Islam era muy fuerte, y la sigla "no hay más Dios que Alá, y Mahoma su profeta". Las conversiones eran por millares, y eso sucedía de forma constante. Incluso los abelinistas del Oriente se rendían a su fe. Lo que implica la falta de convicción dentro del seno del abelinismo.

Todo esto que relato es necesario para tener en cuenta el contexto en el cual se cita a nuestro personaje. El siglo será pobre, y hasta les parecerá aburrido. Podría haber sido más entretenido si nos centráramos en el mundo islámico, cuyo instante marcó su origen, pero que por respeto al Islam, no tengo la intención de tergiversar a su mensaje. Por ello me centro en aquella Europa pobre en la cual vive nuestro personaje.

A la pobreza literaria, como bien se dijo, comenzaron a circular relatos ficticios que eran pasados por verídicos. Como bien se dijo, libros apócrifos que eran preparados para los monjes, y para la gente que era analfabeta, relatos orales junto al fogón nocturno. De allí fueron surgiendo los famosos bardos, bardos abelianos como bardos paganos de los pueblos del norte. En el inconsciente colectivo, las acciones se repetían de pueblo en pueblo, de reino en reino y de continente a continente.

La gente creía en su fe, no por convicción fidedigna, sino por el entusiasmo que ponían los artistas y oradores de su época, en el empeño y énfasis que ponían. Fue la época en la cual se inventaban las historias. Así la gente creía en su cultura.

Raimundo se inventó su propio discurso, que relató en medio de un fogón con sus hermanos monjes y un gran público de familias:

Raimundo: Hermanos, voy contarles lo que el Señor me ha revelado en sus escritos, y que por medio de sueños he recibido. El mensaje dice que ya en tiempos de nuestro padre de la fe, Abel, se predecía que debía llegar un mensajero en el extremo de los confines del mundo, que se levantaría como enemigo de nuestra Secta, la Secta de Dios, y que fundaría una nueva, en la cual tergiversaría todo el mensaje de la original.

Este mensajero es un falso profeta, pues el Diablo, no pudiendo vencer dentro del seno de los concilios, buscó a un hombre débil en el medio del desierto, para rivalizar con nuestro padre Abel, quién es el profeta de nuestra Secta, el último. Pues Dios quería a la fuerza del bien, equipararle un enemigo que se ponga a su altura para probar nuestra fidelidad.

Él permitió que nos confundamos, porque dice en la Escritura, "confundiré sus mentes[4]", para probar a nuestro espíritu. Permitiré que el dragón sea soltado en los confines de la Tierra, pero les enviaré un paladín que le venza. Y ese paladín surgirá de entre nosotros ¿Y quién será? Cada hermano que se disponga y ponga de su entusiasmo y de su fortaleza para enfrentarle, demostrará si es el digno paladín o héroe que Dios ha enviado. Para ello hay que disponerse, y hacerse cada uno de las armas necesarias.

Nuestro tiempo necesita héroes, hombres sabios e iluminados, dispuestos a enfrentar a ese dragón con dientes y pezuñas que devora a los hombres y los confunde en el camino del mal, arrebatándoles el Cielo prometido.

No te dejéis llevar por el engaño, pues perderás el Reino prometido, y te extraviarás para jamás regresar ¡Cuidado mis hermanos, porque dice la Escritura, sois ovejas, y de entre nosotros hay lobos feroces dispuestos a tragarlas y a devorarlas!

¡Cuidado porque el maligno anda suelto en las sombras de la noche, y se ha infiltrado en las mentes, y ahora se ha hecho presente en el día también! ¡Mucho cuidado! Cuidado con los falsos profetas, y con aquellos que les sirven. Se escabullan de entre nosotros, y ¡zas!, sacan un papiro, lo leen y serán confundidos. Cuidado a quién prestáis el oído. Escuchad a los servidores de nuestra Madre Secta, porque es vuestra fe, nuestra fe, la fe de Abel, del pueblo romano, la que triunfó en el corazón de Clodo, y que fue llevada a los confines de la Tierra, a la que

---

[4] En realidad en la Escritura el "confundiré sus mentes" se refiere desde una perspectiva para que los hombres no alcancen la piedra fundamental del saber, y se pierdan en su empeño de querer alcanzar a Dios. Raimundo en un siglo de ignorancia, tergiversa y mal interpreta la Escritura, y la adapta a su discurso falaz pero convincente.

nadie pudo resistir, porque en ella se obraban milagros y había verdad, porque mora el Espíritu de Dios.

¡Alabado sea Dios!

¡Alabado sea Abel!

¡Alabado sea el Pueblo de Dios!

¡Alabado sean los profetas y jueces del pasado!

¡Alabada sea la Creación!

¡Qué caigan nuestros adversarios y enemigos!

¡Ensalzado en la victoria sea el Altísimo Dios, al cual nadie podrá tumbar!

¡Señor envía ángeles y paladines a nuestro pueblo, los necesitamos!

¡Despierta, oh pueblo de Dios, escuchad el llamado!

¡Llamado estáis a tomar vuestras armas contra el terrible dragón!

¡Resguardaos de los que vienen a robar vuestra fe, de los ladrones del maligno!

A todo esto la gente, ignorante y analfabeta, escuchaba atenta los discursos de Raimundo. Se convencían de su propia fe, y se cerraban a todo lo que provenía de afuera. Los musulmanes estaban mejor preparados en doctrina, pero Occidente se estaba encerrando en sí mismo, y se volvía cada vez más intolerante contra todo lo que se venía predicando como adversidad.

El mundo islámico venía con fuerza, con el discurso, con la sabiduría, y con el papel y la tinta. Incluso políticamente estaba mejor organizado, hasta llegando a superar a Bizancio en muchos sentidos. Estaba rodeando a Europa por el sur, avanzaba militarmente, era imparable.

Occidente se contenía a medias tintas con sus elementos arcaicos, quién sabe cuánto duraría resistiendo.

Raimundo se emprendió en un camino de viajar de ciudad en ciudad, de región en región, relatando sus historias a toda gente y todo pueblo junto con sus hermanos que de igual índole y práctica ejercían por otras partes. En el norte, los pueblos bárbaros que aún no se convertían, imitaban el mismo ritual que estos monjes, pero con historias de paganos, y que incluso les superaban en entusiasmo.

Finalmente el Islam cruzó el Mediterráneo, y se instaló en la Hispania del sur. Europa temblaba ante su presencia. El pueblo franco se aferró a la oración más que nunca, pero necesitaba de ese paladín que profetizaba Raimundo, que los protegiera de los enemigos y adversarios musulmanes, para que la fe de Abel no sea vencida por su homónimo enemigo "el Islam".

Sobre la personalidad de Clodo, Justo, Gregario y Boniato, cuya nueva encarnaciones o reencarnaciones han sido en cuerpos femeninos, describe en ellas mujeres atentas a lo que dice la Palabra, fieles oyentes, mujeres de principios y comprometidas.

Las otras mujeres, las que corresponden a Agostino, Constante, Teodorico, Julio César y Alejandro Magno, estaban recatadas por el contexto, lo que ha implicado que han sido obedientes a la fe. El caso de Cesar y Alejandro, contra su voluntad, o sea, en base a sostenerse en medio de un conflicto interior. Pues su instinto era la desobediencia, pero debían contenerla obligadamente con mucho esfuerzo propio. A veces tenían sus deslices, pero pequeños, unos pocos, y de no hacer notar.

Respecto a quien corresponde a Hipatita, quién ha venido naciendo como varón, se ha consagrado a la fe de Abel, conformado una familia, y enseñándole de principios a sus hijos, los que iba desmenuzando a medida que oía todo lo que se decía de la Escritura y de su fe. Estaba inmerso en un contexto al cual se sentía perteneciente. Era un buen hombre.

Raimundo vivió muchos años, al igual que su vida pasada. Vivió sus últimos años muy ligados a la oración, rogando que el Islam sea frenado por Dios. Nunca dudó, pero a su vez, sentía que sus fuerzas declinaban, pues a medida que daba sus discursos, el Islam iba haciendo progresos, sin embargo se cuidaba de advertir de ello a la gente. Pero tarde o temprano, Europa tendría que verse las caras con su enemigo, y la pregunta era si estaba a la altura de dar una respuesta.

Siglo VIII

En este siglo, habrán tres personajes relevantes, el primer ministro Marth, su hijo Piper, y su nieto Carol. El Islam seguía avanzando, como bien se lo indicó en el capítulo anterior, y Europa estaba constreñida y temblante. Pero Marth, hombre de valía, fue el pilar con el que se topó el Islam.

Raimundo volvería a nacer en este siglo, y esta vez sería un soldado, porque así los tiempos dibujaban las circunstancias de la época. Entre tanto, fue llamado por Dios:

Raimundo: ¡Ante tu presencia me digno Señor en tu llamado!

Dios: Raimundo, un siglo malo para mi Secta ha pasado, los hombres han sido mediocres, prefiero olvidar todo lo que se ha visto, por eso será la edad oscura, el tiempo en que nadie relate, ni cuente historias de aquellos años.

Ahora volverás a nacer, como varón nuevamente, en el mundo al que estás arraigado, serás un guerrero, porque así los tiempos lo precisan y lo requieren.

Raimundo: Que sea como Tú digas...

Raimundo vuelve a nacer, en territorio franco, en el seno de una familia abelinista, y sirve al ejército desde muy joven, destacándose como un buen soldado. Fue apodado como Erik.

En este siglo se gestarán los famosos cantares de los héroes, tanto abelianos como paganos. Los pueblos bárbaros del norte comenzarán a prepararse para expandirse por el mundo. Pues sobrevendrán nuevas invasiones bárbaras. Pero ahora se ocuparán del Islam, porque es la amenaza presente.

El Islam conquistó a toda la península ibérica, y estaba a las puertas del reino franco. Marth, que fue nombrado primer ministro, depuso a uno de los descendientes del rey Clodo, y puso a otro familiar en el trono, considerado más apto y más a fin a su política, al rey Cloro.

Marth oró a San Miguel Arcángel, e imploró su protección, para frenar al Islam y proteger a la fe de Abel. Lleno de la Gracia de Dios, y cubierto por la fuerza de San Miguel, se dispuso en enfrentar a los musulmanes. Se situó en un estrecho, ocultos, para sorprender al enemigo. No usó los caminos, ni vías conocidas. Eran inferiores en número. En la formación estaba Erik, con apenas 14 años de edad, y el momento de la emboscada llegó. Una vez que el ejército musulmán se amontonó en el estrecho, se lanzaron las formaciones de los francos sobre éstos, y los masacraron. Usaron hachas como armas, y no tuvieron misericordia, ni ningún tipo de piedad sobre éstos. El líder musulmán cayó en batalla, y el ejército enemigo, confundido se repliega y se toma en retirada. Jamás ejército musulmán alguno se atrevió nuevamente a pisar territorio franco.

Erik, era un tipo alto, vigoroso, con buen porte, bien parecido y con rasgos germánicos. Era joven, pero era muy fuerte. Luego de la victoria obtenida, como la gran mayoría del ejército, regresan a sus hogares y a retomar sus vidas. Pues los ejércitos no eran permanentes, sino de voluntarios. Por tanto Erik se dedicó a componer canciones de gesta, y se convirtió en un viajero en busca de aventuras ofreciendo sus servicios militares a quién lo necesitara.

Viajó con un colega suyo, "Osmar", recorrieron a todo el reino franco, viajaron a las islas británicas, incluso se animaron a la Escandinavia. Grandes aventuras pasaron, y fueron estimados por todos los habitantes a los que sirvieron y a los que visitaron.

Erik, a diferencia de sus muchas vidas pasadas, resultó ser un bebedor y hasta un fornicario adúltero. Detalle que fue recriminado por muchos de los religiosos que le conocieron. Osmar era su fiel amigo de aventuras, éste le apoyaría en todas sus travesías, e incluso en su conducta. Eran "culo y calzón", grandes hermanos de la vida.

En este tiempo se cruzaría nuevamente con algunos de los personajes de capítulos pasados, por tanto, en tal relevancia detallaremos sus nacimientos. Quién fue Lucila, que en tantas veces fue apodada Lucila, ahora nacerá en tierras germánicas, y se llamará "Frida". Ahora será Erik quién tome vendetta de lo que ella le hizo siglos atrás.

Erik estaba recorriendo el norte del reino franco, y se quedó a pasar la noche en una de las pequeñas comunas. Allí conocería a Frida. Eligieron una taberna que funcionaba también como hotel.

Osmar: ¡Amigo Erik, cuéntales a los muchachos en cuantas proezas hemos andado!

Erik: Con mi amigo Osmar, hemos rescatado a doncellas en manos de asaltantes. Hemos recuperado botines robados, como también nos hemos enfrentado a malhechores que hostigaban a las familias. Y a más de uno le hemos salvado el pellejo de amedrentadores.

Ernest: ¡Esas son puras patrañas! ¡Vosotros sois unos embusteros charlatanes! ¡No hacen más que contar historias inventadas!

(Rizas y carcajadas)

Osmar: ¡Pues si no nos creéis, mi colega y yo podemos retarlos a un duelo, para que veáis nuestra destreza!

Osmar y Erik, contaban con aproximadamente 25 años de edad, estaban bien dotados físicamente, y por su carisma y carácter, intimidaban a más de uno, lo que implicaba que pocos se animaban a enfrentarles.

A esto, Frida escuchaba desde un rincón:

Frida: ¿Y sois tan buenos con la espada como lo sois en la cama?

(Erik y Osmar giran a ver a Frida)

Erik: ¿Y quién es ésta doncella que pregunta y nos desafía, acaso se atrevería con alguno de nosotros?
Osmar: ¡O con ambos!...
(Rizas y carcajadas)
Frida: ¡Os reto a ambos, que no duráis ni una hora conmigo!
Erik: ¡Vaya mujer, eres más valiente que estos presentes, nos sorprendéis! ¡Aceptamos tu reto! ¿Estás de acuerdo Osmar?
Osmar: Por mi parte está todo más que listo hermano mío ¡Le enseñaremos a esta mujer para que aprenda con quienes se ha metido!

Entre tanto se turnaron uno y el otro, primero se acuesta Erik con Frida, luego de durar dos horas y media, entra su colega que dura una hora y media, y Frida estaba que no daba más. Luego se acostaron los tres en la habitación y durmieron hasta la mañana. Se despiertan y ella les habla:

Frida: ¿Por lo que veo estáis de pasada, hacia dónde van?
Erik: No tenemos destino fijo mujer.
Frida: ¿No les vale la compañía femenina en el viaje?
Erik: ¿Estás diciendo que queréis venir con nosotros? Podrías ser un estorbo.

Erik y Osmar levantaban mujeres por casi todos los pueblos que pisaban, no eran hombres de una sola mujer, pero Frida les insistía:

Frida: ¡Vamos, un poco de mi calor no les vendría mal!
Erik: ¿Cuál es tu interés con nosotros mujer? ¿No has conocido otros hombres tan apuestos?
Frida: Digamos que he tenido la fortuna de conocer dos sementales con un porte formidables.
Erik: ¿Pero acaso no estarás interesada en nuestro oro también?
Frida: En toda hermandad se comparten los bienes, yo podría hacer de alcahueta de vosotros ante otras doncellas.

La oferta no les parecía tan mala, por lo que Erik y Osmar se comentaron de la proposición, y decidieron cargar con ella un tiempo.

Osmar: ¡En caso de escasez al menos ya tendremos una mujer, no es mala idea hermano mío!
Erik: Pienso lo mismo mi compadre... ¡Está decidido!

Por lo que parecía de cierto modo un estorbo Frida, ya que empañaba la reputación de ambos, a donde quiera que llegaban, las doncellas y las mujeres se preguntaban sobre dicha compañía y murmuraban. Por tanto, viajaron por toda las ciudades del norte del reino franco y bajaron costeando los Alpes hasta el norte de Italia, y allí la despidieron.

Uno se pondrá a pensar el interés de Frida, y era por una parte que sentía atracción por Erik, pero por otra parte, sentía que con él obtendría otros favores, riquezas y más hombres. Ella pensaba apuñalarle (traicionarle), o sea, dejarle primero a Erik y llevarse un beneficio, pero era tal el éxito de este personaje y héroe de los villanos, que nada le empañaba sus proezas. Por tanto ambos le abandonaron en la ciudad de Pavía, mientras ella dormía, y rápidamente tomaron hacia el norte. Al despertarse Frida, vio que Erik y Osmar le abandonaron, y los maldijo, intentando seguirle el rastro infructuosamente. No tenía a dónde ir, y se encontraba sin medios económicos.

Erik sintió un poco de culpa por haberle abandonado, pero con un par de cervezas y con el pasar de unos días, todo quedó olvidado. Su amigo Osmar le animaba:

Osmar: Seguro se las ha sabido arreglar, es una mujer inteligente, nadie hay que no tenga cómo arreglárselas, podrá pedir limosna en un monasterio, hay muchas formas de sobrevivir.

Erik: ¡Tienes razón, aparte la terca fue ella que insistió en venir con nosotros!

Se volverían a ver más adelante, pero antes, nuestro personaje cruzará el océano en el norte, y visitará Escandinavia.

A dónde iba, por donde quiera que fuera, tomaba su laúd, y tocaba las tantas canciones que componía, todo el mundo hacia una ronda frente a él, sea en el bosque, en las ciudades, en las tabernas, como en el barco.

En esos días en el reino franco, Piper, hijo del fallecido primer ministro Marth, se consagraba como rey de los francos, desterrando a la línea sucesoria de Clodo, pues el Obispo de Roma dijo, "el que gobierna de hecho, de hecho ha de ser rey". Pues Piper, como primer ministro, era quien gobernaba de hecho, pero él no era el rey sino Cloro, por tanto, habiendo Piper hecho grandes favores al Obispo de Roma, como vencer al rey lombardo, que residía en Italia, y que siempre le ha hostigado, le entregó las tierras arrebatadas para que sean regidas por la Secta. Así el Obispo de Roma se convierte no solo en un líder espiritual, sino también en un "señor feudal". Cobra diezmos por los ritos religiosos, y a su vez los cobra como jefe de Estado. Por tanto, para retribuirle dicho favor a Piper, le apoya en su cruzada para consagrarse rey. Así concluye la línea sanguínea de Clodo, y se consagra la de Marth y de Piper, como la nueva familia real.

El barco que llevaba a Erik y a Osmar, desembarca en Escandinavia, tierra poco visitada por los del sur, pues se conocían los malos hábitos de la gente que la habitaba, y de lo bravo que eran. Se encontrarían con dificultades y amenazas de muerte, por lo que breve tiempo estarían allí.

Los vikingos, que era el pueblo que habitaba esas tierras, eran mucho más bárbaros que Osmar y Erik, la contextura física de la mayoría era de la estatura de estos dos, y hasta había quienes les superaban. Ambos dos apenas se perdían entre la multitud, y por tanta charlatanería fueron retados. Se encontraban en una taberna, y así se dio la situación:

Osmar: ¡Estimado Erik, cuéntales de las proezas con las que nos hemos cargado, a esta gente!

Ambos estaban algo intimidados.

Erik: ¡Claro hermano Osmar! Vosotros no sabéis de nuestras aventuras, hemos sido paladines en varias ciudades, cometiendo acciones de héroes, salvando a doncellas de manos de villanos, recuperando riquezas, y dirigiendo ejércitos de algún señor contra otro, venciendo en todas las ocasiones.

Ansgar: ¡Si sois tan buenos, ya mismo os reto al combate, y quien no muera vence!

Ante la mirada de todos, Erik y Osmar no tuvieron más que aceptar el reto.

Erik: ¿Y de qué se tratará el reto, de alguna hazaña o demostración de fuerza?

Ansgar: ¡Será de un duelo, yo solo frente a ustedes dos, podré cargármelos sin problemas, bribones! ¡En esta tierra sobran héroes, pero no charlatanes como vosotros!

Erik no era cualquier contrincante, pero tenía noción de que ese era un pueblo guerrero y violento, tuvo que aceptar el reto junto a su amigo Osmar.

Erik: ¿Y qué tipo de armas usaremos?
Ansgar: ¡La que os guste! De antemano les digo que usaré mi espada y mi escudo.

Por tanto salieron de la taberna, y se enfrentaron en las afueras, bajo una nevada tenue de otoño. Esperaron ver los movimientos de Ansgar, y allí habiéndolo estudiado, tomaron la iniciativa de atacarle. En tanto Erik, intrépido, dijo:

Erik: ¡La batalla es injusta, conmigo solo bastará para vencerte, gigante del norte!
Ansgar: ¡Acepto tu oferta, pero será peor para vosotros!

Gran batalla dio Erik, pero en la misma perdió dos dedos, y recibió una herida en la pierna. Al ser más veloz pudo serle rival, y acabó venciendo, lo tumbó y le puso la espada en el cuello.

Ansgar: ¡Acaba con mi vida, luchando y con la espada en las manos quiero morir, no te detengas, porque te mataré si lo haces!

Hombre fiero y valiente le resultó Ansgar a Erik, no podía concebir matar a tal digno contrincante, por lo que Osmar, que había quedado intimidado, tomó la espada de Erik y le cortó el cuello a Ansgar.
Luego de tal hazaña, surgieron más retadores, por lo que tuvieron que salir de esas tierras lo más pronto posible. Pues acabarían muriendo allí de quedarse, eran extranjeros, y no eran queridos, pues la gente era reacia a los forasteros, y distinguían con facilidad al que no pertenecía a su pueblo, sea por su acento, vestimenta y por sus rasgos físicos.
Partieron en el primer barco a tierras anglosajonas. También allí se encontraron con costumbres muy salvajes, aunque reinara la Secta. Se recorrieron la isla un par de meses, cantaban sus canciones de gestas, contaban sus historias y las exageraban, como de costumbre, levantaron varias mujeres, por cada ciudad que visitaban, hasta que se hicieron conocidos y levantaron recelos de la gente del lugar, y tuvieron que marcharse nuevamente a la Francia.
Cuando llegaron a Francia, el rey Carol reinaba en el norte, y se estaba enfrentando con su hermano Carman que reinaba en el sur. Pues su padre Piper, previo a morir, dividió el reino en dos para sus dos hijos. No tardaron Osmar y Erik en sumarse a las filas del rey Carol, que persiguió a su hermano Carman hasta la ciudad norteña de Italia, "Pavía". La

rodearon, pero no pudieron sitiarla. Por lo que el rey Carol fue a visitar al Obispo de Roma para que le bendiga, y a la vuelta, la ciudad claudicó, pues fue afectada por una peste. Este hecho fue tomado como un milagro en favor del rey Carol. Carman huyó hacia las tierras orientales de los ávaros, y no se supo más de él ni de sus hijos que le acompañaban.

Carol sintió que Dios estaba con él, por lo que se animó a más travesías, y le hacía la guerra a los pueblos bárbaros rebeldes que lindaban con su reino, iba de un extremo a otro con su ejército, y siempre vencía, hasta que tan soberbio se volvió, que al parecer Dios le dio la espalda. En los dos frentes, tanto occidental como oriental, perdió dos de sus más grandes ejércitos. Pero Dios le obsequió un momento más de gloria. Del reino sajón del este, su rey Vikid, decidió convertirse a la fe Abelista, y Carol ofreció hacer de padrino.

Se sintió tan conmovido el rey franco, que por tal gesto de aceptar formar parte de la Secta, le devolvió sus tierras. Todo el pueblo sajón se convirtió al abelinismo. El tiempo en que el rey Carol había masacrado a millares de civiles, quedaba como un mal recuerdo olvidado.

Erik y Osmar ya estaban en edad avanzada, y se encontraron con Frida de casualidad en una taberna:

Frida: ¿Qué hacéis vosotros, se han olvidado de mí?

Erik: ¿Y tú quién eres mujer?

Frida: ¡Pobres miserables, y poco caballeros, vergüenza debería darles! ¡Soy la mujer que abandonaron!

Osmar: ¡Frida, que gusto verte!

Frida: ¿Gusto? ¡Mis callos! ¡Malditos rufianes, no saben por todo lo que tuve que pasar!

Erik: Lo siento Frida, debes perdonarnos, fueron cosas de nuestra juventud, ya es pasado.

Osmar: ¿Y qué fue de ti Frida, te has casado?

Frida: ¡Detesto a los hombres! Tengo dos hijos, y ya soy abuela, sus padres se fugaron al igual que ustedes. No hay caballeros en estos tiempos, solo bajeza de hombres. Solo les importa el sexo y sus aventuras. No se hacen cargo de sus compromisos ¡Son todos unos hipócritas!

Erik y Osmar se sentían incómodos, pues estaban ante la presencia de una mujer despechada. No cabe duda del machismo de ese tiempo, y de la falta de piedad con el otro. El ego de los hombres era grande.

Erik y Osmar murieron pobres y como unos ancianos mendigos. Uno murió antes que el otro, quién tuvo la gracia de morir antes fue Osmar. Erik tuvo que arreglárselas solo, pidió vivir junto a un grupo de monjes en un monasterio y así expiar los pecados de su juventud. Fue aceptado y allí murió el pobre diablo. Entre tanto Frida se quedó con el mal recuerdo, pero fue bien atendida por sus hijos y sus nietos, y murió acompañada.

El rey Carol se convirtió entre tanto, en emperador[5] de los abelistas. El Obispo de Roma le consagró el 25 de diciembre, al igual que Clodo para su bautismo, en la misma ciudad de Roma, para sorpresa del rey, como un regalo de parte de la Secta, para gran regente servidor.

Bizancio se alzó en celos, y dijo su emperador: "Emperador solo hay uno, y reside en Constantinopla ¿Para qué otro?". No reconocían la corona de Carol, pero ante la bendición del Obispo romano, no tenían cómo desacreditarle. Bizancio era un reino ajeno, fuera de la órbita y del contexto en el cual se vivía en Occidente, no tenía cómo influir, por lo que no valían nada sus protestas.

Así finalizaba este siglo. El Islam entre tanto tuvo que armarse de una teología y de una apologética propia, pues de lo que iba del siglo anterior a este, surgieron notables críticos de esa fe, y con muy buena formación, decían que "las revelaciones de Mahoma, eran sueños que él había tenido".

Siglo IX

En el siglo IX, aún la civilización había tocado fondo, aunque ya se vislumbraban aires de progresos. Contaba con el ímpetu del siglo precedente, por los grandes combates que se sucedieron, por el valor y la confianza en Dios. A Carol le faltaba un último toque de gracia como para coronar con una guirnalda su reinado, instituir la escuela del saber, al que se lo llamó en la posteridad como "renacimiento", por regresar a las letras y a las artes de los pasados. Erik volvería a nacer en este siglo pero en la Bretaña del norte. Se iría consagrando a lo que le espera en los futuros siglos. Volvió a consagrarse a Dios, y ante su presencia nuevamente se dispuso en el Inframundo:

---

[5] El hecho notable de la coronación de Carlomagno en la Navidad del año 800, implicó como consecuencia que tal evento sea imitado en el futuro, haciendo crecer en importancia a la figura del Obispo de Roma.

Erik: ¡Bienaventurado seas Oh Señor de las Alturas, heme, ante Ti me dispongo en tu presencia!

Dios: Erik, has dado muestras de tu mala conducta en el siglo pasado, mídete en tus acciones, no quiero que caigas en la rebeldía.

Erik: Lo siento Señor, es mi mal genio, con el que aún cargo en mi alma.

Dios: Volverás a nacer de mi Gracia nuevamente, en este mundo al que estás arraigado. Te pido que des un mejor ejemplo de aquí en más.

Erik: ¡Haré todo lo posible Señor que esté a mi disposición!

Y Erik vuelve a nacer, en el seno de una familia abelinista en las tierras anglosajonas, en un siglo de muchos desmanes e invasiones, aunque de un despertar de la cultura y de las letras. Es apodado como William, y nacerá en familia acomodada. Como integrante de una familia de clase media en la Bretaña anglosajona, formará parte en las fuerzas militares del reino. Será un siglo complicado y de muchos cambios. Tendrán que afrontar las invasiones normandas, alentadas por los bardos escandinavos, creadores de poemas y de toda la mitología nórdica.

Estos bardos, relataban a modo de cantos, las historias y las hazañas de los héroes y de los dioses en los que ellos ponían fe. Sus historias eran épicas, plagadas de hazañas militares. El vikingo no creía en nada más que en lo que aquellos relataban. Contaban con ingeniería avanzada, de allí la creación de sus barcos, que superaban a cualquiera de los otros, pero esto era puro pragmatismo y una obra del inconsciente.

En Europa nace el rito religioso gregariano, que es la celebración de la conmemoración más sagrada del abelinismo. Se unificaron los cantos religiosos, y se hizo algo novedoso, que es la anotación musical, pero de mera forma arcaica, carente de la melodía que no la distinguía, por tanto cuando se recitaban cantos antiguos, se lo hacía sin la melodía, a modo de cantos llanos. Pero con el tiempo, surgieron compositores, como Osvaldo, que crearon la polifonía, o sea, la conjunción de dos líneas melódicas, y de dos letras en paralelo al mismo tiempo.

La arquitectura dio énfasis en hacer sobresalir a los templos religiosos. Todo surge con la Cúpula de la Roca en Jerusalén, construida en el siglo anterior. Pues desde lejos cuando uno llega a la ciudad sagrada, se aprecia sobresaliente este edificio de culto del Islam. Así en Europa para contrarrestar a la competencia, se comenzaron a construir templos que sobresalgan en altura. El trabajo de estos colosos sería cien por ciento artesanal a cada detalle. La famosa cúpula del edificio musulmán, servirá como modelo para la creación de los techos de las naves de los templos abelinistas.

En cuanto a la filosofía, los árabes serán los maestros, en la famosa "Casa de la Sabiduría", en Bagdad, que será el templo del saber durante un par de siglos. Allí crearán el algoritmo, como base para el cálculo, los principios básicos para la máquina de sacar fotos en el futuro, y la filosofía, como base esencial para el pensamiento. Alíkindo enseña que la revelación es el instrumento divino para conocer la verdad, más el que no posea ese don, puede alcanzarla por medio del pensamiento. Si traducimos esta sentencia con la interpretación de la psicología moderna, sería que "el que no puede valerse del inconsciente para llegar a una respuesta, puede valerse de la mente consciente". Godelio[6] en un futuro invertirá esta sentencia, y dirá "cuando no podemos hallar la respuesta mediante la lógica, podemos valernos de nuestra intuición, ventaja que las máquinas no poseen sobre el ser humano".

Ahora lo más interesante que ocurre en este siglo es el cambio de sexo en cuanto a nacimientos se trate, del adversario de William, quién fue Lucila y a su vez Frida, luego de que haya reinado su arquetipo opuesto, que es Carol, comenzará a nacer varón:

Frida: ¡Mi Señor, me digno ante tu presencia, me llamaste!
Dios: Frida, Carol ha muerto, ahora tú nacerás como varón hasta que hayas cumplido con tu rol arquetípico dentro de un milenio.
Frida: ¡Que así sea mi Señor!

Frida, quién ahora será varón, nace en Bizancio en el norte de Turquía, en el seno de una familia abelinista, y es apodado Erasmus. Erasmus a pronta edad, resalta por su inteligencia y curiosidad, y se interesa fascinado por las letras y el saber. Viaja a Bagdad y se convierte en alumno en la Casa de la Sabiduría. Allí conoce a todos los autores antiguos, tanto griegos, romanos como egipcios, hasta han llegado a sus manos algunos autores indios. Se interesó por todas las ciencias, tanto formales como ocultas. Sin embargo había mucho filtro, pues el Islam controlaba lo que se debía enseñar y lo que no. Se habían vetado a muchas prácticas y prohibido libros. Erasmus regresó a Turquía, y allí se doctoró en filosofía y teología, en su lado más oculto y siniestro, tenía

---

6 Gödel, del cual ni se hará mención en el siglo XX. Pues el siglo IX del XX, a pesar de que en éste último los progresos son formidables, se diferencia en que es en el Renacimiento Carolingio cuando se hace más énfasis en el saber. El pensamiento en el siglo XX queda aturdido por la locura y el desenfreno por lo sexual.

pensado reformar al mundo. Pues no lo pudo hacer él, pero sí pudo influir en sus contemporáneos.

Entre tanto, mientras el mundo se hacía de este impulso cultural, los vikingos (pueblos paganos del norte), invadían a todo el mundo. Nadie se preguntaba de dónde venían y por qué venían, solo pensaban que eran seres demoníacos, sin la menor misericordia. Se les llamaba "el terror del norte". Se cuenta que en sus tierras, en este siglo reinaba un tal "Halfgran el de cabellos negros", rey muy estimado, pero sobre todo por su fortuna. Se dice que a dónde el pisaba, no faltaba ni el pan, ni la riqueza, y siempre había buena cosecha, como si la providencia estuviera con él. Por eso al morir, las diferentes tribus se pelearon por su cuerpo, por lo que fue descuartizado, y enterrado en partes en cada poblado. El vikingo en este sentido se tenía confianza, como su líder que siempre le acompañó la suerte, no temían en sus travesías, ni al mar, ni al frío, ni al mal tiempo, ni a sus enemigos. Era un guerrero con pura confianza, pero a su vez avivado por sus historias, de cultura salvaje y de contextura física bien dotada. No temía a la muerte, pues eran hombres muy religiosos, vivían esta vida como dentro del mito. No dudaban de la otra vida, y creían que para ganarse el Cielo debían morir en combate.

A nuestro personaje le tocó tener que hacer frente a estas hordas de bárbaros que también invadieron a la isla. Contaba con la edad de 25 años, y era ávido en asuntos militares, combatía al servicio del rey Arnolfo. La historia comienza cuando el jefe danés Gothrill, toma la fortaleza dónde se radicaba la hermana del rey, la princesa "Catherine", a quién tomó de rehén junto con varios de los integrantes de la milicia. Entre tanto, Arnolfo preparó un pequeño ejército bien equipado para llevar a cabo el rescate, intentando sorprenderlos por la noche:

Arnolfo: Estimados hermanos, en nombre de nuestro pueblo y de nuestra fe, no podemos permitir que la invasión de estos hombres prevalezca, de lo contrario estaremos perdidos, e igual destino sufrirán todas las familias.

Soldados: ¡Estamos contigo, rey nuestro!

La embestida se llevó a cabo, pero infructuosamente, llegaron los hombres de Arnolfo a dar con la princesa, pero fueron capturados. El resto de la tropa se enfrentó a un puñado de hombres de los invasores, les vencieron, pero no pudieron contra el grueso de tremendo tamaño de ejército, por lo que fueron masacrados, y Arnolfo con suerte pudo huir. Tuvo que deshacerse de todas las insignias reales, y pasar por campesino, caminó decenas de kilómetros hasta poder encontrar una villa en la que refugiarse. En esa villa conocería a William, nuestro personaje.

El rey, sin presentarse, golpea la puerta de la casa de William mendigando alojamiento y alimento. William, cortésmente le permite pasar y poder quedarse, luego de un rato de conversación, el rey le comenta del incidente con los normandos:

William: ¿Mi buen amigo te noto angustiado, dime que té sucede?

Arnoflo: Sabrás que nuestro reino corre riesgo desde la llegada de los invasores. La gente no se ha preocupado lo suficiente, la princesa hermana del rey, ha sido secuestrada, y el rey está prófugo de sus enemigos, no se sabe nada de él.

William: ¡Esto que me comentas es muy serio, yo sirvo al ejército del reino, para lo que mi rey necesite le serviré, aún más si tengo que defender a mi pueblo y a mi fe!

Arnolfo: Pues esto haremos, advertiremos lo más pronto posible a nuestros vecinos, y crearemos la armada más grande que no se haya conocido, y les invadiremos para rescatar a la princesa. Pero antes también debemos hallar al rey.

William: ¡Cuenta conmigo hermano, desde este preciso momento!

Por lo que no demoraron, a la mañana bien temprano tomaron sus armas, e hicieron reunir a los miembros de toda la comuna, y gran discurso hizo Arnolfo, arengándolos al combate. Idénticas escenas se dieron en los demás pueblos a los que acudieron, y en poco tiempo reunieron un gran ejército, tan capaz de poder hacerle frente a los normandos. El pueblo clamaba por la aparición de su rey, y a esto Arnolfo dice lo siguiente:

Arnolfo: ¡Clamáis por vuestro rey, y yo también anhelo que él esté presente, pues somos como huérfanos y sin esperanzas! ¡Quiero decirlos que vuestro rey está bien, y que ahora mismo se está dirigiendo a ustedes!

William se sorprendió al escuchar tales palabras, y como él, se sorprendió medio centenar de los presentes. Muchos se sintieron avergonzados por el tipo de trato que le habían dado, más el propio rey pidió disculpas por su falta de capacidad para protegerles y defenderles.

Más por su humildad, férrea devoción brindaron todos los que iban a la batalla.

El rey Gothrill se sentía con confianza para derrotar a Arnolfo en combate, pues ya dos veces logró su cometido. Quería vencerle definitivamente, y hacerse con el trono de Inglaterra, y hacer a la hermana de Arnolfo su reina, incluso contra su voluntad.

Arnolfo con William y todo su ejército se presentaron al combate. Triplicaron el tamaño del ejército del enemigo. Presentaron gran batalla, aunque los normandos estaban mejor equipados, y sus hombres eran más capaces y aptos para el combate. Arnolfo perdió muchos de sus hombres, y se quedó con dos tercios de los que fueron desde el comienzo, pero finalmente vencieron. Los normandos tuvieron que abandonar el terreno, dejando buena parte de sus bienes. Gothrill estuvo a punto de tomar a la princesa, pues quería huir con ella, y luego volver con otro ejército más grande para volver a invadir al reino, más su acción fue frustrada y se encontró cara a cara con William, con quién entablaron combate cuerpo a cuerpo. William fue mucho más determinante, y poseía un instinto oculto para la batalla, le pudo arrebatar de las manos a la princesa, como también en combate salió victorioso, arrebatándole la vida a Gothrill, clavándole su espada en el estómago y dejándolo caer desde la torre por el acantilado en el que se encontraban.

Arnolfo finalmente se reencuentra con Catherine, final feliz tuvo la historia. William fue nombrado como caballero y admitido en la corte del rey. Y entre tanto, los daneses, algunos huyeron de la isla, escapando al continente, y otros se asentaron en tierras lejanas y aisladas de la Bretaña.

En el continente la situación no se presentaba menos complicada. Allí estaban instalados el resto de personajes que han venido acompañando a este relato. Carol nacía como mujer, y sobre ella diremos que era una mujer recta, enamoradiza, pero con mucho sentido de la moralidad, fiel a su fe, y miembro de una familia de la clase media.

Entre tanto, comenzaba un nuevo conflicto entre Roma y Bizancio. El Obispo de Roma en occidente, era indiscutible su paternidad sobre los demás obispados, esto con el tiempo se fue naturalizando, como se ha podido apreciar, y ahora quería hacerlo efectivo de forma universal, o sea, sobre todos los obispados del mundo de todas las demás sectas abelinas. Por tanto, en Constantinopla, un erudito de gran relieve sobresale y le responde. Su nombre es Focas.

Focas, atacó a la moral de la Secta, y decía que Abel era un ermitaño descalzo, mientras que el Obispo de Roma se sienta en silla de oro adornado de todas las riquezas como jefe de un Estado. Que Abel no tenía jurisdicción, ni siquiera sus discípulos que no solo hicieron de obispos en una sola ciudad sino en más de dos o tres, ¿que por tanto de qué ciudad serían obispos y a qué obispados debemos remitirlos?

Roma no podía acreditarse ser la ciudad de los mártires, ya que en todo el mundo hubieron mártires. Que su pretensión responde a un contexto histórico, cuyo hecho dan por milagro la retirada de los hunos tras el encuentro con el Obispo de Roma con su líder, el haber encabezado las misiones a los pueblos bárbaros, el haberse convertido en señor feudal, y tras la coronación de Carol, en hacedores de reyes y emperadores -el tener el poder de bendecirlos con aquella investidura-. La Secta responde, como naturalmente ha de ser, a las consignas y mandatos que nuestros padres los profetas y que el propio Abel, nos han legado, y no ha caprichos con aires de grandeza de un obispo que busca convertirse en algo más que un emperador romano.

William era mayor de edad, y había viajado a Roma para enviarles los saludos del rey que estaba muriendo, y para que enviara una delegación, para bendecir el reinado de su hijo y autorizar a la Secta de Inglaterra para comenzar el trabajo de conversión de los invasores normandos. Allí William pudo percatarse de cierto barullo con la Secta Oriental, del cual no pudo entrar en detalles, ya que el disturbio se hacía sentir más en Bizancio que en Roma. En Roma, tal, se trataba de forma sigilosa y dentro de las cuatro paredes. Pero en Bizancio el emperador incluso metió en un calabozo a Focas, y le arrebató su distinción de Obispo. Focas no tenía miedo, y se sentía seguro de sí mismo. Pues mientras estuvo preso, los ávaros del norte y los normandos invadieron y sitiaron las murallas del Imperio. Pues el Emperador desesperado, no quería involucrar el hecho de haber metido preso a Focas con tal infortunio, por tanto se vio obligado a liberarlo, y el enemigo cedió en sus fuerzas. Focas habló de ellos no como adversarios, sino como ángeles a la espera de ser rescatados por la mano graciosa de la Secta.

El Obispo de Roma, Niceto, muere, y asume otro nuevo, Adrianello, con quién tendrán mejores relaciones.

Pues ambas Sectas, Oriental como Occidental, se habían desacreditado y desestimado, a su vez que se avivaron las heridas por diferencias doctrinales. Constantinopla tenía el orgullo de ser la ciudad de los concilios, pero Roma la de la distinción del Obispo de Roma como "Pater", o sea, como padre de los demás obispados.

Por tanto, temporalmente se buscaron puntos en común referido a lo doctrinal, y se buscó de todas las formas, que Oriente al menos reconociera la supremacía de Roma sobre sus obispados en Occidente, y no así en las demás Sectas Orientales. Roma cedió a la teología de Bizancio, y Bizancio a regañadientes cedió en cuanto a reconocer que Roma tenía potestad en Occidente. Esta paz fue temporal. Pues dos siglos después se reavivarán las heridas y se ahondarán las diferencias.

Entre tanto, Roma, que sigilosamente había sido desestimada desde el Oriente, hizo como si nada hubiera pasado, y respondió a las solicitudes de William, enviándole una misión de monjes y abades para la bendición y coronación del hijo de Arnolfo como rey de Inglaterra, así como comenzar una misión en la isla para convertir a los normandos que se habían asentado.

Ya desde tiempos del emperador Justo, se habían notado diferencias entre Roma y Bizancio, y a medida que pasaban los siglos, la separación cada vez se hacía más honda. Focas, entre tanto, se convirtió en una especie de "Pater" en Oriente, guiando y asesorando al emperador como si éste fuera su hijo, pues era un hombre muy culto y de gran carisma. Y a su vez reformando a toda la Secta de Oriente, y dictando un nuevo código civil para la sociedad, pensado y armado por él. En dicho código civil, se apreciaba como novedad que en el Derecho estaban fundidas las leyes seculares con las religiosas, no se distinguía la separación de Secta y Estado, sino que eran ambos en una sola naturaleza. Tal sistema de leyes fue imitado en todo el mundo.

Es probable que el espíritu de Erasmus haya influido en el proceso social e histórico de aquella época de Bizancio.

Siglo X

El presente siglo, será un siglo de grandes cambios para el mundo, implicará la expansión de los pueblos turcos, como los magiares en Europa. De grandes cambios en la economía y en la política, tanto eclesiástica como secular, pero sin descontar sus instantes de crisis.

Nuestro personaje se enfrentará a su enemigo eterno, él del bando de los occidentales, y su adversario del lado de los turcos. Los dos como soldados guerreros, al menos como líderes de batallones, pero no llegarán muy lejos en sus puestos.

En Carol, la Secta hizo renacer al Imperio, pero Carol descuidó su porvenir, pues no dejó preparada una sucesión que implicara la supervivencia del Imperio. Pues el reino fue desmembrado, o sea, divido, repartido entre sus sucesores, sean sus hijos, nietos, bisnietos, tataranietos, etc., en cientos de partículas. Pues a tal anarquía, la Secta y todo el mundo, vio necesaria la constitución de un nuevo reino unificado, por tanto se pactó en un tratado quienes o quién sería el elegido. Cómo no lograron ponerse del todo de acuerdo, se decidió dividir en tres partes, del extremo occidental, Walter, en el oriental Atom, y en el centro Luis. No se incluyeron los estados que fueron cedidos a la Secta.

En Roma, tras la muerte del Obispo Adrianello, la sobrina de éste, Mariela, aristócrata, miembro de una de las familias más poderosas de Italia, influyó para que su hermano sea consagrado como Obispo de Roma, con el apodo de Franco. Éste reinó bajo la influencia y los caprichos de su hermana.

Entre tanto nuestro personaje volvía a nacer, en el seno de una familia abelinista, en la que será Francia:

William: ¡Señor, ante Ti me digno de tu presencia a tu llamado!
Dios: William, te vuelvo a enviar a la Tierra a la que estás arraigado, a nacer como hombre fiel a tu pueblo y a mi Secta, para defenderla, junto con sus fieles. Será un siglo de cambios.
William: Qué así sea mi Señor.

Por otra parte, Erasmus reencarnaba por segunda vez como varón:

Erasmus: ¡Señor mi Dios, me llamaste, ante Ti me digno!
Dios: Erasmus, ahora tú serás mi adversario, te envío a la Tierra a la que estás arraigado, a hacer tu parte, para ir preparando al mundo para el error en el que lo harás caer, y que yo permito.
Erasmus: Qué así sea.

Y así William y Erasmus, reencarnan y se preparan para tener una confrontación. William es apodado en esta vida como Roberto, y Erasmus como Amelek. Amelek nace en el seno del pueblo magiar, etnia de rasgos y características turcas que ha viajado desde el centro de Asia, y norte del medio oriente, como nómades, y que se han asentado en lo que hoy es Hungría. Su líder, "Arko", dice de sí ser la reencarnación de Látigo el Huno, sin embargo aunque él lo afirme, esto es falso, ambos configuran arquetipos, y dos arquetipos no pueden ser ocupados por una sola alma, salvo el caso de los profetas de fines de los tiempos, ya que allí Dios reúne a todas las leyendas de la historia en un solo tiempo y juntas físicamente, o sea, "reunidos como hermanos en una misma mesa".

El rey Atom, del territorio oriental de lo que fue el Imperio de Carol, se consagra en la capital de su reino, como "rey y sacerdote". Esto levanta repudio de la Secta, ya que sacerdotes solo son los religiosos. Pero Atom hace caso omiso y los desoye. Pero una necesidad urgente de la Secta, hace que los procesos históricos se vuelvan a su favor. El Obispo Franco muere de enfermedad, y su hermana Mariela, da preferencia para que sea elegido con el apodo de Foroco, un nuevo Obispo que le resistirá su influencia. Por tanto la familia de Mariela buscará destronarlo, y si no fuera por las vías diplomáticas, lo harían por la fuerza de las armas. Por ello ante tal amenaza, Foroco pide ayuda al rey Atom. Atom, no demora en responder, y se emprende hacia el sur, llega a Pavía, y es recibido triunfalmente, como el héroe de la Secta. Entabla batalla con los señores feudales de Italia y les vence, reivindicando así el obispado de Foroco. Pero a cambio, Atom negoció con éste la corona de emperador de los abelianos. Por ello Foroco le otorga la bendición y le corona como emperador. Pero a su vez, Atom, para no seguir el ejemplo de Carol, le pide que le dé una bendición especial a su hijo mayor, al que lo vinculará con su sucesión. Así Atom se asegura la supervivencia del Imperio. Así ostenta dos títulos, el de rey de Alemania, y a su vez el de emperador de los romanos, título único de entre todos los abelianos de Occidente.

Atom no se conforma tan solo con ello, y piensa en unificar todo lo que fue el imperio carolingio, por ello Walter, que reina en el extremo occidental, busca el apoyo de la Secta y de los señores feudales, y firma un pacto en el cual "el rey gobierna en conjunto con los señores feudales y con los obispos y abades de todo el territorio de lo que es Francia". Así la monarquía no es absoluta, sino feudal, lo que implica que el rey tiene un significado sagrado, es una autoridad simbólica, pero que de hecho está ligado a la tierra y a lo que confiere a la sucesión y al nombramiento a modo de títulos, sean de religiosos, como de señores, duques y caballeros. Su persona y dignidad implica el fin de la anarquía, y el reino se rige bajo un sistema jerárquico. Sin embargo cada escalón tiene gran independencia, tanto la Secta como el brazo secular y militar. Queda un tercer brazo, considerado el "tercer estado", que lo componen los campesinos, artesanos y comerciantes.

Walter, a diferencia de Atom, fue una persona de gran erudición y de mucho conocimiento, por lo que reformó y dejó las bases para la

Francia que luego conoceremos. Se dice que es el fundador de Francia. Por su perfil bajo y su personalidad débil, Atom pensó que podía manipularlo, y por ello no entró en conflicto con su reino, pero se equivocaría, Walter no era una persona de personalidad fuerte, pero era muy inteligente.

En el tiempo, los reinos bárbaros convertidos, tuvieron grandes problemas a la hora de la defensa militar. Sus adversarios contaban con gran movilidad y con las tropas mejores preparadas. Por ello, como era muy complicado el tener que acudir a las armas a la hora de defender, sea por la forma de la convocatoria, Walter decidió crear fortalezas dónde se establecerán milicias de forma permanente. Estas fortalezas primeramente fueron de madera, pero con el tiempo y la experiencia, se fueron convirtiendo en lo que son los Castillos, o sea, de material rocoso. Francia se llenó de castillos.

La Secta levantó los celos, ya que gran parte de los diezmos iban a parar a la mantención de las fuerzas armadas. Por tanto, Walter no se quedó de brazos cruzados ante estas protestas, y pensó en la Secta. Habiendo muchos casos de inmoralidad, sacó un decreto por el cual decía que solo las personas con aptitud y de notable reconocimiento moral, puedan formar parte de la comunidad religiosa, sea, para consagrarse como obispos, monjes o abades. Les brindó gran independencia, como una atención a sus protestas. Así el reino cobró lucidez y se constituyó de tal forma que se le dio cohesión entre todas las estructuras. Como las instituciones habían desaparecido, cada feudo impartía sus leyes bajo las costumbres. Lo que implicaba que no había un código de leyes, sino que las propias costumbres servirían como guía a la hora de determinar un dictamen o juicio.

Implementó reformas en la economía, mejoró tecnológicamente los medios de producción, e implementó una moneda como medio de intercambio. Esto conllevó que la producción aumentara notablemente, y que los señores feudales junto con la Secta sobrepasaran sus arcas.

Walter imitó el modelo de sucesión de la corona que implementó Atom, por lo que vinculó a su hijo mayor con la sucesión al trono. Como a su vez Atom imitó de Walter el modelo militar y económico, pero no así el religioso. Pues Atom se había tomado el atributo de elegir él mismo a las autoridades religiosas, cuestión que le conllevó a entrar en conflicto con Roma. Por tales motivos, el Obispo Foroco desestimó la distinción imperial de Atom, y el mismo -Foroco-, muere de forma sospechosa, y Mariela que seguía teniendo poder en Italia, le arrebata las tierras al Obispado de Roma, e influye nuevamente en la elección, y pone como

Obispo a un amante suyo, a "Marcial". Se produce un gran escándalo, y desentierra al cadáver de Foroco, y lo somete a juicio como si estuviera con vida, y le condena por haberse puesto en contra de su familia.

Con Marcial, Mariela extorsiona a los demás reinos, y a cambio exige retribuciones económicas. En Roma se produce división entre los miembros del clero, y piden ayuda a Atom, para que les librase de esta mujer. Por lo que el emperador, vuelve a responder, viaja a Italia con su ejército y derrota a las fuerzas militares que respondían a la dinastía de Mariela, y a ella la mete en un calabozo de por vida, dónde al fin encontrará muerte angustiante. Atom es reivindicado nuevamente en su distinción, y da preferencia por un candidato al Obispado, sin embargo el clero protesta, y -Atom- tiene que aceptar el candidato de aquel -del clero-.

Atom se horrorizó del estado de la liturgia, pues no era para nada sublime y honroso. Sentía que su distinción fue manchada por este gran descuido, por tanto exigió una reforma de la misma. Como su antecesor, Carol, inició un renacimiento de las letras y de las artes, pero más bien centrado y ya en el núcleo de la Secta. Los templos eran dignos y de un arte que deslumbraba. La moral, y todo lo relacionado con la liturgia, cobraron brillo y cuidado. El tiempo de oscuridad parecía que estaba llegando a su fin. Pero la historia no acaba aquí, Arko, el magiar amenazaba las tierras que correspondían al Imperio, y Atom estaba dispuesto a responder. En su reino -Alemania-, los señores se le habían rebelado -por su estilo autoritario y hegemónico de gobernar-, pero ahora que había una amenaza externa de gran seriedad, el pueblo alemán se une, aunque quedando un porcentaje considerable de señores aún en su contra y que se rehusaron a ir al combate. Este será el instante de nuestro personaje, "Roberto", y de su adversario, "Amelek".

Roberto, a estas instancias tenía alrededor de 45 años, prácticamente de la misma edad que Amelek que era un par de años menor. Roberto era un caballero, vivía en un castillo al servicio militar del reino. Estaba casado y tenía dos hijos varones. Amelek en cambio era soltero, tenía varias mujeres, y un solo hijo reconocido, prácticamente un bastardo.

Los magiares tenían un acuerdo con los bizantinos, para invadir el reino de Bulgaria, pero eran insaciables, y su rey Arko, solo quería agrandar al Estado que estaba directamente identificado con el territorio. Le hizo la guerra al Sacro Imperio Alemán. Atom, pidió ayuda a Francia, para reforzar la defensa. Quería asegurarse una victoria. Walter le envió una de sus mejores tropas, en la que iba Roberto. Entre tanto, Amelek hacía muchas veces de asesor de Arko como uno de sus mejores estrategas. La batalla se llevó a cabo. En estos casos las guerras no eran como se han visto muchas veces con los normandos. En aquellos casos se enfrenaban pocos hombres, comparado con esta partida que eran ejércitos continentales y numerosos. Las guerras con los normandos, muchas veces no pasaban los cincuenta a cien hombres, por lo que cuando se relataban, las historias eran románticas, en las que ambos jefes acaban lidiando cuerpo a cuerpo y espada con espada.

Ahora Roberto se enfrentaría contra Amelek, pero como estrategas del campo de batalla, sin descontar a su vez que pueda haber actos de heroísmos, pues estamos en la edad media, dónde no existía la artillería, en la que todavía tenía reputación el héroe en la batalla.

El ejército de Atom sobrepasaba por cinco veces más al de Arko. Los magiares tenían más movilidad y agilidad, pero los alemanes estaban bien acorazados, y eran tenaces. Atom envió al frente al batallón conducido por Roberto, y en frente no tenía ni más ni menos que a Amelek, dirigiendo a uno de los frentes de Arko.

Las fuerzas de Roberto atacaron primeramente con sus arqueros, mientras que Amelek atento esperaba el ataque de la infantería. Cuando la infantería sale al ataque, Amelek finge una retirada subiendo a una colina, cuando en un instante, ordena el ataque masacrando a los hombres de Roberto. Luego envía la caballería para atacar los flancos, o sea, los costados. Roberto se encuentra en aprietos, pero contando con una elite de caballeros que pudieron resistir la embestida y luego masacrar a las fuerzas de Amelek. Una vez terminada esta jugada, y quedando Amelek solo protegido por su infantería, Roberto decide enviar a su caballería apoyado de fondo con los arqueros. Amelek viendo la amenaza ordena la retirada, acabando así este breve enfrentamiento. Amelek se resguarda en el grueso del ejército magiar, y Roberto decide interrumpir el ataque. Lo que sigue será toda obra de Atom y Arko, y de la magia de sus generales.

Arko dio una gran batalla y una muestra de genialidad de sus fuerzas, pero por la determinación y por el número de hombres de Atom, fueron masacradas la mayor parte de sus fuerzas, conllevando a la retirada de Arko, y quedando como conquista buena parte de sus tierras para Alemania.

Los magiares se replegaron, y sus actividades militares disminuyeron y quedaron afectadas. Se transformaron en un pueblo sedentario, y acabaron convertidos al abelinismo por monjes misioneros enviados desde Roma. Roberto y Amelek, jamás se conocieron, salvo solo como contendientes en el campo de batalla a la distancia.

Atom se valió con esta victoria de una confianza indiscutible de todo su pueblo y de aquellos que lo habían puesto en duda, y que se le habían rebelado.

Siglo XI

En el siglo XI de nuestra era común, reinaba en el Sacro Imperio Alemán, Atom IV, bisnieto de quién fue el primer emperador. La Secta había cobrado impulso, la misma reforma que había impulsado Atom I, ahora sería un problema para el emperador. En Roma reinaba como Obispo Gregario III, un impulsor de una gran reforma en la Secta. El emperador se había atribuido, como tradicionalmente lo fue en tiempos de su bisabuelo, el poder de investir a los clérigos, como así el poder de cobrarles el tributo.

Gregario III, propugnaba por la independencia de la Secta, partiendo en dos el poder secular del religioso. Pues solo investían a los religiosos, los mismos religiosos, los poderes seculares no podían entrometerse en la elección, así como el tributo de los monasterios, abadías y templos, irían a parar a la Secta. El problema de esto era que salían perjudicados los señores feudales aliados del emperador, ya que perdían tierras en un tiempo que crecían las vocaciones religiosas, y por tanto así también caían sus ingresos.

Pero Gregario III tenía de los cojones al emperador, ya que el Obispo de Roma era quién lo investía. Pues al rebelarse Atom IV en contra de Gregario III, éste no solo le quitó la investidura imperial, sino que también lo expulsó de la comunidad de la Secta, con el famoso "anatema". Y aquí comienza la historia.

Nuestro personaje vuelve a nacer:

Roberto: ¡Heme aquí Señor, ante Ti me hago presente por tu llamado!

Dios: Roberto, pronto estás a cumplir tu rol arquetípico en el mundo. Te envío nuevamente a la Tierra a la que estás arraigado, en un siglo de resoluciones.

Roberto: Que así sea mi Señor.

Su adversario Amelek, igualmente:

Amelek: ¡Ante Ti Señor me digno de tu presencia!
Dios: Amelek, adversario mío y de Roberto, te envío nuevamente al mundo, a cumplir con tu sentencia de estar arraigado a él desde tiempos inmemoriales por cuya razón es el pecado original. Será un siglo de resoluciones, nacerás y vivirás en tierras europeas, como Roberto una vez vivió en tierras del antiguo Imperio Romano.
Amelek: Que así sea. Espero cumplir vuestros propósitos.

Y así ambos regresaron al mundo, Roberto nació en el seno de una familia normanda del norte de Francia, y fue apodado como "Henry", y Amelek en una familia de clase baja en el Sacro Imperio Alemán, y es apodado como "Abelardo".
Otro personaje que no se ha venido nombrando en estos últimos siglos, pero que ahora pondremos interés, es en la reencarnación de Julio César, este es el último siglo que nace como mujer. Nace en Italia, y es apodada como "Lucrecia".
Gregario III propulsó una gran reforma en la Secta, como bien se dijo, que conllevó a eliminar la compra de cargos religiosos, establecer la aptitud para formar parte de la comunidad religiosa, como para ocupar cargos clericales, elegidos solo por el Obispo de Roma y por aquellos que éste autorice. Los religiosos deben ser célibes, pues era muy común que tuvieran concubinas e hijos. El Obispo de Roma es la autoridad suprema de la Secta, estando por encima de los concilios y de los mismos reyes, pudiendo revocar inclusive, concilios del pasado. La Secta, instituida por Dios, jamás erró ni errará. Así la figura del Obispo de Roma centraliza todo el poder, solo le faltaba algún título que representara en aquello que se convirtió. A su vez, fue impulsor de universidades, lo que conllevó a una revolución cultural y científica muy grande, que marcó su sello para el devenir de los tiempos, considerada la primera revolución de la historia del continente europeo. Se mejoró la técnica, surgieron grandes lineamientos del saber, como así el arte tuvo su sello y particularidad propia de originalidad, surgiendo el estilo gótico. Se produjo una escuela de talentos y de hombres virtuosos, considerados santos. La renovación se estableció al fin, y una nueva era dio comienzo.
Entre otras historias, ocurre a raíz de esto, otra novela, respecto con Bizancio. Gregario III envió un emisario a Constantinopla para reafirmar las buenas relaciones, y en esto el Obispo de aquella ciudad, establece que ningún Templo está autorizado a celebrar ritos religiosos que no sea en idioma griego. Esto afectó a los Templos de Roma que allí estaban,

por tanto, el delegado romano se quejó y declaró anatema al Obispo de Constantinopla. Como respuesta, el Obispo griego se negó a recibir al delegado romano. Roma declara anatema a la Secta de Oriente, y a su vez Constantinopla declara anatema a la Secta de Occidente. Así los dos mundos y ambas Sectas que se conformaron históricamente desde sus inicios, se divorcian hasta el fin de los días. Roma como contrapartida, retoma las enseñanzas doctrinales a las que había renunciando en tiempos del Obispo Focas, que había sido en favor de las buenas relaciones de ambas Sectas en aquel momento.

Y volviendo a la novela de la confrontación del emperador alemán contra el Obispo de Roma, Atom IV fue cuestionado en su reino por los miembros de la nobleza. Pues Gregario III decretó que anatema sea quién obedezca a Atom IV. Por tanto el emperador marchó a Roma con un gran ejército, y Gregario III advertido se refugió en un castillo normando, sin embargo las intenciones del emperador no eran apresar a Gregario III, sino pedir clemencia, postrado a las puertas del Templo durante tres días, con ropa de penitente, sin comer ni beber bajo la nieve. Gregario III no podía rehusarse a brindarle el perdón a un peregrino, por tanto le devolvió su investidura imperial y lo aceptó nuevamente en la comunidad. Atom IV aceptó las imposiciones de Gregario III, pero luego cuando regresó, se arrepintió y volvió a confrontarse. Nuevamente es declarado anatema y le es arrebatada su investidura imperial. Atom IV, como contrapartida, abre un concilio en dónde se decide deponer a Gregario III como Obispo de Roma, en base a denunciar sus pecados, nombrando a Nicolás V como el nuevo Obispo Romano, declarando anatema a Gregario III.

Gregario III no se quedó atrás, y nombra como emperador al cuñado de Atom IV, "Edgardo de Baviera", que era otro pretendiente a la corona. Los reinos aledaños, Francia, Inglaterra, y los reinos abelianos de España, se pusieron a favor de Gregario III, y reconocieron a Edgardo. Esto conllevó a un estado de anarquía en el Sacro Imperio Alemán, por lo que Atom IV avanzó con un ejército sobre Roma, para esta vez sí apresar a Gregario III. Entre tanto, y ante lo evidente, Gregario III pidió ayuda al reino normando del sur de Italia, y éstos aceptaron responder. Invadieron Roma con musulmanes -inclusive- en su ejército, y grandes saqueos y desmanes causaron. Atom IV abandonó la ciudad, y Gregario III tuvo que exiliarse a una fortaleza que le brindó el rey normando Harald, dónde allí pasa sus últimos días y muere, diciendo "muero en el exilio, por amar la justicia".

En Roma se elige a un nuevo Obispo, cuyo apodo es "Burgo II", que es continuador de la obra de Gregario III. Él decreta que ningún rey, ni poder secular, o religioso ajeno a la Secta, puede interferir en la elección del Obispo. Por tanto declara anatema a Nicolás V. La novela parecía de nunca acabar, y así siguieron en idas y vueltas, hasta que al final llegaron a un acuerdo, pues las medidas tanto de Gregario III como de Atom IV, eran posturas extremas. Se decidió que la elección de los cargos religiosos eran potestad de la Secta, pero que los tributos irían a las arcas del Imperio, y que salvo excepciones, se podía llegar al consenso en la elección de las autoridades religiosas.

Pasó una década a partir de aquellos sucesos, y un evento cambiaría los rumbos, y toda la atención de las personas de la Europa hacia Oriente. Un antecedente fue que el emperador bizantino, Apolo, había pedido apoyo militar a Roma con anterioridad para poder vencer un frente turco que amenazaba el extremo oriental del Imperio, y Gregario III había respondido a su llamado de ayuda, enviándole una tropa de soldados normandos, con quien tenía buenas relaciones.

En aquellos tiempos existían grandes peregrinaciones desde la Europa Occidental hasta la Tierra de los profetas. Al primer llamado de ayuda, pocos acudieron, y nuevamente Apolo, tres décadas después, volviéndose a encontrar con el problema del avance y atosigo de los turcos, volvió a pedirle ayuda militar a Roma, para que vuelva a enviarle un grupo de fuerzas militares y poder contener a los turcos. El Obispo Burgo II, convencido por los comentarios de un monje llamado Pablo el ermitaño, que venía de un largo viaje de Israel, sobre el maltrato que hacían los musulmanes a los peregrinos abilianos, alentó y avivó la idea de avanzar hacia Jerusalén. Por lo que dio un discurso en público, que se leyó textualmente por todo el continente, llamando a recuperar y defender la Tierra de los profetas, en nombre de todos los peregrinos que tienen derecho a visitarla, de la usurpación y de los abusos de los musulmanes. Ante esta prédica, sumados los comentarios de los peregrinos que han sido testigos, el público con entusiasmo enfatizó al grito de "¡Dios lo quiere!". Ante esta llamada, los reyes ignoraron, pero no así el pueblo pobre, que era la mayoría, y quienes eran los más devotos, acudieron al llamado.

Henry era miembro de una familia acomodada, y pensó en un instante en acudir al llamado, pero su familia y su círculo le persuadieron de que no fuera. Entre tanto Abelardo, que pertenecía a una familia de clase media baja, ni se lo planteó, pues le parecía un desperdicio de tiempo, de dinero, recursos y de la propia vida. Estaba interesado en un negocio que tenía en mente, y en la forma de aumentar sus caudales, era mercader de reliquias.

Lucrecia era joven, y habituaba las tabernas y burdeles, ejercía un tipo de prostitución, pero ella más bien era aficionada a ese estilo de vida, y a su vez vivía de ello. La Secta no prohibía la prostitución, porque consideraba que el pecado era un mal inevitable que las personas debían evitarlo a voluntad, pues Dios nos dio libre albedrío, y la voluntad de elegir el bien o el mal. Por otra parte se pensaba que esta actividad canalizaba otros males más graves, como el abuso sexual a las dignas doncellas, como otros delitos y pecados graves. No tenía sentido armar una persecución sobre una actividad, que de una o de otra forma, se iba a realizar. El pecado siempre existió. El mal, de una forma o de otra, existe. Si no se comete en un espacio, se cometerá en otro, porque habita en el corazón de los hombres, sean ricos, pobres, educados o analfabetos. Y el ser humano maquina el mal, desde dónde se posicione. Por tanto, fueron mayoritariamente pobres, quienes acudieron al llamado del Obispo Burgo II, una suma de cincuenta mil personas peregrinaron hacia la Tierra de los profetas. En el camino se encontraron con dificultades, muchos murieron y otros tantos desertaron. Estaba compuesta por adultos, ancianos, mujeres, y hasta inclusive, "niños". Cuando llegaron a Constantinopla, el emperador Apolo se encontró con un gran problema, tenía que alimentar a miles de personas que iban a defenderlo. Él lo que había pedido era un ejército de mercenarios bien preparados para poder dirigirlos junto a sus fuerzas, en cambio recibió algo que ni en sueños se imaginaba.

Pues para saltear tal dificultad, les dejó paso libre hacia la Tierra de los profetas. El gran ejército de camino, por Turquía, tuvo que enfrentar al enemigo musulmán. Eran una notable mayoría, pero no estaban preparados en las artes militares, por lo que fueron masacrados la mayoría. Los que salvaron sus vidas, regresaron con pesar a Europa junto con el monje Pablo el ermitaño.

Esta gran tragedia, movió y motivó los corazones de los príncipes, nobles y caballeros, a excepción de los reyes, y se movilizaron en cuatro columnas de un gran ejército de camino hacia la Tierra de los profetas. Henry se uniría empujado por sus ánimos y por el contagio general. Abelardo, en busca de negocios y de reliquias también se encamina pensando en tener oportunidades. Lucrecia sin sus clientes, tuvo que seguirlos hacia aquellas tierras, para ofrecer sus servicios tras la gran peregrinación.

Henry arengaba junto a sus corresponsales tocando y cantando las canciones que había compuesto -tenía el don de músico como en otras vidas-. Estas eran algunas de sus arengas:

Henry: ¡Valientes soldados del Señor, no permitiremos que un ejército de infieles cometa afrenta contra el pueblo de Abel! Aventuraos seáis en esta gran peregrinación, y cantad el grito de San Miguel en vuestros corazones y en vuestro arte musical. Inspiraos de las grandes proezas de los jueces y reyes de la antigüedad, de un Saúl, David, Sansón y Josué. Vosotros sabéis que cobarde es quién no haya tomado el sacrificio y caminado hasta la Tierra de Dios ¡Vosotros sois unos bienaventurados, redimidos de vuestros pecados ahora estaréis por tal gran sacrificio! A Dios le habéis dado la mano, y ahora iremos a rescatarle de las manos de sus enemigos ¡Este es el gran rescate, la verdadera empresa y el gran peso sobre vuestros hombros, como así lo padecieron todos los hombres de Dios del pasado! Aventuraos a las tierras hostiles enemigas como valientes hacia el martirio y como gladiadores en la arena romana.
John: ¡Estamos contigo Henry de Normandia, con tus palabras y con nuestro Dios! Cobarde es quién no entrega su vida para honrar su muerte en el Señor, que ha preferido la comodidad y ha sido invadido por el miedo, perdiendo así su alma y recordado para la vergüenza en esta vida y en la venidera.

Y así muchos se prendían a las arengas, y animados, cantando y con júbilo, peregrinaban hacia la Tierra del Señor. Por otra parte estaba Abelardo en la columna que partía desde el Sacro Imperio Alemán, y estos fueron sus comentarios:

Abelardo: (Pensaba dentro de sí, "estos van a la muerte ignorando la racionalidad, entregados por un fanatismo, más yo no seré ciego como ellos, sino que ventaja obtendré de este gran sacrificio").
Campesino: (Pone su manos sobre los hombros de Abelardo) ¡Hermano en Dios, no te veo entusiasmado con la gran cruzada, pon más ánimo o caerás en manos de los musulmanes! ¡O a qué vais?
Abelardo: Por supuesto, usted tenga por seguro que caballero como yo no hallareis, y eso que ni lo soy, porque soy de casta baja, un humilde comerciante.
Campesino: ¡Pero allí no iréis a comerciar, sino a morir por nuestro Dios!
Abelardo: Por supuesto, te lo he dicho: ¡No lo dudes!

El que se topaba a dialogar con Abelardo, encontraba en él un espíritu que desanimaba el afán de la cruzada, por lo que se había ganado apatía en gran parte de sus compadres de viaje. Por otra parte estaba Lucrecia:

Cruzado: ¡Ey mujerzuela! ¿A qué vienes, a animarnos en la fe o a saciar nuestros instintos?
(Carcajadas)
Campesino: Esta mujer creo que viene a pervertir a los que vienen a buscar redención.
Noble: Podría ser cierto, pero aquí hay varios que no aguantarían sus necesidades, no hay mal que por bien no venga, pero recuerden que nuestros guías han dicho que el que no ayuna no estará fuerte de espíritu para el combate.
Lucrecia: ¿Y ustedes a qué venís? ¿Seguro vais por salvación? ¡Más allí hallareis con seguridad lo que halláis en todo lugar!
Cruzado: ¡Cállate adúltera!
Lucrecia: ¿Te ofende mi sinceridad? ¡No seáis hipócritas!
Campesino: Yo no me acostaría con esta sucia mujer.
Lucrecia: Lo dices en frente de ellos, pero bien que por las noches das lugar a realizar lo que en tus pensamientos hay en el día.

Lucrecia respondía a esos hombres fervorizados de pasión por las arengas y el entusiasmo por la cruzada. Ellos le contestaban entre rizas y burlas, y por ahí con cierta indignación. Lucrecia no se callaba, y adicta a la bebida y a la noche, cuando el sol se escondía por el horizonte, ella danzaba y animaba a los hombres al adulterio. Los monjes no toleraban ese tipo de comportamiento, por lo que la refrenaban. Ella estaba poseída por gran espíritu de pasión y lujuria que se iba acrecentando de poco en poco.
Los cruzados llegaron a Constantinopla, y muchos de los pobres que habían acudido al primer llamado, se unieron a las filas. Al monje Pablo el ermitaño le dieron la labor de hacerse cargo de todas esas almas, mientras que los príncipes, caballeros, nobles y señores, se encargarían de lo militar específicamente.
El emperador Apolo los recibió, y con gran recelo, pues temía que se alzaran contra él. Idéntico problema se encontró que con la primera peregrinación, sesenta mil hombres armados frente a la muralla de su ciudad. Perfectamente podrían invadirle y tomar la Capital. Por lo que decidió tranzar con los jefes de la expedición que eran cuatro: Edmundo, Bodino, Rogelio y Alfredo. Edmundo, hermano de Harald -rey

de los normandos del sur de Italia-, era enemigo del emperador, por lo que tanto él como los otros cuatro, firmaron un pacto con Apolo por el cual, él les daría alimento y cubriría cualquier otro tipo de necesidad, si le obedecían, y le devolvían las ciudades recuperadas que al imperio han pertenecido. Los príncipes europeos no podían rehusarse a tal trato, por lo que pactaron a regañadientes y en disconformidad, pero empujados por la necesidad. Les recordó el compromiso con el Obispo de Roma, cuyo cual fin era el de la cruzada, y evitó todas las formas de ofenderles. Las cuatro grandes columnas se adentraron en territorio turco y se enfrentaron al enemigo en la primera ciudad -Nicea- en manos de musulmanes. Acamparon a las afueras de las grandes murallas, y al otro día cuando tenían preparado el ataque, vieron flamear a las banderas bizantinas. Apolo había llegado a un acuerdo con el general musulmán que la tenía en posesión, pues prefirió negociar con el emperador, antes que caer víctimas de abelianos sedientos de gloria y de sangre.
Este hecho indignó a las fuerzas cruzadas, y se sintieron de cierta forma, traicionados por Apolo. Por lo que siguieron camino hacia la próxima fortaleza. Varias ciudades y fortalezas cayeron en el camino de mano de los cruzados, y tales territorios eran incorporados al imperio bizantino, hasta llegar a Edesa. Allí el ejército cruzado decidió cambiar su estrategia, y tomando la ciudad, no se le incorporó al imperio bizantino, sino que crearon el primer estado cruzado, cuyo barón y señor fue nombrado Bodino.
Pero el ejército no acabó su empresa allí, debía cumplir con su objetivo, que era tomar finalmente Jerusalén. Pensaron que en dos meses estarían en las puertas de la Ciudad de Dios, pero se demoraron un año. Finalmente ante las puertas de la Gran Ciudad estaban, pero se encontraron con la dificultad de no poder atravesar sus murallas, necesitaban de maquinas especiales de guerra, y no contaban con madera, hasta que el desanimo desapareció, cuando a uno de los soldados del ejército de Dios, se le reveló en sueños el lugar exacto dónde hallarían madera enterrada. Cavaron y tal como él les advirtió, hallaron toda la madera necesaria para ocupar.
Henry se encontraba entusiasmado con la idea de la toma de la ciudad. Crearon las maquinas de guerra y las escaleras especiales para que el ejército penetre las murallas. Por lo que Henry se alistó entre las primeras filas, como mártir hacia la muerte. Era tal el valor de los cruzados, y del propio Henry, que se aventuraban al enemigo contra las lanzas y flecas que éstos les asechaban, combatieron cuerpo a cuerpo sobre las murallas, un gran ejército cruzado se aventuraba, invadieron

en las filas del enemigo, y abrieron las puertas, dejando paso al gran ejército.

Abelardo siempre se mantenía a la retaguardia, simulaba que iría al combate, pero siempre reculaba y dejaba que fueran otros quedándose atrás. Los soldados no prestaban atención a lo que hacía, porque sus corazones estaban puestos en la batalla. Lucrecia, junto con todas las mujeres, se quedaban en el campamento orando por el gran triunfo.

Henry con grandes heridas, levantó la bandera con la insignia del obispado romano. Finalmente la Ciudad cayó, y tomada fue por los cruzados. Pero se enteraron que venía un gran ejército turco en ayuda de los suyos, y de repente se vieron rodeados. Los cruzados tenían en frente un gran ejército, y dudaban de si poder hacerles frente.

Pablo el ermitaño dijo tener una revelación, que debajo de unas ruinas se encontraría la espada de David, y que con ella, el Señor le prometió la victoria. Por lo que les avisó a todo el ejército, y fueron con gran entusiasmo a esperar el gran descubrimiento. Entró a las ruinas con un puñado de hombres a los que mandó a cavar, mientras esperaban afuera con cierta incertidumbre y congojo los demás, hasta que salió Pablo con la espada en la mano gritando: ¡En nosotros está la victoria, es la Espada de David! Y todos vitorearon.

Animados los cruzados por tal eventualidad, abrieron las puertas de la Ciudad, y fueron hacia el enemigo todos juntos, y masacraron a los turcos. Ellos testimoniaron que vieron a un ejército de ángeles que iba delante de los cruzados hacia el combate, que Dios estaba con ellos. Pero de seguro era el ánimo y la fe que le acompañaban que hizo salir de ellos una fuerza extraordinaria.

Finalmente la Ciudad les pertenecía, pero ahora tenían un gran dilema: ¿Quién sería el rey?

Le ofrecieron la corona a Edmundo, pero éste dijo, "no puedo ser rey de tal digna Ciudad dónde esperamos que sea coronado el Mesías que todos esperamos". Y así, la corona pasó de mano en mano, y nadie la aceptaba. Hasta que Alfredo decidió aceptar dirigir a la Ciudad de Dios, pero con el título de "Defensor".

El Obispo Burgo II aún no recibía noticias del éxito, y estaba al tanto de todo lo que iba ocurriendo. El pueblo de la Ciudad Universal (Roma) lo aclamaba entusiasmado como "Pater", porque sentían que representaba a toda la comunidad abeliana. Pero antes de que le llegara la noticia de la gran conquista, fallece una semana previa. Su sucesor declara ante todos el éxito obtenido, y determina el título de "Pater" como forma de tratar al Obispo de Roma.

Con la conquista de Jerusalén, comienza una nueva era para la abelinidad. Dos siglos sobrevendrán de grandes luchas, de sostenimiento de los estados cruzados en la Tierra de los profetas, como de su reconquista de mano de los turcos y musulmanes, para nuevamente ser reconquistadas por los abelianos. Pero ahora veamos el contexto de Henry, Abelardo y Lucrecia:

Henry decidió quedarse, y servir a la Secta en la Tierra de los profetas. Los soldados de Dios se sentían casi como una especie de ángeles guerreros. Y por la vibra que se sentía en aquellas tierras, anhelaron consagrarse a su vez como monjes y a su vez como soldados.

Henry: ¡Hermanos en Dios! En esta Tierra Santa, los enemigos no nos van a faltar, y a este lugar no debemos profanar. Por ello debemos consagrarnos castos y célibes, para servir a Dios en el combate, y si cae sangre derramada, que no adultere a este suelo sagrado, por ello debemos estar consagrados ¡Tomad la espada, y tomad la Estrella de David, con ambas manos, y servid a Dios en vida hasta la eternidad! Cantad y enalteced el Nombre de Dios, ofreced incienso y oraciones en el Altar del Señor. Y defendedle de sus enemigos.

Henry era estimado por sus colegas, veían en él el entusiasmo de un soldado entregado a la fe. Pero no así Abelardo:

Campesino: ¡Ey tú, a qué has venido a Tierra Santa, no te he visto sangrar ni un poco por nuestro Señor, ni nos has acompañado en el combate, solo se nota que has venido con interés de acrecentar tus arcas con tus negocios!

Abelardo: Eso lo dices porque no me habéis visto. Y esta mercadería no son más que reliquias que cuando haya conseguido las suficientes las llevaré a nuestra amada Europa y se las ofreceré a la Secta, para que sean bendecidos los Templos.

Cruzado: Solo te interesa el dinero, no demuestras fe sincera, te has valido de tus compatriotas que caían en batalla, y a costa de nosotros te has valido a favor de tus negocios. Además tu espíritu nos desanima cuando cantamos nuestras arengas ¡No demuestras amar a Dios!

Todos los presentes: ¡Es un hipócrita y un falso! ¡Expulsadle!

Campesino: Algo mejor que expulsarle ¡Matadle por infiel! Lo he visto tratar y negociar con el enemigo.

Abelardo: Ustedes no me pueden matar, soy un peregrino al servicio de Dios. No sabéis lo que yo hablo con el Señor y lo que he acordado con Él.

Entre tanto le arrebataron las reliquias que poseía, y se las dieron a los clérigos. Abelardo por defenderse, sacó una espada, y plantó combate con algunos de los cruzados, desesperado por recuperar sus riquezas, vio la muerte frente a sus correligionarios, que falta de sinceridad e hipocresía vieron en él. Indignados porque le consideraban una mala compañía y mala presencia, pues su ánimo no hacía más que desmoralizar al de los cruzados. Además que todos aquellos que se hacían de su compañía vivían situaciones nefastas, pues era como un cuervo de mal agüero. Lucrecia, por su parte, tuvo su otro destino, pues la Ciudad estaba como cargada de una energía intensa, que a los cruzados le avivaban sus ánimos y a los religiosos los hacía tener revelaciones, pero que en Lucrecia resultó otro efecto, "locura". De allí el llamado "síndrome de Jerusalén", como hoy en día se lo conoce, que padece la gente que visita a aquellos lugares.
Lucrecia comenzó a danzar una noche frente a los soldados, en busca de ofrecer sus servicios y conseguir retribuciones económicas a cambio. Ella, noche tras noche, se la iba notando cada vez más desinhibida e incoherente. Hasta que padeció una psicosis, que en el momento se consideró una especie de posesión demoniaca. Estas fueron las cosas que decía y hacía:

Lucrecia: (Se desnudó frente a los soldados en una noche oscura alrededor de un fogón y danzaba) Baphomet, Satanás, Lucifer y todos los espíritus del mal, prueben de mi néctar, hagan de mí la mujer más bella y sabrosa que estos hombres hayan probado.

Los soldados no podían creer lo que veían, y sentían pudor de ello. De repente:

Lucrecia: ¡Ved la sombra! ¡Viene por mí! ¡Ved la Luz, ella la envía! ¡Ved las llamas, sobreviene el Infierno! ¡Los cuatro ángeles de las grandes plagas, es el fin del mundo! ¡Huid, orad, refugiarse!...
Soldado: ¡Esta mujer ha caído poseída por un mal espíritu, llamad al Abad!

Llegando el Abad, se hace cargo de ella:

Abad: ¡En nombre de todos los ángeles del Cielo y del Santísimo Nombre de Dios, espíritus del mal, abandonen este cuerpo!

Más no había caso, nada la salvaba, y ella enloquecía aún más, ahora con ataques de pánico. Tuvieron que atarla, y ella maldecía al Nombre de Dios, por lo que sin saber qué más hacer, decidieron abandonarla en el desierto. Ella se convirtió en una errante, que no pudiendo soportar su situación se suicida. Trágico final para Lucrecia, pues sus pecados no podían llevarla a buen término mezclados con la dosis de misticismo que la Ciudad ofrecía. Mezclar al pecado con lo sacro, trae consigo estas consecuencias.

Así finaliza este siglo, con un Obispo de Roma, con un título de "Pater" que significa "Padre de todos los abelianos del mundo", y con la conquista de la Ciudad Sagrada, cuyo éxito recae en manos de la Secta, sin que príncipe o barón alguno se asuma el título de rey para no quedar como vanidoso frente a sus hermanos, reservando el título para el futuro Mesías cuyas Escrituras han anunciado su coronación en dicha Capital Espiritual.

Siglo XII

En el siglo XII de nuestra era común, nace en su última etapa como varón, nuestro personaje:

Henry: ¡Heme aquí mi Señor, me digno de tu presencia!
Dios: Bendito seas Henry, volverás a nacer en la Tierra a la que estás arraigado, será tu instante, vas a cumplir el rol de tu arquetipo en el mundo, y por última vez nacerás como varón.
Henry: Espero cumplir bien vuestros propósitos en el mundo, y haber podido progresar más espiritualmente, para dejar un mejor mensaje y legado a la posteridad.
Dios: Confío en ti Henry.

Henry nace en Inglaterra, como tercer hijo de la reina Leonilda y del rey Guillermo, y lo apodan como "Reinaldo". Crece en un ambiente de ciencias, y se inclina por el arte de la música, sin descuidar su gran afición por el combate y la guerra. Leonilda era francesa, y Guillermo inglés. Ella era heredera de un ducado que cubría más de la mitad del territorio francés, por lo que el heredero al trono, sería rey de Inglaterra y a su vez señor y vasallo del rey francés.

Reinaldo era una persona ambiciosa, y está tercero como heredero al trono, por detrás de sus dos hermanos, y pretendía como compensación a su posición, el nombramiento de una cantidad considerable de ducados. Esto lo hizo entrar en conflicto con su padre y sus dos hermanos.

Entre tanto, en la Tierra de los profetas, se había producido una segunda cruzada, para ampliar el dominio y los territorios que estaban en manos de los estados cruzados. El monje Balduino de Borgoña, místico virtuoso, hijo de los frutos de la reforma gregariana, predicó esa segunda cruzada y viajó con el ejército hacia Jerusalén. Allí decidió establecer una dirección para aquellos que se consagraban en defender la Tierra de Dios. Se sentían empujados por hacerse monjes, pero a la vez se necesitaban caballeros armados, y así, como se indicó en el siglo precedente, nacen las órdenes religioso-militares. Balduino lo que hizo fue crear un estatuto que reglara la conducta y los hábitos de aquellos, y dándole personalidad a la orden. Así nacen los "caballeros sectarios".

Mientras tanto, en Inglaterra, Reinaldo lidiaba con su padre y sus hermanos:

Reinaldo: ¡Madre, nuestro padre debe ser equitativo con sus hijos, no puede darle la corona al mayor y al resto apenas unas migajas! ¡No es justo! Un padre no debe hacer acepciones.

Leonilda: No te preocupes, tu padre es un hombre honesto, yo influiré en él, no dejaré que ningún hijo sea en desmérito de otro y de su familia.

Reinaldo era incisivo, y como su padre no quería cederle los derechos que él exigía, tomó un ducado por la fuerza. Sus caballeros estaban en el dilema si servirle o en serle fiel a su padre, pues se decantaron por la segunda opción, como debidamente corresponde. Sin embargo Reinaldo fue implacable, y se hacía temer, por lo que no tuvo piedad con sus enemigos y contra todo aquel que se le rebelaba, ello conllevó a que sus hombres le sirvieran. Su personalidad y violencia, eran tan fuertes, que se cree que causó la muerte de sus dos hermanos mayores quedando él como el legítimo heredero al trono. Se presentó finalmente ante su padre, que cedió finalmente:

Guillermo: Reinaldo, hijo, no seas ambicioso, mira que tu ambición ha causado la muerte de tus dos hermanos ¿No tienes un poco de consideración por ello?

A esto se presenta Reinaldo, y a Guillermo le sangra la nariz al verlo. A los pocos días Guillermo fallece, y finalmente Reinaldo es coronado como rey de Inglaterra y señor de Aquitania. Se cree que el motivo de la muerte de su padre Guillermo fue el mismo que el de sus dos hermanos, "la presencia y agresividad de Reinaldo".

La ambición de Reinaldo incisiva, le llevó a pronta edad, a sus treinta años, coronarse como rey. Al poco tiempo el Pater de la Secta abeliana, hacía un tercer llamado a peregrinar a la Tierra de Dios, porque el líder turco Alamín, había reconquistado para el Islam a todos los territorios que el siglo precedente había quedado en manos de los abelianos, enalteciéndose como héroe del Islam, y del mundo. A Reinaldo le cayó pesada la noticia, y sentía que este era su gran desafío, destronar al diablo que había cometido afrenta contra los abelianos. Se tomó a pecho la noticia, y se consagró como rey cruzado, armando unos preparativos para la cruzada que jamás otro rey ni antes ni después realizaría para tal empresa. Quería destronar a Alamín a costa de lo que fuera. Vendió ducados, reliquias, y todo lo necesario para poder equiparse a tal gran empresa. Dijo que hasta hubiera vendido Londres si alguien hubiera pagado lo suficiente.

Los demás reyes se unieron a su entusiasmo, el de Francia, "Luis II", y el del Sacro Imperio Alemán, "Germán". Pero aún le restaba la ceremonia de coronación, y se coronó como "rey cruzado". Excluyó a todas las mujeres de la ceremonia, como a todos aquellos que no fueran abelianos y miembros de la Secta de Roma. El Abad unge la frente con aceite, y hace caer la corona de oro sobre la cabeza de Reinaldo diciendo: Por la Gracia de Dios, como Abad de Inglaterra, te corono como "Reinaldo I". Y los presentes levantando sus espadas decían: "¡Dios lo quiere, Dios salve al rey!".

Tan solo quedaron cuatro hermanos, Reinaldo, su hermano menor Percival, y sus otras dos hermanas. Leonilda tenía un afecto especial por su hijo Reinaldo, a quién se dice que consideró como su preferido desde que era un crío.

Entre otras cosas, Lucrecia nacería en este siglo por primera vez como varón:

Lucrecia: ¡Ante Ti Señor me digno!

Dios: Lucrecia, al mundo te envío del que estás arraigada, habiéndose cumplido el tiempo, nacerás como varón hasta cumplir con tu rol arquetípico nuevamente.

Lucrecia: Espero hacer bien las tareas, para llegar a ser digno aquel día en que cumpla mi rol arquetípico, que mi alma acumule virtudes, y sea un rey virtuoso.

Y así Lucrecia, nace en Roma, como miembro de una familia de clase media baja, y le apodan "Julio", anecdóticamente igual que el nombre que llevó como aquel constructor del antiguo Imperio Romano. En este tiempo se involucraría con una revuelta social, que tiene como fin instaurar una República en Italia mientras acontece la cruzada en la Tierra de los profetas.

Reinaldo, el rey de Francia Luis II y el emperador Alemán Germán, partieron a la Tierra de Dios. El primero en partir, por tierra, fue el emperador. Reinaldo y Luis II, tomaron la ruta por mar. De camino, Luis II le pidió prestado cinco barcos a Reinaldo:

Luis II: Reinaldo, hermano mío, en esta cruzada debemos estrechar lazos, necesito un favor, y todo sea por la causa de Dios. Necesito que me prestes cinco barcos para poder llevar a parte de mis hombres y provisiones.

Reinaldo: (Mezquinamente pensaba que era una molestia muy grande). Te prestaré solo tres (y lo hizo a regañadientes).

Luis II: Compensaré tu gran favor cuando llegue la oportunidad.

El ejército enorme del emperador, fue el primero en llegar a la Tierra de los profetas, allí le esperaba el ejército de Alamín. Los alemanes pudieron sortear a varias legiones de los árabes, derrotándolos en combate, pero no pudiendo culminar dicha victoria, pues parecía que el enemigo jugaba y se reía del viejo emperador.

Alamín ordenó que les acosaran durante todo el camino, y éstos hacían sonar sus tambores con el ritmo de la danza árabe. Parecía que el sonido desacralizaba y desconcertaba al ejército imperial. Por cosas del infortunio, el emperador cae del caballo a un charco de agua y fallece. Sus hombres se descorazonaron, y muchos pegaron la vuelta. Pero su hijo heredero tomó la posta, y continuó camino hacia la cruzada. El destino parecía que le jugaba una mala partida al Imperio, ahora su hijo, heredero al trono, muere alcanzado por una flecha. Todo el ejército entró en pánico y en desorden, siendo víctimas de los hombres de Alamín, que los masacraron.

Alamín se sentía fuerte, y el mundo árabe lo aclamaba como el rey con el que los musulmanes soñaban. Reinaldo paró en la isla de Chipre, que estaba en manos de los árabes, se la arrebata con un golpe de asalto. Esta isla le serviría de base para abastecerse. Luis II se dirigió en cambio directamente hacia las costas de Israel. El ejército abeliano que se sentía golpeado por el infortunio que vivenció el ejército alemán, ahora se sentía animado con la llegada de los franceses. Dos semanas después arriba Reinaldo. La llegada del rey inglés, llena de euforia a los cruzados, pues contaba con un carisma que era a simple vista apreciable. Luis II se sintió celoso por la sombra que le hacía Reinaldo. Pues como contrapartida, Luis II era un tipo enfermizo y quejoso, bastante alejado del común de la gente, tipo huraño.

Reinaldo: Luis, debemos planear el método de ofensiva.
Luis: Tú eres el general y el hombre de conocimientos aquí ¿Por qué me lo preguntas a mí? Ya lo debes tener en mente.

La relación entre ambos reyes era áspera, por lo que Reinaldo, en favor de la cruzada, tuvo que sacrificar cualquier tipo de querella con el rey francés, para concentrarse y para tener concentrados a sus hombres en el enemigo árabe.

Reinaldo traía armas muy nuevas para la época, por lo que las usó para derribar las murallas de la gran fortaleza. Pero el enemigo usó petróleo, y lo lanzó con catapultas a sus máquinas, y las incendió. Por tanto Reinaldo le ofreció a sus hombres que ataquen en un solo punto para abrir un boquete, quienes se sacrificaran, recibirían dos monedas de oro a cambio. Así los hombres del rey, lograron abrir un boquete, y por allí entró el ejército, tomando la fortaleza y masacrando a buena parte de los hombres de Alamín, tomando tres mil prisioneros.

Mientras tanto en Italia, acontecía una situación crítica. Armando de Florencia, un aristócrata italiano, establece en Italia, con capital en Roma, una República, con un Senado, y sin reconocimiento de la autoridad secular del Paternado (Obispado de Roma). Su gobierno buscaba conseguir una reforma profunda de la sociedad, regresar a los orígenes del abelinismo, en la cual la autoridad es democrática, sin una jerarquía ni una cabeza, dónde los laicos pueden celebrar los ritos religiosos. Que el clero renunciara a las riquezas, y que no sea necesario el uso de una vestimenta en particular para los religiosos, sino que el poder de la Secta, esté en manos de todos, y no de un Obispo que se cree más que un rey.

Julio era un monje, y estaba involucrado en esta gran revolución, había estudiado en la universidad, tenía un doctorado en ciencias humanas, y profundos conocimientos en teología. Él como tantos que inspiraron el movimiento social que encabezaba Armando. El pueblo llegó a reconocer a su gobierno, y confiaban y creían en sus propuestas, hasta que el Pater determinó suspender todas las actividades religiosas, y declarar anatema a todo aquel que participe y apoye la revuelta de Armando. Esto conllevó ah que el pueblo se rebelara contra la República, invadiendo el Congreso mientras se celebraba una sesión, asesinando a todos los senadores, y apresando a Armando, llevándolo a la plaza de la ciudad, maniatándolo a un poste, y quemándolo en una hoguera para que nadie tenga dónde honrarlo.

Igual destino padeció Julio, él y otros más que apoyaron esta cruzada social contra el poder eclesiástico, fueron ahorcados unos, y otros degollados. En su caso, pasó por la ahorca. Todo esto se produjo en público. El Pater perdonó a los homicidas, y se reinstituyó el orden y el gobierno de la Secta, alcanzando nuevamente la paz y la estabilidad a todo el feudo paternista, que tenían al Pater como líder religioso y secular a la vez. Algunos adeptos de este movimiento, migraron huyendo al sur de Francia.

El monje Balduino, que se encontraba en Europa, redactó un documento refutando todos los idearios de Armando, declarándolo hereje junto con todas sus ideas. El Pater se valió de digno y elaborado documento, y a partir de allí declaró anatema a todo aquel que confesara y practicara la fe e ideas de Armando.

Y en el otro extremo del mundo, en la Tierra de los profetas, Reinaldo negoció la vida de sus prisioneros con Alamín. El trato era la devolución de las reliquias abelianas, al que Alamín accedió, pero demoró la entrega de las mismas, causando intriga en el ejército cruzado. Los soldados abelianos en ese tiempo fueron cediendo a la bebida y a las mujeres, por lo que Reinaldo tomó una decisión drástica, "asesinar a todos sus prisioneros", impresión tal que dejó entre sus hombres, que levantó los ánimos del ejército de Dios, sin embargo no era el motivo, sino que si tomaba la decisión de liberarlos, le volverían a atacar. Esta masacre será recordada por la posteridad, como la "masacre de Acre", apodo que le valió de sus enemigos como "el carnicero".

De allí partió a los tres días hacia el sur, de camino a Jerusalén. El ejército de Alamín acosaba a sus hombres durante todo el camino, con tambores y flechas, sin embargo el avance de Reinaldo era implacable, y sus hombres soportaban incluso hasta las heridas de flecha.

El rey Luis II, decidió detener su cruzada y regresar a Francia, pues ideó un plan para arrebatarle los territorios de Reinaldo en su reino, y a su vez negocia su corona con su hermano Percival. Por lo que no llegó a estar presente en la próxima contienda en la Tierra de los profetas. Reinaldo le dijo: "Vete entonces, más gloria aún para mí".

La próxima ciudad era Jaffa. Reinaldo no tuvo problemas para derrotar al ejército de Alamín, que poco a poco era diezmado, y tomó la ciudad. Alamín no demoró en atrincherarse en la Ciudad de Dios, "Jerusalén", el próximo y más importante objetivo de Reinaldo y de la cruzada.

Reinaldo se sentía animado, por su mente pasaba la idea de cómo sería coronado en la Capital de Israel, pues ningún rey europeo se posó tal corona desde que iniciaron las cruzadas, sería el primero, pero parece que tal gloria le quedaba grande, y comenzó a dudar y a delirar, y cuanto más cerca su ejército estaba de la Ciudad, más dudas tenía de tomarla. Se sentía inseguro, e intuía que no solo no podría tomarla, sino que Alamín le vencería, y el resultado sería trágico para sus fuerzas. Por ello detuvo a su ejército en marcha, y les hizo pegar la vuelta.

Esta decisión hizo estallar en ira a todos sus hombres, que eran a su vez peregrinos, que venían a expiar sus pecados, por lo que estando al borde muchos de desertar, un monje se acercó al campamento de Reinaldo, y le ofreció su espada, y le dijo: "Honorable Reinaldo, toma la espada y cumple con la misión que Dios te ha encomendado en esta Tierra sagrada". Reinaldo, discutida su autoridad por los suyos, decide marchar nuevamente a la Ciudad Sagrada. Pero nuevamente siente dudas, y ordena a todo su ejército a pegar media vuelta. No habría ni un tercer ni un cuarto intento, Alamín pensó que Reinaldo abandonaría la cruzada, y esta noticia fue tomada como una respuesta de Dios a sus plegarias. Pues los turcos estaban aterrados con la idea de que Reinaldo invadiría la Ciudad. Por lo que no pensaron que el rey inglés era un cobarde, sino que Dios estaba con ellos.

Entre tanto, en el ejército cruzado, miles desertaron, y comenzaron a pensar y a tratar a Reinaldo de cobarde. Regresaron a Acre, y le llegaron noticias de que su hermano le había arrebatado su corona. Pues indignado con la querella que armó él y el rey francés, sintió el infortunio que le había caído, y preparó todo para partir y regresar a Inglaterra. Pero un hecho iba a cambiar su historia, Alamín, sintiéndose en ánimos y con la confianza de que Dios estaba con él, invadió a Jaffa y la toma, apresando a cientos de abelianos. Reinaldo conmovido por la afrenta, se le vinieron los ánimos y decidió hacer un acto heroico de recuperar a la ciudad y de rescatar a los prisioneros. Motivó a los barones de su ejército a acompañarle en digna cruzada, pero la mayoría se rehusó con indignación, tratándole de cobarde, y diciéndole "¿que para qué molestarse, si luego él pegaría la vuelta?". Reinaldo frustrado ante la respuesta de los barones, decide encaminarse para Jaffa con los pocos soldados que aún le siguen siendo fieles, y dirige una tropa por mar, y otra por tierra para confundir al ejército de Alamín.

La tropa por tierra es interceptada por el grueso del ejército turco, mientras que la tropa que viene por mar, tiene la vía libre hacia la ciudad. Por lo que decide hacer un ataque relámpago, desembarca y se lanza a toda velocidad y efusividad hacia las murallas de la gran ciudad. El caballo de Reinaldo es abatido por las flechas, y el rey inglés queda expuesto en combate, al verlo así su enemigo, en el que iba creciendo admiración por el rey inglés, decide darle uno de sus caballos, para que tal combate sea digno. Reinaldo toma la ciudad finalmente con un puñado de hombres, y a las afueras le espera el gran ejército árabe. Decide salir a enfrentarle, tras sus fallidos intentos de invadir a la Ciudad Sagrada, y por el trato de cobarde que recibió de la mayoría de sus hombres, decide arriesgar su vida en el campo de batalla, como gladiador en la arena. Cuando sale de la fortaleza a enfrentar al ejército de Alamín, era una pequeña porción frente a los turcos, pero estaban eufóricos y dispuestos a todo, a matar como a morir, y nada cejaría su empeño.

Los hombres de Alamín, al ver tan dispuestos a los soldados de Reinaldo, van desertando uno a uno en el ejército, y los barones se acercan a su rey, y les dice, "que tus vasallos peleen, no nosotros, que nada hemos recibido desde que te servimos, no arriesgaremos nuestras cabezas". Por lo que Alamín, careciendo de apoyo, se retira del campo de batalla. La victoria heroica del rey inglés le valió el apodo de "corazón de dragón".

Luego de intrigas entre ambos bandos, decidieron hacer un pacto, que las ciudades costeras de Acre y Jaffa queden en manos de los abelianos, pero que Jerusalén sea de los turcos, pero permitiéndoles a los abelianos habitarla y peregrinar. Los cruzados que fueron como peregrinos pudieron cumplir sus votos, pero Reinaldo no se atrevió a pisar Jerusalén mientras estuviera en manos de sus enemigos. Tras dicho cumplido, se embarcó nuevamente hacia Inglaterra, a resolver la querella que se abrió con su hermano, dejándole un cumplido a Alamín, que en la próxima cruzada, regresaría y le arrebataría la Ciudad, a lo que

Alamín respondió, "si tuviera que perder la Ciudad, que sea por Reinaldo".

Reinaldo eligió la ruta por tierra para la vuelta, cuando ya iba por los Balcanes, se entera de que Alamín ha muerto, entonces se preguntó: "¿Cómo no permanecí un breve tiempo más? ¡De haberlo sabido, podría haber tomado a la Ciudad!". Tal vez si se hubiera quedado, Alamín hubiera seguido con vida. Es probable que el rey turco haya muerto fruto de las tensiones que vivenció mientras lidiaba con Reinaldo, como les sucedió a su padre y a sus hermanos. Pero Dios lo mantuvo con vida, para que no conquistara la Ciudad.

Cuando estuvo a punto de atravesar el territorio alemán, se enteró de que el rey francés se había confabulado con el emperador para hacer apresar a Reinaldo, por lo que éste enterándose, se vistió de caballero sectario. Sin embargo fue descubierto por sus anillos, porque comía solo cerdo asado, y porque era pretensioso y exigente.

Fue detenido en Baviera en un castillo, y allí lamentándose componía canciones. Un monje del castillo le visitaba para alimentarlo y le animaba. Tenía el don de la profecía y era vidente, por lo que Reinaldo tuvo tiempo como para hacer amistad con él. El monje le decía que Reinaldo en una vida pasada, había sido el rey David, y le recordaba cuando le danzaba al Señor, más en este tiempo la música es para deleitarse escuchándola, y que prefería que no danzara, ya que el baile llama al pecado.

Su madre Leonilda no tenía noticias de qué había sido de su hijo. Percival sabía perfectamente lo que le había sucedido, porque de ello dependía su corona. Un amigo, trovador (compositor de canciones de gesta), decidió recorrer a todo el territorio dónde fue la última vez que se lo vio a Reinaldo, pasaba por cada fortaleza cantando las canciones que había compuesto con Reinaldo, y de la que solo ellos conocían. Hasta que en uno de los casos, sintió la contestación cantando la melodía y la letra que seguía, se dio cuenta que solo Reinaldo podría ser, y era su voz. Por lo que informó a la reina madre Leonilda de la ubicación. Leonilda hizo todas las tratativas posibles para que lo liberaran, pero el duque de Baviera pedía mucho dinero a cambio. Se hartó de negociar, y acabó pagando una suma de dinero tan alta como la que le costó a Reinaldo como campaña para la cruzada. Tras un año en prisión, es puesto en libertad. El rey francés advirtió a Percival: "Ten cuidado que el demonio anda suelto".

Reinaldo se embarcó hacia Inglaterra, estaba en gran disgusto, tanto con el rey francés como con su hermano. Cuando llegó, todos aquellos que le servían a Percival, se pusieron de lado de Reinaldo. Percival pensó que sería severamente castigado:

Percival: ¡Hermano, tienes toda la razón, gran mal he cometido al confabularme con Luis II!
Reinaldo: Hermano, hermano… tú no tienes la culpa, la culpa es de Luis II y de todos aquellos que se empeñaron en servirle. A él le convenía que tú estuvieras en mi trono, así podía arrebatarme las tierras que son nuestras en Francia ¡Por tanto no te castigaré a ti, sino a aquellos que te obligaron a hacer esto!

Reinaldo fue coronado por segunda vez, poco tiempo pasó en su reino, pues se sentía empujado a vengarse del rey francés, por lo que volvió a cruzar el Canal de la Mancha para ir a recuperar todas las tierras que el rey le arrebató. Entre tanto en el tiempo que estuvo en Inglaterra, se comportó como un adúltero, teniendo relaciones sexuales con muchas mujeres y doncellas. Su madre, escandalizada por la imagen que su hijo estaba dando, le buscó una mujer para que sea su esposa. La mujer se llamaba Brunilda, y era muy hermosa, por lo que Reinaldo se deslumbró al verla, y aceptó casarse con ella. No tuvo mucho tiempo con Brunilda, por lo que pronto partió a Francia, enterado por las grandes pérdidas territoriales que estaba teniendo. Se dice que hasta ni se acostó con su mujer.
Una vez arribado a Francia, se ensañó tanto que recuperó gran parte de sus tierras, y construyó grandes fortalezas. Mucha gente murió a razón de este combate, y mientras revisaba el campo de batalla, una flecha cayó sobre su hombro. La herida era profunda, y en ese tiempo no habían médicos cirujanos, por lo que llamaron a un carnicero para que le realice la cirugía, gran desastre le provocó en la herida. No tenían conocimiento del culpable, hasta que lo hallaron, "era tan solo un niño de diez años", entonces lo llevaron ante el rey, por lo que Reinaldo le preguntó:

Reinaldo: ¿Por qué me has lanzado una flecha?
Niño: Porque tú mataste a mi padre.
-Reinaldo pensaba y se afligía-
Reinaldo: ¡Está bien, es justo, ley del talión!

Por tanto Reinaldo perdonó al muchacho y le compensó con una bolsa con oro. Pronta era su muerte, por lo que se hicieron todos los arreglos para salvaguarda de su reino y de sus tierras, nombrando a su hermano Percival como su sucesor, y reconociendo solo a uno de sus hijos bastardos que tuvo con esas tantas mujeres con las que se acostó. El rey inglés muere en los brazos de su madre Leonilda envenenado por la herida, fruto de la gangrena que le provocó. Uno de sus mercenarios luego, dolido e indignado, fue en busca del niño y lo asesinó con muerte brutal.

Así acabaron los días de este rey, tan admirado como a su vez odiado. Desde mi opinión, no fue un buen rey, ni un buen hombre, algunos piensan similar que a mí, que fue un mal rey, un mal hijo, un mal esposo y un mal padre, pero que un gran guerrero, a eso no se lo discute. Brunilda se lamentó de su muerte, y lo recordó como así lo apreció, como un hombre muy apuesto físicamente, y sobre todo, porque le dejó un gran vacío con su muerte. Pocos se olvidarían de él, pues con toda su maldad, algo tenía que lo hacía especial.

Siglo XIII

Tras el romántico pasar de Reinaldo por el precedente siglo, cumpliendo con su rol arquetípico en el mundo, podemos decir que en todo el milenio transcurrido, desde Abel en adelante, inspiró desde el anonimato, como un espíritu, a todos los hombres de ese tiempo en la encarnación del "héroe". Los hombres querían parecerse a él. Pero ahora sobreviene otra era, en dónde nacerá como mujer, y así como hombre que resultó ser de inspiración, ahora lo será en su versión del sexo opuesto ¿Qué clase de persona será en su versión femenina, y qué inspirará en las personas de su tiempo, será virtud o será vanidad? Como varón fue un tipo apuesto ¿Será bella y atractiva como mujer? ¿Qué impresión dejará tanto en los hombres como en las mujeres? Ya lo sabremos y lo descubriremos...

En el siglo XIII, de nuestra era común, en el mundo abeliano, estaban en auge las cruzadas, pero en este siglo llegarán a su cumbre o a su culminación ¿Tendrá algo que ver nuestro personaje con ello?

En este siglo se descubrirá otra civilización de la que no se tenía conocimiento antes, aún más compleja que la europea, me refiero a la China. Un nuevo enemigo, un titán, se alzará en aquellas tierras en rebelión, y conquistará por poco a casi todo el mundo conocido hasta entonces. Superará en cuanto a los márgenes y los límites a cualquier otro imperio del que se tenga conocimiento, y toda esa obra será de un solo hombre, y en una vida misma, surgiendo de la nada. Su nombre es "Xixin Kun". Pero ahora centrándonos en nuestro personaje, éste se presenta ante Dios:

Reinaldo: ¡Señor, ante Ti me presento, me has llamado!
Dios: Reinaldo, Reinaldo…, no has cambiado, te has vuelto a comportar como un caprichoso en vida, aventurando por el mundo, y buscando enaltecerse sobre todo y sobre todos. Tu vanidad ha sido grande ¿Qué legado has dejado al mundo?
Reinaldo: Mi Señor, es el sello de lo que yo soy, sabes que no puedo contra mí mismo.
Dios: Sin embargo ya estaba previsto que esta historia la repitas, porque está establecido desde tiempos inmemoriales que los hombres repitan sus vidas. Sin embargo yo les concedo el margen suficiente para que realicen sus cambios, y Yo los tengo en cuenta. Por lo que no hay excusas.
Reinaldo: Espero que en lo poco, haya podido haber hecho progresos, solo Tú lo sabes…
Dios: Ya te he perdonado Reinaldo, ahora tienes una nueva oportunidad, volverás a nacer en la Tierra a la que estás arraigado, y a partir desde ahora, hasta cumplir con tu segundo arquetipo, el que a Mí me pertenece, nacerás como mujer. Por lo que está en tus manos cambiar los destinos ¡Ve y esmérate!
Reinaldo: ¡Gracias mi Señor!

Reinaldo nace como mujer, desde aquí en adelante, ahora en el seno de una familia de clase media, de labradores de la tierra en Francia, y es apodada como "Lilith".
Lilith es una bella mujer, de tez muy blanca, con cabello semi ondulado y rojizo, atractiva, con un perfume en la piel percibible a la distancia, y de buena silueta y físico corporal. Su forma de ser es romántica, pasa mucho tiempo a solas con sus mascotas, es pensativa, y su familia le tolera que no se esfuerce demasiado en los trabajos. Le gusta instruirse, y escuchar música. Alterna entre la vida de campo y la de ciudad. Todos los días va de compras al burgo, pero pasa tiempo sentada al borde del cerco de su vivienda, contemplando. Llama mucho la atención de los hombres que pasan, pero aún no ha tenido ofertas de amor. Ella sueña con enamorarse, y vivir enamorada. Idealiza mucho al amor, por lo que es exigente. Pero aún es una adolescente, y deberá estar lista para

cuando haya asumido la edad[7] en la que los hombres se fijen en ella, y tenga pretendientes.

En el otro lado del mundo, en la China, Xixin Kun, toma todo el control de Mongolia, y tomado por la sed de venganza, hace la guerra a todo aquel que le causa afrenta. Así venció a las tribus de su pueblo natal, y ahora piensa hacer lo mismo con los chinos. Por lo que sortea la muralla, e invade a todo el imperio chino. Él se ha acostumbrado a vivir en la estepa, y como hombre salvaje, cuya vida la ha enseñado su forma de sobrevivir, genera una gran masacre contra todos los que se resisten a su paso, y pretende hacer de China, otra estepa, es su visión.

Se la pasa en guerra, persiguiendo a sus enemigos, y de esta forma su imperio se va ampliando. A los pueblos que invade, les destruye sus cosechas, y estropea sus tierras, para que jamás puedan volver a cosechar, así no se levanten nunca más y se conviertan en una amenaza para él. Esa es su filosofía "vencer al enemigo, y destruirlo". El conquistarlo no es su plan, ni su método, no cree en las personas, desconfía de todos, sino más bien prefiere considerarles enemigos. De esta forma, y solo así, él se convertiría en monarca universal absoluto, señor de toda la Tierra. Sigue camino y haciéndose paso, ya pasó por Medio Oriente, y se avecina su llegada a Europa. Sus tropas se mueven muy rápido, nunca se conoció tal forma, y con tales métodos rudimentarios del pasado. A los castillos los rodeaba y los aislaba, de tal forma de que no puedan abastecerse, y así rendirse. En el campo de batalla no había quién le hiciera frente a sus corceles. Sus arqueros se manejaban a caballo, y tenían tan buena puntería y eran hasta más eficaces que aquellos otros de a pie que el mundo ya conocía, sus flechas atravesaban armaduras y escudos. Manejaban la pólvora, trajeron los cañones de la China, y los usaron contra sus nuevos adversarios de Occidente. Con ellos, las murallas no tenían sentido de ser. Hicieron que cambiaran los métodos de hacer la guerra.

El monstruo del Oriente, como así lo consideraban en Occidente, sobrevenía como una sombra, sin embargo en Europa no se imaginaban de la amenaza que les asechaba, seguían confiados y metidos en los asuntos de su fe.

En Europa, estaba ocurriendo una renovación muy grande de la fe, por un lado estaban los armandistas que se habían radicado en el sur de

---

[7] En aquella época las doncellas eran esposadas incluso llegando a tener apenas 12 años de edad. Aquí respeté una normativa de nuestro presente tiempo, pero estaría fuera de contexto.

Francia, en Occitania, y por otra parte, una generación de religiosos al servicio de la Secta, unos eran inspirados por un tal Faustino, fundador de la Orden religiosa de los faustinitos, y por otra parte un tal Fernando, fundador de la Orden de los Fernandianos. Faustino tuvo la visión en la cual Dios le enseña un método nuevo para la oración, en la que los hombres obtendrán misericordia. La oración se reza mediante misterios, que son setenta y dos, y dice: "Dios te salve Rey y Padre, lleno estás en los Cielos de Gracia, bendito eres entre todos los seres, y benditos aquellos que te alaban y te obedecen, Santo Dios, Padre de todos nosotros, rogamos por tu perdón, ahora y en la hora de nuestra partida, Amén". Por otra parte estaba Fernando, hijo de un comerciante, de familia pudiente, que cuando fue a la cuarta cruzada, se vino por cuenta propia de allá, con una crisis espiritual, sentía que todo eso era vanidad. Fue a orar al Templo, a la celebración semanal de los sábados, y no soportó la superficialidad de la gente, pegó un tremendo grito diciendo "¡No!", en plena celebración, y tuvo una visión, en la que Dios le pedía que reconstruyera su Templo. Por lo que él entendió que debía edificar un Templo de rocas, sin embargo el encargo era que renovara su fe en la Tierra. Hizo votos de pobreza por cuenta propia, sin pertenecer al clero, tuvo muchos seguidores, y por el constante crecimiento, fue citado a Roma para presentar sus creencias y propósitos, pues querían evaluarlo, corriendo el riesgo de pasar por herejía y de ser condenado. El Pater Inocente II se convence de sus propósitos genuinos, y se fascina con su obra, instituyendo la Orden de los Fernandianos, más la visión de Fernando se tergiversó por sus miembros que se fueron enriqueciendo, y él se apartó de su conducción, y decidió vivir retirado y pobre hasta su muerte, cómo así lo vislumbró desde el comienzo.
Entre tanto Faustino fue enviado a Occitania a reconvertir a los armandianos a la fe de la Secta. Su misión era de principio, "pacífica", el Pater Inocente II no tenía propósito alguno de condenarles, sino que los consideraba como ovejas confundidas, perdidas por la prédica errónea de Armando de Florencia. Sin embargo estaban creciendo, y se estaban convirtiendo en una amenaza para Europa y para la Secta. La misión de los faustinitos fue infructuosa, los armandianos estaban firmes en sus convicciones. Por lo que Inocente II se puso a pensar en una segunda carta para ponerla en juego. A esto, los señores feudales se habían pasado a la fe de los armandianos, y convirtieron al Estado Occitano en una República, como sucedió en Roma en tiempos de Armando.
Lilith ha cumplido la mayoría de edad, y tiene decenas de pretendientes, de todos los tipos y de todas las clases sociales. Ella se fija en todos, y lo

siente como un gran halago que sientan tanta locura por ella. Pero se hace de rogar mostrándose deseable para todos ellos. Concurre a las fiestas, pero no a aquellas de personas abandónicas, como a tabernas o burdeles, ella no es ese tipo de mujer. Sino que concurre a festivales familiares y de todo el pueblo. Le gusta bailar, y baila muy bien, lo que llama aún más la atención de los varones. Las mujeres también se han enamorado de ella, pues es muy creativa, y se peina y se arregla de forma muy original y llamativa, lo que hace que otras mujeres le imiten. En el inconsciente colectivo, se imitan sus modos en todas partes, sin que a ella la conozcan o la hayan visto. De allí que ella es un espíritu inspirador. Sus movimientos en el baile son muy sensuales, pues los hombres están locos por ella. Las mujeres le imitan, y las cercanas se hacen fans y amigas de ella, la han puesto en un pedestal, lo que ha elevado la autoestima y la propia vanidad de Lilith. Ahora ella se ha convertido en una pescadora de hombres y en una atrapa sueños, pues se ha convertido en el sueño de muchos de ellos. Sin embargo es cauta, y aunque en momentos siente que se pierde de caer en los brazos de algunos, espera al conveniente.

Siguiendo el contexto de lo que nos dejó la historia de Reinaldo en Inglaterra, el reinado de su hermano Percival fue muy débil en lo referido a su persona, de bajo carisma, de débil carácter, y de un grado considerable de incompetencia. Por lo que cometió serios errores, que conllevó a que se alzaran sus caballeros contra él, y venciendo éstos que se habían vuelto fuertes y que se acostumbraron a regir el reino en tiempos de Reinaldo, ya que el rey poco tiempo estuvo en Inglaterra en el tiempo en que reinó. Le impusieron un tipo de gobierno parlamentario, o sea, en dónde el rey es el máximo regente, pero ayudado y aconsejado en las decisiones por una corte compuesta de caballeros y clérigos, y se le impuso como deber que no tome ninguna decisión y atribución sin la aprobación de dicho parlamento. Éste fue el primer acercamiento a una democracia de parte de las monarquías europeas. A estas alturas, Leonilda[8] ya había fallecido, por lo que implicó el hecho de que se debilitara tanto el poder del rey que radicaba en la persona de Percival.

En Francia era coronado Franco IX, un rey piadoso, muy estimado por la Secta, que veía la cruzada como un acto de servicio a Dios. Estuvo

---

[8] Leonilda como madre de Reinaldo, era mayor que él, en la próxima reencarnación sería padre de Lilith, por lo que desde su fallecimiento debió pasar un par de décadas hasta el nacimiento de Lilith.

atento a cualquier tipo de llamado por parte de la Secta para ir a proteger los bienes de los abelianos en Tierra Sagrada. Y el llamado no se hizo esperar mucho, el Pater Inocente II llama a la gran cruzada. Por un extremo, en la Hispania, para conquistar los territorios que están en manos de los musulmanes, por otra parte, en Occitania, contra la herejía armandiana, y en el extremo oriental, hacia Jerusalén, pues las sagradas tierras fueron reconquistadas por los turcos. Franco IX toma la carga, y se presta para la reconquista de Jerusalén. En Occitania, tras el fracaso de los faustinitos en reconvertir a los armandianos al abelinismo, el Pater decide someterlos por la fuerza, por eso es que llamó a una cruzada contra aquel Estado. También instituyó el "Sagrado Directorio", que supervisaría e investigaría el proceder de la actividad herética, determinantemente ilegal en todo el Continente.

La cruzada en Occitania, fue toda una tragedia, vencieron al gobierno por las armas, y tras ello, con la ayuda del Sagrado Directorio, se juzgó y condenó a la hoguera a cientos de occitanos adeptos al armandianismo. La misión de dicho Sagrado Directorio, no quedó allí, sino que siguió operando intensamente, para poder hallar a todas las pequeñas ramas que se apartan de la Secta, para bien de ellos y para aquellos a los que podrían confundir y atrapar. El trabajo del Sagrado Directorio es preventivo, y a su vez es "sagrado", tal como lo lleva escrito en su nombre, porque busca reconvertir a la fe abeliana a todos aquellos que fueron confundidos por Satanás para ser llevados al Infierno. Los armandianos se encontraron sin salida, estaban siendo perseguidos en todo el mundo, y no tenían dónde ocultarse y refugiarse. Por lo que muchos persistiendo en sus convicciones, fueron juzgados y condenados a muerte, otros desistieron y abrazaron nuevamente el abelianismo, y por último restan aquellos que se mantuvieron en la discreción, arriesgando sus vidas en caso de ser sorprendidos.

En el frente Oriental la cruzada a Tierra Sagrada se frustró, Franco IX iba de camino por vía marítima, pero el grueso del ejército europeo que viajó a pie, no pudo resistir la tentación, y ante el mínimo agravio, tomaron Constantinopla, saqueando y tomando a todas sus reliquias, y cometiendo todo tipo de desenfrenos. Una prostituta que viajaba con ellos, entró desnuda al Templo de la ciudad, y los soldados cruzados le festejaban sacados de sí. El Imperio Bizantino dejó de ser, y se convirtió en un feudo latino, llamándose "Reino Latino de Oriente", con este evento, las relaciones entre la Secta Occidental con la Oriental, se enturbiaron aún más, y se profundizó la grieta. El rey Franco IX desembarcó en Tierra Sagrada, pero sin la ayuda del grueso del ejército, le fue imposible plantar combate, por lo que tuvo que dejar la cruzada y regresar.

El enemigo eterno de nuestro personaje en esta historia, fue contemporáneo de Lilith, y se conocieron. Nació en un pueblo cercano de ella, dónde se encuentran, su nombre es Francis, y fue pretendiente de Lilith, pero no el único, sin embargo grandes méritos ha hecho por ella. El padre de Lilith es la reencarnación de Leonilda, y se llama "León" y le dicen "el ogro", por su carácter y el celo que tiene por su hija. Su madre es una persona más bien reflexiva, moralista, pero más pasiva, se llama Elena. Era medio día, y la madre de Lilith necesitaba trigo para hacer el pan y no tenía:

Elena: Lilith, necesito que vayas a hacerme unas compras, ve a la feria y tráeme 15kg de trigo.
Lilith: Madre, es mucho peso para mí.
Elena: Llévate el carro.
Lilith: Pero no soy un hombre madre.
Elena: ¡Haz lo que te digo! Te va a hacer bien tomar aire y caminar un poco.
Lilith: Está bien madre.

Lilith no llevó el carro, sino que se fue con su mascota, "un corderito", e hizo la maña de encontrar a alguien que le trajera el costal de trigo. Mientras iba de camino, pensaba por dentro: "¡Amo el aire y el verde del campo, Dios me ha dignado de una vida muy bella!". Estando ya en la feria elige el mejor precio. A esto se cruzan algunas miradas de algunos hombres, y uno se acerca:

Francis: ¿No es mucha carga para una joven y delicada doncella?
-Lilith como toda mujer, y aún más, bella, se mantiene seria ante el abordaje del joven-.
Lilith: ¿Por qué piensa que no puedo ser capaz de llevar este costal yo sola?
Francis: Pues veo también que tiene los brazos ocupados con su mascota.
-Lilith esperaba que alguien se ofreciera a llevarle la carga, pero no debía demostrar demasiada confianza, y menos a un extraño-.
Lilith: ¿Acaso usted espera que yo permita que me lleve este costal por mí hasta mi casa?

Francis: Yo no le propuse nada, señorita, solo dije que se ve usted muy delicada, y me imaginaba que tendría que llevar esa carga hasta su casa. Al menos que alguien la haya acompañado.
Lilith: Es descortés el no presentarse ¿Cómo usted me habla sin siquiera haberse presentado?
Francis: Francis, para servirle... ¿Y usted mademoiselle?
Lilith: -Se sonroja- Me llamo Lilith.
Francis: -Le besa la mano y a Lilith le brillan sus ojos al verle-.
Lilith: -Se pone nerviosa- Bueno señor, espera que un caballero como usted, luego de cortejarme de ese modo me pidiera llevar el costal por mí, es de mala educación que una dama tenga que pedírselo a usted.
Francis: Solo pretendía ser respetuoso, y esperar de usted que se dignara de brindarme la confianza.

Francis carga el costal de 15kg de trigo, poca carga para un varón de ese tiempo, pero tenía que caminar tres kilómetros, una distancia razonable en un tiempo ideal para poder conocerla.
Cuando llegan a casa de Lilith, León, su padre, se queda mirando serio a Lilith. Lilith se percata de ello, e intimidada le despide al joven:

Lilith: ¡Bien señor, muchas gracias! Tengo que despedirme de usted aquí.
Francis: Fue un pacer colaborar con usted.

Francis se percata también del detalle, pues en ese tiempo las familias eran muy conservadoras, por lo que se quita el sombrero, y le saluda a la distancia. Lilith quedó fascinada por la cortesía del muchacho, pero como bien dije, no será su único pretendiente. Ahora debía enfrentar a su padre:

León: ¿Quién es ese muchacho Lilith?
Lilith: Es solo un joven que se dignó de hacerme el favor de cargar el costal hasta nuestra casa.
León: ¡Cuántas veces te he dicho que no trates con extraños! Los jóvenes son muy ávidos con las mujeres, más con doncellas como tú. Debías haber llevado el carro como te dijo tu madre. Si de hombres se trata, aquel que te corresponda antes deberá pasar por mi aprobación, yo estoy a cargo de ti, y no permitiré que ningún salteador se aproveche. De aquí en más, no irás sola a la feria, ni te permitiré que te apartes de mí mirada.

Lilith no dijo nada, asintió porque no le era conveniente entrar en conflicto con su padre, por tanto, como toda mujer de su época, tuvo que hacerse un nudo en la garganta, y digerir todo lo que le tenía que tocar en la vida. Francis se quedó fascinada con ella, y quería esposarla.

Francis era un joven de un nivel social de la estatura de la familia de Lilith, de clase media, pero ahora tendrá que lidiar con la competencia, y aunque era inteligente y de espíritu fuerte, no contaba con la posición social suficiente como para competir con pretendientes ricos y distinguidos.

Mientras tanto, respecto a lo que sucede en el mundo, el ejército de Xixin Kun ha llegado a las puertas de Europa, y para ellos, el rey francés no es más que un duque y un vasallo del Kun, estando al borde de la invasión, que hubiera sido tan trágico para los reinos europeos como lo fueron aquellas invasiones bárbaras del siglo V en Roma, fallece Xixin Kun, por lo que al enterarse los generales, deciden pegar la vuelta a China para la elección de su sucesor. Nunca más el imperio mongol volvería a amenazar a Europa, pues los sucesores del Kun, se centrarán en los asuntos internos conservando los límites hasta dónde alcanzaron sus conquistas.

Volviendo a Lilth, ella se estuvo viendo escasamente y a la distancia con Francis, teniendo un breve encuentro en el burgo dónde está la feria:

Lilith: Francis, no puedes verme, si mi padre nos ve, me castigará, y podríamos no vernos jamás.

Francis: Lilith, estoy loco de amor por ti, no me importa lo que piense tu padre, tampoco quiero que te castiguen, pero debes comprender que te amo con toda locura, haría lo que sea para convencer a tu padre para que apruebe nuestro amor.

A esto, un joven de la nobleza ve a Lilith y a Francis juntos, y se fija en ella, más, mantiene cautela, y pregunta a sus criados sobre ella, para que averigüen quién es, cómo se llama y dónde vive. Sus criados al breve tiempo obtienen toda la información, tanto de ella como de su familia. El joven noble, que es un caballero de la corona, se ha ensañado en pretenderla, y sabe que su competencia no está a su altura. Por lo que idea un plan, en ganarse el afecto de su padre y así poder conocerla.

Volviendo a la trama en dónde Francis se encuentra con Lilith, ella se separa con toda prisa de él y se muestra a la vista de su padre:

León: De repente te perdí de mi vista ¿Dónde has estado?
Lilith: Estaba viendo unas artesanías.
León: No te separes de mi vista.

Entre tanto, el joven noble elige un día y una tarde, para pasar con su carro por la puerta de la casa en dónde vive Lilith, era la tarde, y justo ella estaba posada sobre la tranquera, contemplativa, con su mascota, y él le mira con una sonrisa complaciente. El muchacho era muy apuesto, y se presentaba como un arquetipo del modelo en que Lilith fue cuando era hombre. Ella al verlo quedó fascinada, como si de un amor a primera vista fuere, pero a su vez reservada, como toda mujer.
El joven armó una pequeña trampa, para que justo cuando pasara por el hogar de Lilith, se le saliera una rueda a su carro, por lo que se quedó allí con su criado intentando solucionarlo. En esto León se molesta en asistirles:

León: Buenas tardes, ¿necesita de alguna ayuda?
Joven: Buenas tardes señor -se quita el sombrero-, si podría echarnos una mano nos sería de gran ayuda.

Estuvieron un rato arreglando el carro, en esto conversaban:

León: Disculpe señor, es que lo veo con atuendos y de aspecto distinguido ¿Es usted un noble?
-Lilith estaba observando y escuchando todo-
Joven: Soy caballero del rey, sirvo en su ejército desde hace tres años. Soy hijo del Duque, y su heredero a su vez ¿Y con quién me digno de tener el grato favor?
León: Soy León, un humilde campesino, y estoy a su servicio para lo que necesite.
Joven: ¿Y esta señorita es su hija?
León: Sí, es mi hija ¡Ven Lilith preséntate al joven!
Joven: -Le besa la mano- Mucho gusto mademoiselle, soy Pierre ¿A quién me digno de saludar? ¿Lilith dijo tu padre que te llamas?
Lilith: Lilith es mi nombre, mucho gusto mi lord -hace una reverencia-.
-Se estaba haciendo de noche, y León le pregunta hasta dónde iban de camino, y si antes no querían pasar a cenar-.
Pierre: ¡Muchas gracias señor, sería un gran honor compartir una cena con usted!

Por lo que Lilith y su familia cenaron en compañía del joven caballero y su criado:

León: ¿Usted me dice que es un caballero?
Pierre: Así es, si no fuera por mi temprana edad, podría haber acompañado a mi rey en la última cruzada.
León: ¿Deben tener un entrenamiento estricto para poder estar a la altura del combate?
Pierre: Muchos piensan que la vida de un caballero es de un privilegiado, pero le puedo asegurar que mucho se arriesga en ello. Pronto habrá un torneo de caballería, se dice que el ganador tendrá el honor de dignarse de la princesa hija del rey.
-Lilith le observa de reojo-
Pierre: Pero no creáis que llegar a ser digno del amor de la princesa es suficiente con ganar el torneo. Pero viéndola a usted mademoiselle, puedo decirle don León, que es digno de tener de hija a una princesa, y que viéndola a ella, no buscaría demasiado en lugares equivocados.
-Por dentro Lilith dijo: ¡Wow!-
Pierre: Estoy gratificado por el gran honor que me ha dado de poder compartir junto a usted y su familia, y quiero compensarle con darle lugares así asisten al torneo de caballería que el próximo mes se celebrará ante el rey en Reims.
León: Sería un gran honor para nosotros, pero creo que nos está ofreciendo demasiado, no nos consideramos dignos de tal atención.
Pierre: Confíe en mí, estoy en deuda con usted, y de mi parte le ofrezco mi confianza. Ha demostrado ser una persona honrada, y lo felicito por tan digna familia, y sin descuidar a su bella hija.

El joven a la medianoche se despidió con su criado, y partieron. León se sintió afortunado de poder tranzar relaciones con un miembro de la nobleza, y entre tanto, Lilith se llevó muy buena impresión de él.
A los días, Lilith andaba por el burgo de compras con su familia, y se encontró con Francis:

Francis: Lilith, amor mío, cuánto gusto verte, el tiempo en que no te vi me pareció una eternidad, te extrañé mucho...
-Lilith intentaba evitarlo-.
Lilith: Nos va a ver mi familia. Te voy a decir algo tajante y llano. No podemos vernos más.
Francis: ¿Pero que te ha pasado Lilith, es que ya no me amas?

-Lilith con su cabeza agachas y de costado, no respondía-.
Francis: ¡Insisto! ¿Qué te ha pasado?
Lilith: Nada Francis, nada malo. Solo te voy a pedir que tomes distancia de mí, no puedo verte más.
-Francis se quedó helado, pero no dejaría de insistir-.
Francis: ¿Es por tu padre, o por alguien más tal vez?
Lilith: Tengo que irme…
-Francis le toma del brazo-.
Lilith: ¡Suéltame por favor!

Francis se quedó muy pensativo, y meditaba la razón por la cual el rechazo. Sabía que su padre ejercía un gobierno sobre ella, y que por tanto podría ser la causa, pero Francis era muy intuitivo, y notó en la mirada de Lilith una gran distancia con él, por lo que presintió que era por alguien más, y se había ensañado en saber quién era esa otra persona. Para Lilith, a simple vista, Pierre representaba más el tipo de hombre al que ella aspiraba, pues se parecía más al modelo de hombre que ella fue en las vidas anteriores. Francis tenía algo que no le gustaba, y era que le hacía sentirse sometida, además de que le apagaba su brillo (su alma -la desanimaba-). Al menos así se sentía Lilith, aunque paradójicamente el lector apreciara lo inverso. Lo que resta, será una disputa por Lilith, de parte de Francis con Pierre.
Francis no le perdía el rastro a Lilith, y siempre tomaba el camino que daba con su casa, lo hacía de modo sigiloso, hasta que un día que pasaba, vio a un hombre de la aristocracia con su caballo en la puerta de su casa hablando con su padre:

Pierre: Buen León, ya he conseguido vuestros asientos en el festival del torneo en Reims, que será la semana que viene. Espero contar con vuestra presencia junto con la de su familia.
León: Será un placer dignarnos de poder asistir a dicho festival, y más aún cumplir con vuestro deseo, que para mí es todo un honor. Estaremos allí con toda nuestra familia.

A esto, Francis divisa a Lilith que a la distancia contempla a Pierre con una de sus amigas, sonriendo y saludándoles cuando el caballero se despide. Francis observa detenidamente al muchacho, y lo registra a detalle. Se sentía en una notable desventaja, pues por una parte, sea por su posición social, por otra, porque Lilith halló en más agrado a este noble aristócrata, y por tercero, que la veía a escondidas y no contaba con la amistad y la aprobación de su familia. De allí en adelante, Francis buscará la forma de enriquecerse para poder ascender en la escala social, y hallar la forma de comprarse a su padre, y así poder ganarle la partida a Pierre. Sin embargo en esta vida no le será suficiente tal gran empeño. La aristocracia en este tiempo está mejor posicionada que cualquier otra profesión o actividad.

Llegó el fin de semana, y el torneo ha iniciado, León con toda su familia han asistido, y han contemplado la destreza de Pierre y de muchos caballeros. Pierre no pudo consagrarse como campeón, pero alcanzó grandes victorias en los combates, la primera victoria se la dedicó a Lilith, tomando una rosa, se acerca a ella:

Pierre: Esta victoria te la dedico a ti bella Lilith, si mi destreza me permitiera resultar vencedor sobre tal notables contendientes, espero así, que sea lo suficiente como para cautivar a tu corazón.

De repente se sintió un clamor y un suspiro en el público, pues apreciaron el amor que brotaba del joven por Lilith. León ya había dado su aprobación, y por él toda su familia, el compromiso tenía bandera libre para Lilith y Pierre. Entre tanto, el padre de Pierre ya estaba enterado del amor que su hijo sentía por ella, pues hubiera preferido que su esposa sea una mujer miembro de la aristocracia, sin embargo, Pierre le convenció y por la notable belleza de Lilith, que valía la pena.

Por tanto finalizado el torneo, Pierre se bajó de su caballo, fue hacia Lilith, y le hizo una propuesta:

Pierre: -Se arrodilla ante ella- Bella Lilith, eres la mujer más hermosa que haya visto, desde la primera vez que te vi supe que no querría a otra mujer, solo sueño contigo, que seas mi mujer, pero tan solo necesito la aprobación de su padre, y principalmente la aceptación tuya.

León: Pierre es un buen muchacho, y me ha demostrado que es muy honrado, por mi parte doy mi aprobación.

-Pierre se queda mirando fijamente a Lilith, y ella en un instante de nervios, se sintió comprometida a dar una respuesta, pues quería a Pierre, pero todo le parecía tan preparado, sin embargo era la oportunidad de su vida-.

Lilith: -Se queda mirándole fijamente a sus ojos- Acepto.

-Y en ese instante Pierre la toma y la besa delicadamente-.

La familia de Lilith tuvo que mudarse cerca del castillo de Pierre, a cambio León recibió más tierras y derechos. La boda estaba próxima, pero mientras tanto, Lilith y Pierre salían a caminar juntos y se paseaban como una pareja de enamorados. Pero a Lilith le costaba, porque siempre, por su atractiva belleza, estaba acostumbrada a ser un objeto por el cual cortejar, y ahora debía solo ligarse a su pareja. Pero la presión social de esa época la llevaba a tener que aceptar las reglas de su tiempo. Tal vez hubiera preferido a un Robin Hood, a un romántico que la secuestrara, y se fuera lejos con él, sin embargo la presión de su padre, y la obediencia que ella tenía por él, terminó por hacer triunfar la lógica, que era que ella terminaría en los brazos de alguien que tendría el permiso y la aprobación de su familia.
Francis la veía pasar tomada de la mano con Pierre, y en una oportunidad la encontró sola, y se acercó:

Francis: Lilith, sé que me has amado ¿Por qué me dejaste de esa forma? Aún estamos a tiempo, podemos huir y ser felices, sabes que conmigo seremos libres.
-Lilith, avasallada por el compromiso, que le hablen de otro compromiso no era más que peso extra para aquel con el que cargaba-.
Lilith: Francis, deja de insistir conmigo, si te ven te van a castigar, sabes que estoy comprometida.
-Entonces aparece Pierre-.
Pierre: Buenas tardes ¿Quién es usted caballero?
-Interrumpe Lilith-.
Lilith: Él es solo un admirador nuestro, dice que siente una envidia sana por nosotros dos, por tanto me estaba felicitando y deseando los mejores augurios para nuestro compromiso.
Pierre: Gracias señor, espero que nuestro amado Dios pueda realizar en ti tales mismos deseos, solo has de perseverar.
-Francis estuvo a punto de decirle la verdad, pero sabía que un escándalo de ese tipo pondría en riesgo su integridad, pues era el hijo del duque-.
Francis: Gracias mi lord, justo andaba por aquí despidiéndome de mis amigos, tengo que viajar, y es probable que no regrese en largo tiempo. Soy mercader, y de ello vivo, y tengo muchos compromisos con mis clientes.
Pierre: Espero que podáis recibir grandes frutos de tu trabajo, te deseo prosperidad, salud y un gran amor.
Francis: Gracias, Dios los bendiga, me retiro.

Todo lo que dijo Francis fue de improvisado, pero era verdad que es un mercader, y de hecho se irá de la ciudad, para no volver a ver más a Lilith. Como bien dije, esto que le ha sucedido dejó una marca en su alma, pues restan varios siglos hasta de edad media, y es probable que en sus próximas vidas aspire a escalar socialmente, y así tener mejores derechos y oportunidades en este mundo, en la cual los títulos y posición social, solo se obtienen por herencia, y en la que un plebeyo no tiene forma de acceso a la aristocracia, por mucho que se enriquezca.

La boda llegó, y Lilith tuvo que aceptar que se consumara dicho compromiso, pero se sentía algo triste, pues la flor de su juventud llegó a su culmen, y sabía que de aquí en más, debería avocarse a su futura familia, compromisos familiares, y a serle fiel a un solo hombre. También en ella caló fuerte esta realidad, pues en su alma ha quedado grabado el sello de la esclavitud del compromiso matrimonial ¿Cómo repercutirá en sus próximas vidas?

El Pater Inocente II llamó a una nueva cruzada. Los ánimos en Europa por acudir a una cruzada habían decaído. Pues todos aquellos caballeros del pasado, ahora eran mujeres, y eran mujeres muy bellas, por eso los hombres de este tiempo se habían ligado en la búsqueda del amor. Ello perdió de vista la atención por Jerusalén. El rey Franco IX era considerado como el último paladín de las cruzadas que aún vivía, y quería acudir, pero su entorno intentaba persuadirle de que no fuera, sin embargo acudió al llamado, y por orden de él, todos sus nobles, barones y caballeros se alistaron a la cruzada, llevando incluso a su hijo sucesor al trono.

Tomaron un camino nuevo, se fueron a pie por el norte de África para invadir Egipto, y de allí reconquistar a la Tierra Sagrada. Sin embargo se toparon con la peste que había asolado a una población, en dónde caen enfermos tanto rey como su hijo y gran parte de la tropa. Trágico final para el rey al ver morir antes a su hijo, y tras ello luego perder también su vida. Así acabó la última cruzada de la que se tuvo conocimiento. El Pater no la abandonará en el transcurrir de la historia y de los siglos, pero no podrá concretarse porque antes se empañará en ocuparse de otros asuntos.

Lilith vivió hasta la vejez, sometida a un solo hombre, muriendo en ella todo rastro de romanticismo. En dónde su marido solo ponía atención en la guerra, en el hecho de acrecentar sus tierras y en obtener mejores títulos, siendo en algunas ocasiones infiel, pero aferrado de una forma misteriosa a Lilith.

Siglo XIV

En el presente siglo de nuestra era común, Francia tenía un nuevo rey, "Walter IV el apuesto", que fue un monarca que reinó en un tiempo en el cual se estaba redescubriendo el derecho romano, y que por tanto y a razón de ese renacimiento de la cultura, los reyes europeos aspiraban a parecerse a lo que fueron los césares en su reino.

Entre el rey francés y el Pater Benito VIII, había una contienda similar a la querella que hubo entre el Pater Gregario III y el emperador alemán Atom IV en el siglo XI. Por lo que hubo una condena de parte del Pater Bentio VIII contra el rey Walter, declarándolo anatema y a todo aquel que le rinda servidumbre. En Francia la sentencia se manipuló, y se informó una mentira, diciendo que el Pater Benito VIII declaraba que tanto el poder espiritual como el temporal estaban sometidos a la voluntad del Pater, y que cuyos tributos deben ir a parar a las arcas de la Secta. A esto se sublevaron tanto los señores feudales como los mercaderes y burgueses, que estaban creciendo en importancia. Pues como respuesta, el Pater Benito VIII llamó a un sínodo para determinar el destino del rey francés, sin embargo previamente en Francia, Walter llamó a una asamblea general, dónde concurrían todas las fuerzas de Francia, o sea, todos los estamentos, dignidades y personas más influyentes del reino, sea el clero, la aristocracia y la burguesía. Allí se declaró hereje a Benito VIII y enemigo de la Secta, designando a un nuevo Pater, "Piadoso V" y el rey francés considerado un enviado por Dios para hacer justicia. A punto de que el Pater celebrara el sínodo, con la ausencia del clero francés, irrumpieron en el establecimiento soldados de Francia en conjunto con una turba de italianos, allí el Pater estaba sentado en un trono con todas sus distinciones visibles (túnica, anillos y corona), y fue bajado del mismo con una trompada que le aplicó un caballero de la corona de Francia, llamado Guillermo de Gascuña. El Pater fue tomado como prisionero, sin embargo, en Italia se armó una pueblada y lo rescataron, llevándolo de vuelta a Roma. Al breve tiempo Benito VIII fallece a causa de la angustia que le provocaron, parece que empeoró la salud del anciano Obispo. El rey francés decidió tener más cerca al Pater, para así manipularlo, por lo que estableció la Sede de la Secta en la ciudad de Aviñón.

Otra situación del contexto, fue el destino de los "caballeros sectarios". La Tierra Sagrada fue conquistada por los turcos, y ya no había lugar para ellos en Medio Oriente, su fin había concluido como protectores de los peregrinos y de los sagrados lugares. Por tanto, regresaron a Europa, y allí levantaron recelos[9] de los monarcas. Pues eran una orden religiosa, como el clero mismo, pero con la diferencia que eran una milicia, y se habían enriquecido de tal forma que tenían más capital acumulado que cualquier rey o emperador. Y la orden, establecida en el continente, compraba tierras a su vez que las recibía en donaciones, por otra parte en un instante no pagan tributos al rey, así que Walter pensó en la forma de frenar su avance imparable. No tuvo la mejor idea de acusarlos de falsos crímenes y ser sometidos a la investigación del "Sagrado Directorio", ya que se declaraban inocentes, siendo torturados de tal forma en la que debían darle la razón al rey para poder recibir clemencia y así cesar dichas torturas.

Entre los crímenes de los que se les acusaba, eran de herejía y de hechicería, de allí surge el mito de que los caballeros sectarios adoraban al macho cabrío, deidad satánica. Así, bajo estas circunstancias, Walter presionó a Piadoso III para que suprimiera la orden de los caballeros sectarios, y de esta forma así poder ser juzgados sus miembros por el poder secular. Piadoso III accedió al pedido, presionado por el contexto y la impopularidad que sobrevino sobre la orden religioso-militar. Algunos caballeros consiguieron escabullirse y huir, muchos de ellos a Inglaterra, pero su situación era análoga en los diferentes reinos del continente. En Francia fueron condenados a la hoguera, juzgados y sentenciados en presencia del rey que tuvo que oír de parte del abad de la orden, "Guy de Borgoña", una maldición que se cumpliría: *"Maldito seas Waltar IV de Francia, y contigo serán malditas todas tus generaciones, en breve tiempo se cortará tu linaje"*. Y dichas estas palabras fue consumido por el fuego.

Mientras tanto, Lilith en el Inframundo se presenta ante Dios:

Lilith: Heme aquí ante Ti Alteza Celestial, presente me hago ante tu llamado.

Dios: Lilith, que cumpliste con tu rol de mujer en el siglo precedente, siendo obediente a un solo hombre, pero bajo el yugo de la inconformidad del compromiso, ya que tu naturaleza es rebelde, te envío nuevamente al mundo, en un siglo por el cual castigaré a los hombres, por haberse envanecido y abandonado mi fe. Quienes eran servidores de mí, luego al cambiar de sexo se han vuelto en mujeres

---

[9] El problema eterno que se presenta ante todo Estado. Los caballeros templarios eran como un Estado dentro de un Estado, y por tanto, razón por la cual fueron repudiados.

pretenciosas amantes de los placeres, exclusivas, adornadas de joyas y de perfumes. Esto ha hecho que los hombres optaran por ellas antes que por Mí, y que ellas amaran tanto más su vanidad, abandonado su amor por Mí.
Lilith: Aceptaré tu justa sentencia Señor, aunque nos duela.

Así nace Lilith, en una familia de clase media, de los últimos estratos de la aristocrática en Borgoña. Nuevamente es apodada "Lilith", y su padre vuelve a ser León, pero ahora llamado "Bruno". En tiempos de su juventud, fue codiciada por miembros de la alta aristocracia, por casualidad el rey de Francia "Walter el apuesto", tuvo la suerte de verla, y se quedó admirado de su belleza, pero eran tiempos en los cuales la moralidad estaba por encima de todo. En vidas pasadas, cuando el mundo se encontró en estas instancias, y no había Secta, sino paganismo, Lilith fue tomada como concubina para el harén de los reyes. Allí sirvió al rey en todos los placeres sexuales, tanto como a los miembros de la corte, y a todo aquel que el rey quisiera complacer, como a mercaderes y viajeros. Se decía que en ella no se hallaba tristeza, que se reponía con mucha facilidad de cualquier pena, y muchos comentaban de su encanto, y la leyenda de esta mujer que permanecía en un anonimato, era difundida por todo el mundo, en dónde muchos la buscaban inconscientemente, sin saber qué andaban buscando, solo con la idea prefija de un modelo de mujer que la representaba. Los hombres que la gozaron decían "no te mueras nunca Lilith", y los que no la vieron se decían a sí mismos "¿dónde estás y con quién estás Lilith?". Pero ahora las circunstancias eran diferentes, y la Secta era un elemento moralizador de orden que impedía que el desenfreno se convirtiera en ley, así los reyes se sometían a las reglas y a los mandatos divinos, y Lilith en buena medida, era preservada.
Bruno se enorgullecía de su hija, y tenía en mente casarla con algún otro miembro de la aristocracia. Lilith era feliz en la vida que llevaba, se sentía libre, se la pasaba arreglándose y embelleciéndose, aconsejando a sus amigas de cómo arreglarse para también verse bellas, imponía su estilo y se convertía en moda. Pero la situación le cambió, porque a razón de la muerte del rey Walter, hubo una seguidilla de sucesores que también fallecieron, quedando la corona disputada entre el reino de Francia e Inglaterra, ya que el rey de Inglaterra Guillermo III, era quién en la línea de sucesión, por parte de su madre (hija de Walter IV), estaba más directo en corresponder a la corona de Francia. Pero en Francia, las familias aristocráticas se pusieron de acuerdo en negársela, pues entre

ambos reinos había una rivalidad histórica, y no pretendían convertirse en vasallos de Inglaterra, por tanto publicaron un edicto de una antigua ley que prohibía la sucesión por la línea materna, y así coronaron a Fernando V como rey de Francia. Esto levantó polvareda e hizo irritar al rey inglés, que mandó a invadir Francia, conduciendo él mismo su ejército de caballeros negros, llamados así por el color de la armadura. Invadiendo el norte de Francia alcanzando la Borgoña, donde residía Lilith.

La ciudad y la campiña fueron asoladas por el ejército inglés, matando y violando a ancianos, niños y mujeres, incendiando casas y campos. El castillo dónde residía Lilith fue asaltado, Bruno, su padre, en vano lo defendieron junto a sus hombres y los del Duque, muriendo en batalla. Lilith y las demás mujeres fueron acosadas y ultrajadas. A Lilith le rasgaron sus vestiduras, pero por su belleza fue reservada para el comandante y su séquito. Esta fue la situación vivenciada por Lilith:

Soldado: ¡Pero mira que hermosura de mujer! ¡Veamos si aún sigue siendo virgen!

-Lilith se sentía atormentada por la situación, al punto de sentirse como una mártir; los soldados le quitan la ropa, ella al resistirse se la rasgan, y cuando la desnudan por completo, la someten a la fuerza, la toman fuertemente entre varios y le abren sus piernas para examinarla-

Soldado: ¡Verdaderamente es hermosa, su cuerpo es una escultura, veamos su himen!

-Le observan su vagina, y notan que aún es virgen-

Soldado: ¡Es virgen!

-Se apasionan-

Comandante: ¡Pero ella es mía!

-Lilith gritaba y se quejaba, hasta el llanto-

Lilith: ¡Dios no les perdonará por lo que están haciendo!

Comandante: ¡Cállate ramera, ven con papi, te haré una verdadera mujer!

La acuestan dentro de una de las habitaciones del castillo, y el comandante es quién la penetra, una penetración violenta y dolorosa para la muchacha en medio de su resistencia; luego al acabar continúan los demás, abusando de su cuerpo de todas las formas, para Lilith fue un infierno, desde ver morir a su padre, hasta caer en desgracia en manos de los soldados ingleses. Pero todo no quedó allí, fueron tomadas como rehenes y abusadas reiteradamente, como si fueran sus prostitutas.

Para Lilith la muerte hubiera sido mejor, quién diría, quién fue paladín de los ingleses y luego en otra vida víctima de aquellos. Quería hallar la forma de huir, ya que la muerte le era una opción distante, pero estaba impedida.

Mientras tanto, que en Francia se había radicado la Sede Paterficia de la Secta, en Roma el clero protestaba, y reclamaba que la Sede dónde debía radicarse el Pater, debía ser en Roma, como tradicionalmente lo ha sido por siglos. El rey de Francia, Fernando V, en medio del conflicto con los ingleses, se resistía a brindarles tal concesión, pero en cambio el rey inglés, Guillermo III, en plena disputa con Francia, buscó otro elemento de disputa contra Fernando, por tanto apoyó a Roma en su pretensión de regresar la Sede a su ciudad tradicional, buscando el apoyo de otros reinos de Europa. De este modo el clero romano, elige a un nuevo Pater, "Benito IX", y así ahora hay dos, uno que radica en Aviñón, y el otro en Roma, iniciando un gran cisma en Occidente.

Las dos partes no se ponían de acuerdo, el resto de los reinos de Europa presionaban, especialmente el Sacro Imperio Alemán, se quería pues llegar a un fin del cisma, sin embargo, de un bando y del otro habían grandes exigencias, por el extremo de Aviñón, que el Pater romano sea francés, y por el lado de Roma, que el italiano recién elegido, Benito IX, no quería bajarse de su elección, quedando sin apoyo del clero, pero nombrando a un clero nuevo. Al tiempo que ocurría esto, se celebraba un nuevo cónclave, para así llegar con el nuevo Pater al fin del cisma, se eligió a un Pater francés para que radique en Roma, "Gregario X", pero en Aviñon fallecía "Piadoso V", y el nuevo Pater elegido, "Piadoso VI", se aferró a quedarse en Aviñón. Así la Secta llegó a una situación tal que ahora tiene tres Pater a la vez, cada uno en apoyo de cada reino de los más importantes de su tiempo, Francia con Piadoso VI, Inglaterra con Benito IX, y Alemania de parte de Gregario X.

Para peor de los peores, ahora había otro inconveniente que se le sumaba a este gran cisma y a la guerra de sucesión entre Francia e Inglaterra, "la peste negra". Viajeros que provenían del imperio mongol, trajeron en sus pulgas un virus que es transmitido por los roedores, y que causa fiebre, vómitos y gangrena, razón por la cual la piel se vuelve negra, y de allí su nombre. Esto causó una epidemia que se aceleró afectando a todo el continente europeo. La falta de higiene ayudó a que se propagara con mayor facilidad. Fue tan grave, que el 60% de la población fue afectada, falleciendo. Europa se iba quedando desierta, y el número de muertos aumentaba progresivamente. Las filas de los soldados, tanto ingleses como franceses, se vieron también afectadas.

Los campos abandonados por la cantidad de campesinos y familias enteras fallecidas. Escaseaba el alimento, lo que hizo que la gente desesperada fuera hacia los burgos de los castillos a buscar asistencia y alimentos. Así creció en importancia la ciudad sobre la campo.

La ciudad de Borgoña fue afectada por la gran peste, por lo que muchas fortalezas fueron abandonadas, ya porque la gente moría, incluso los soldados ingleses que las habían tomado. Lilith tuvo la suerte de poder escapar, ya que quedó libre de la custodia a la que estaba sometida. Viajó hacia el oeste, al centro de Francia, ingresando a un convento, una para poder ser atendida y alimentada, y dos para brindarles una mano en la asistencia de los enfermos, estando al borde de la decisión de consagrarse como una hermana de la comunidad. Tras su trágico episodio, quedó embarazada de alguno de todos aquellos que la violaron. Las hermanas la acogieron bondadosamente.

Fue un tiempo muy difícil para todos, Lilith estuvo unos años colaborando con los heridos de guerra, y con los enfermos y refugiados, tanto de la guerra como de la peste. Crió a su hija que creció hasta los 8 años de edad, viéndola morir de la peste. Ella vivió una década más, para sufrir el mismo destino. Así finaliza este siglo oscuro para la historia del abelinismo y para nuestro personaje.

Siglo XV

El presente siglo de la era arranca con una gran crisis en el orden político y religioso de la Europa Occidental. Por un lado la peste, por otro la guerra interminable entre Inglaterra y Francia, y sin descontar la crisis que vive la Secta en dónde tres Paters reclaman el trono.

En medio de esta crisis, en Francia surge una mujer humilde, joven y analfabeta, que viaja a ver al Delfín, como se le llamaba al pretendiente al trono de Francia, Norberto VII para revelarle que será coronado como rey en Reims. A esto, el Delfín la puso a prueba, disfrazó a otra persona para que hiciera su papel, y él se ocultó entre la gente. Para sorpresa, "Anastasia", como se llama la doncella, descubrió que la persona que estaba en el trono, no era el Delfín, y para mayor sorpresa descubre al Delfín mezclado entre la gente, y le rinde honor.

Inglaterra se había apoderado de casi la mitad de Francia, y los franceses no hallaban la esperanza frente a esta situación, pues todo parecía que el reino quedaría bajo dominio inglés ¡Sin embargo esta mujer convenció al rey de que es la doncella elegida por Dios, de la que hablan las profecías, para salvar a Francia! Le hizo ver una señal milagrosa en la que Dios les ordenó, tanto a ella como al rey, no brindar detalles de la misma.

Anastasia era una gran entusiasta en el combate, levantó el ánimo tanto de las fuerzas del ejército como de todos los franceses para ir a la guerra. Estando en medio de tantos hombres, para no hacerles sentir tentación por ella, se cortó el cabello, se desaliñó y se vistió con armadura. Tan solo llevaba un estandarte que decía "¿quién cómo Dios?", que no era ni más ni menos que el nombre del Arcángel Miguel, quién la guiaba y le revelaba.

La muchacha levantando polvareda, haciendo que todo el pueblo se una como una sola patria, pues habían perdido su identidad de nación con las derrotas frente a los ingleses, se armó un ejército muy numeroso, pudiendo así vencer, y logrando que Norberto VII sea coronado rey en Reims. Ella quería más, quería expulsar a los ingleses de Francia definitivamente, pero el Arcángel Miguel le dijo que su misión ya había finalizado, que regresara a casa con su familia, pero no hizo caso, y por no hacerle caso a Dios, acabó siendo apresada y llevada a la hoguera, condenada como una bruja, en dónde la Secta fue partícipe de dicho juicio bajo la investigación del Sagrado Directorio.

Pues la obra que Dios le encomendó era que tan solo Norberto VII sea coronado rey, pues más que eso, era vanidad, pues Dios a todos nos da una misión, pero el culminar una obra y coronarse de laureles, es una gracia que solo se puede hacer posible si Dios mismo lo permite, pero no hay más rey que Él, así como no permitió que Moisés entrara a la Tierra Prometida para no envanecerse, pienso que tampoco le permitió a Juana que concluyera la guerra y se coronara ella como figura en detrimento del rey de Francia.

Pues la guerra prosiguió, y Norberto implementó un sistema que hizo convertir a Francia en potencia. Creó un ejército permanente, pues previamente los ejércitos estaban compuestos de voluntarios, y había que acudir una y otra vez a la arenga. Anastasia le decía una y otra vez al rey, "preocúpese por su gente", por lo que crea el Estado, basado en una economía monetaria sostenida con el aporte de todos. Así el rey podía contar con los recursos suficientes para asistir a cada alma francesa. Anastasia elevó el espíritu de identidad por la patria, por lo que el rey valiéndose de ello, fomentó el nacionalismo. De esta forma derrotaron implacablemente a los ingleses y los hicieron volver a su isla, nunca más pisarían territorio francés.

La peste fue apaleada con la ayuda del Estado, pues la falta de higiene era una de las grandes razones por las cuales se propagaba, por lo que en toda Francia, y luego siguiendo el mismo proceso en toda Europa, hicieron énfasis en la limpieza, como también aislando a los enfermos e incinerando a los muertos, no dejando anclar más barcos en los puertos bajo la sospecha de ser portadores de la peste.

La Secta llevaba ya casi un siglo dividida, por lo que las naciones de todo el continente la presionaron para que tal cisma cesara. Se decidió por tanto que todos los miembros del clero elijan a un nuevo Pater, y así fue que asumió con el nombre de "Juan V". Todos los reinos de Europa se congraciaron[10] para reconocerle solo a él como el legítimo Pater de la Secta. Así los demás, aferrados en sus pretextos, perdieron legitimidad e interés, extinguiéndose así la línea sucesoria de cada uno. El cisma llegó a su fin, pues hubo un instante en que la línea sucesoria pareciera haberse interrumpido, y de un Pater legítimo hubo un salto en décadas hasta el otro, habiendo entre medio mucho ruido, y sin poder determinar cuál de los tres era el legítimo. En el devenir se discutirá sobre la sucesión ininterrumpida que pretende detentar la Secta contradiciendo al Pater Gregario III, que decía que la Secta *"no erró, no erra, ni errará jamás"*.

Entre tanto, vuelve a nacer Lilith, en Rávena, Italia, y se llama nuevamente "Lilith". Nace por primera vez como mujer, desde la última vez que fue rey "Walter IV el apuesto", ahora llamada Elena. Y su inverso, que desde que falleció como Constante, vino reencarnando como mujer hasta ahora que vuelve a nacer como varón, con el nombre de Federico.

Elena, cuando fue Walter IV, se quedó flechado por Lilith cuando la vio, y en esta vida vuelve a cruzarse con ella, y pese a su naturaleza, en que ahora ambas son del mismo sexo, parece no ser impedimento para demostrar interés nuevamente por ella, y hasta se enamora. Pues resulta que los caprichos humanos son más grandes que los designios de Dios, y esto podría revelar muchas de las causas de la homosexualidad.

Lilith tenía 15 años, y se fue de viaje a Milán con sus padres, por razones de negocios, y allí fue cuando Elena, que tenía 20 años, la ve por primera vez, quedándose encantada de su belleza. A esto se acerca y le habla con buenos modales:

---

[10] Prácticamente fue un Papa legitimado por voluntad democrática.

Elena: ¡Oh wow! ¿Qué ven mis ojos, sino una bella mujer? ¿Cómo haces para tener ese encanto? ¿Cómo te llamas?
Lilith: Gracias por el cumplido, me llamo Lilith ¿Y tú?
Elena: Elena, para usted… No te he visto nunca, no debes ser de por aquí…
Lilith: No, soy de Rávena ¿Tú eres de aquí?
Elena: Soy francesa, pero cuando era niña me vine junto a mi familia a vivir a esta ciudad, por cuestiones de negocios.
Lilith: En algo coincidimos, pues mi visita a esta ciudad se debe a lo mismo. Mis padres son comerciantes.
Elena: Qué bueno que hayamos coincidido en algo, quizás podamos ser muy buenas amigas.

Lilith se interesó por la amistad de Elena, de allí en adelante se vieron seguido, y cuando la distancia las separaba, se escribían. Elena era una mujer común, no había nacido con la tendencia hacia la homosexualidad, sino que con el tiempo comenzó a amar a Lilith, ya habían pasado tres años de amistad. En otra ocasión se vuelven a encontrar:

Elena: ¿Sabes Lilith, puedo decirte algo?
Lilith: ¡Si, vamos, dímelo amiga!
Elena: Espero que no te caiga mal. Desde que te vi me interesé en ti, porque cualquier mujer gustaría de tener la amistad de mujer tan bella y atractiva como tú. Sabes que la buena compañía siempre trae gracias para quienes le rodean. Yo estuve interesada en ser tu amiga desde el primer instante. Pero con el tiempo, fueron pasando cosas misteriosas en mí, y es que no pude enamorarme nunca más de un hombre, y siento por ti lo mismo que sentiría con alguno de ellos. Te amo Lilith.
Lilith: Elena, amiga, estás confundida, debes resolver ese inconveniente, eres una mujer y yo también.
Elena: Eres tú la que no entiende Lilith, para mí el alma es una sola, y es igual en todas las personas, por eso pienso que te amo. Déjame intentar algo.
-Elena la abraza y le da un beso, a esto Lilith se separa bruscamente-
Lilith: ¿Pero en qué estás pensando mujer?
Elena: ¿Lo vez Lilith, no lo sentiste? Es justo lo que te venía diciendo, es real.

Lilith se sintió confundida y comenzó a tener miedo, por tanto le dio la espalda y huyó de ella. No la volvió a ver nunca más, ni le respondió a sus correspondencias. Elena no dejó de amarla, y siempre se preguntó por este misterio. El encanto de un alma, a veces trasciende y quiebra las reglas establecidas por el propio Dios. Pues dos almas pueden amarse cuando es el momento indicado, cuando una es varón y la otra mujer, sin embargo, ante el capricho, el ser humano busca quebrar las reglas de Dios, como en este caso lo ha estado haciendo Elena.

Pasó el tiempo, Lilith cumplió 22 años, y se topó con un artista en plena calle de Rávena, su nombre era "Darío" de Venecia, pintor e ingeniero. Darío al verla a Lilith, se quedó fascinado, y le pareció la mujer ideal como modelo para una representación artística que él tenía en mente. Lilith se acercó a contemplar su trabajo, y también ella quedó asombrada. Allí fue cuando intercambiaron palabras:

Lilith: Su trabajo es notablemente extraordinario.

Darío: Pero su belleza es aún más, mademoiselle. Si usted estuviera en mis pinturas, ellas serían aún más notables.

-Lilith se llenó de encanto por tal gran halago proveniente de un hombre tan distinguido como Darío-

Lilith: Muchas gracias por el halago señor, me quedo sin palabras.

Darío: Yo os pediría una gran atención de su parte, en inmortalizarla en mis pinturas, pero a cambio necesito de su parte su aprobación para que haga de modelo ¿Qué le parece mi propuesta?

-Lilith se quedó pensativa, y la gente asombrada por el interés del pintor en ella, esperaban su asentimiento, y Lilith, empujada por el compromiso, entre el entusiasmo y la intriga de los presentes, le responde afirmativamente-

Lilith: Sería un gran honor para mí.

Por tanto, quedaron de acuerdo, y ella posó como modelo para una gran obra de arte. El pintor quería representar a la diosa Venus, pues por su encanto, Lilith era la modelo ideal. Intentó convencerla de posar desnuda[11], pero Lilith forcejeó unos días, hasta finalmente acceder. El

---

[11] La alegoría ficticia sería que Darío es Leonardo Da Vinci, y Lilith la Mona Lisa. Aquí se describe que posa desnuda, sin embargo sería extraño pensar que en aquella época esto sucediera. Pero yo decidí que fuera así en mi novela, para darle un toque de más pasión a la historia. También mezclé este relato con otro episodio de la historia, con el de Alejandro Magno cuando le pide al pintor Apeles que retratara a Campaspe, su concubina, que posaba desnuda, como la diosa Venus, de la cual dicho pintor se enamora de ella, y que

pintor se enamoró de ella, y cuando acabó su obra, se la ofreció como obsequio a cambio de su amor. Pero Lilith le rechazó:

Lilith: Usted es un caballero, entiendo que se haya enamorado de mí, y le admiro como artista, sin embargo yo estoy conociendo a otro hombre, y me debo en el compromiso a él. No puedo aceptar su propuesta.

Por lo que Darío se quedó con la obra, y la tuvo por siempre llevándola de aquí para allá, en todos sus viajes en cada vez que tenía que realizar un trabajo. Lilith se casó con un tal Carlos de Venecia, comerciante, teniendo siete hijos. Él era mucho mayor de edad que ella, Lilith le amó mucho y le fue fiel. Él falleció antes, y le dio por herencia todas sus posesiones, a la que le dedicó estas palabras: "Para Lilith, mujer noble y bella, que me fue fiel y digna, le entrego todos mis bienes en posesión". Su muerte aparentemente se debió a haber contraído la peste en uno de sus viajes. Lilith no se volvió a casar, y se hizo religiosa junto con una de sus hijas entrando a un monasterio[12].

Curiosamente, el rey francés Carlos I, con el mismo nombre que el esposo de Lilith, conoció a Darío el pintor, le encargó un gran trabajo en honor a sus victorias militares, allí fue cuando quedó encantado con la obra en la cual Lilith fue modelo, llamada "el regreso de Venus", enamorándose de la artista, sin nunca haberla conocido, le ofreció gran dineral por ella, y Darío aceptó vendérsela. Carlos I la colocó en el museo que había construido. Pues era un amante de la ciencia y de las bellas artes, y al cuadro recién adquirido le dio un lugar de privilegio para que sea contemplado por todos aquellos que visitaran dicho museo. En otro tiempo y en otra vida, este rey en vez de adquirir una imagen de Lilith, habría adquirido a la misma Lilith para su harén. Pero los tiempos eran distintos, como ya lo habría dicho, la poligamia dejó de ser, y Dios tenía otra misión preparada para ella.

Llegando al final del siglo, un navegante intrépido, obstinado con su idea de comprobar que la Tierra era redonda, descubre al Continente Americano, su nombre es "Jesús Civil", a partir de su osadía y valentía, todos los reinos costeros de Europa, comenzarán una gran carrera en la

---

Alejandro dándose cuenta se la cede.

[12] Este relato es proveniente de la historia de Lisa Gherardini, la modelo de la obra "la Mona Lisa" de Leonardo. Sin embargo hay analogías rebuscadas, como el caso de que el rey francés se llamó igual que su esposo, y que habría adquirido dicho cuadro en el tiempo en que aún vivía dicha modelo de la obra artística.

navegación y en el descubrimiento de nuevos mundos, que conquistarán y someterán, en base al lema de "civilizar". La Secta buscará hacer más prosélitos, y muchas naciones serán sometidas a la fe abeliana, y otras tantas la resistirán.

Siglo XVI

En el presente siglo de la era común, nace Lilith, nuevamente apodada con el mismo nombre, en el seno de una familia de clase media acomodada de la nobleza, en Alemania, su padre nuevamente es quien lo ha venido siendo desde tiempos inmemoriales, quién fue León, quién fue Bruno, ahora se llama "Huger".

Un monje de la orden de Boniato, llamado "Germán Lotario", protestó contra el Pater, porque éste comercializaba el perdón de Dios vendiendo una carta que garantizaba la entrada al Reino de los Cielos. Por tanto le criticó en base a cien postulados que los pegó en la puerta del Templo de la ciudad en protesta. Como recientemente se había inventado la imprenta, unos jóvenes quitaron sus 100 postulados de la puerta del Templo, y los hicieron imprimir en panfletos que repartieron por toda la ciudad. La gente al leerlos se convencieron de las palabras de Lotario, y dejaron de comprar las famosas "cartas del perdón". Los clérigos se indignaron, pues el negocio de la Secta se había frustrado. En poco tiempo en toda Alemania se conocieron sus 100 postulados, y un poco más tarde llegaron a difundirse por el resto de los demás reinos.

Lotario fue llamado a confesar su error frente al emperador Atom V, sin embargo respondió lo siguiente:

Lotario: Yo he respondido según mi consciencia, pues es en la consciencia dónde Dios se manifiesta al hombre, y contra la consciencia no se debe ir en contra jamás, por tanto no me arrepentiré de lo que he escrito, que Dios me ayude…

-¡Se ha condenado!, gritaban muchos, mientras otros que le admiraban le aclamaban por su valentía-

Lotario salió de la corte del emperador, y mientras viajaba fue apresado, pero para sorpresa, quienes lo apresaron fueron los soldados del príncipe que regía esas tierras, admirador suyo. Pues lo tomó bajo su protección, sabiendo de los rumores por los cuales iba a ser asesinado. Nadie supo de su paradero, cundió el caos por toda Alemania, alzándose turbas de campesinos contra el emperador y la Secta, mientras Lotario traducía los libros sagrados del latín al alemán, para que todo individuo pueda leer y ser testigo por sí mismo de lo que Dios ha decretado por medio de sus profetas e intermediarios.

Cuando acabó de traducir el Libro Sagrado de la fe abeliana, en toda Alemania se había propagado gran revuelta, surgieron otros Lotarios, monjes que renunciaron a sus hábitos, y se convirtieron en laicos, predicando la igualdad entre los hombres ante Dios, enseñando y predicando, surgiendo nuevos predicadores de entre los mismos civiles. Lotario presentó el Libro Sagrado traducido al alemán, y en breve tiempo fue copiado e impreso por cientos de ejemplares repartidos entre los demás príncipes del reino, y entre la gente. Surgió una nueva concepción de la Secta, en la cual consideraban al Pater a una especie de anticristo[13], denunciado por el mismo Lotario. Pues en parte, las críticas que lanzó contra él fueron aún más agudas que las de Focas en el siglo IX. El sagrado directorio no tenía fuerza en Alemania, pues al haber perdido apoyo la Secta, y al haberse hecho de tantos enemigos, cada vez que se señalaba a alguien como candidato a ser mártir, la gente se defendía con la fuerza de las armas. Lotario tenía en mente refundar al abelianismo, llevarlo a sus orígenes[14], a lo que fue en sus inicios, sin un Pater que surgió en la edad media, y que acabó convirtiéndose en un emperador, cuando en el Libro Sagrado dice claramente que solo ante Dios se inclina toda rodilla, y ante ningún otro hombre. El Pater había profanado el lugar de Dios en la Tierra, era un ídolo literalmente, así lo describía Lotario, y le hacía la guerra a Dios, persiguiendo a su Sagrado Libro, prohibiendo su difusión y su lectura. Le había quitado el derecho al hombre de ser testigo de la propia palabra de Dios, la humanidad había caído en manos del engaño y del fraude de la Secta romana. Lotario por tanto decía, "falso es el Pater, se enseñoreó y se sentó en el trono de Dios en la Tierra, se convirtió en un ídolo en medio nuestro, y se puso a reinar a la Secta de Dios", "la Secta no es falsa, sino que falsos son aquellos que se han enseñoreado sobre nosotros con engaños", "es hora de abrir los ojos, somos testigos de las

---

[13] Aquí utilizo la palabra "anticristo", que en referencia a la novela, no hay ningún Cristo previo, pero que sí habrá posteriormente. La palabra "anticristo" en este caso se utiliza para referirse a un "usurpador que se sienta en el lugar que corresponde solo a Dios".

[14] El cristianismo en su esencia, entró no solo en conflicto con el Imperio Romano, sino que se puede apreciar que también entró en conflicto con la Iglesia Católica. Lo que nos revela que en todo tiempo los cristianos han sido perseguidos.

enseñanzas de nuestro buen Dios, y hemos visto el error en el que nos han sumido a costa de nuestras propias vidas y de nuestra salvación".

Lotario siguió escribiendo, y fue reestructurando la doctrina de la Secta a lo que entendía en la versión correcta según las Escrituras. Publicó varios ejemplares, que fueron quemados en público por muchos de los miembros y seguidores de Roma, pero avivando aún más la llama entre sus seguidores. Sus ideas fueron diseminadas por todo el mundo occidental, como bien se dijo, nuevas Sectas surgieron, y nuevos Lotarios, predicadores y teólogos, y algunos se volvieron más radicales que el propio Lotario, de entre ellos nombraré a un tal "José Calvo", predicador de Suiza. El tal José Calvo llevó a las últimas consecuencias el entender de la palabra de Dios, fundando incluso un gobierno basado en la misma, en la cual la democracia sería la expresión más pura de un gobierno secular basado en el abelianismo. Ya que cualquier atributo divino a un hombre iba contra la fe abeliana, y era idolatría. Incluso los miembros de su Secta eran elegidos y designados por el mismo pueblo, no se sentaban en el medio de la congregación, pues ese lugar era para Dios y su sagrado culto. Comenzaron a detestar y a odiar a cualquier concepción de rey, noble, aristócrata o emperador, a cualquier título que colocaba a un individuo en una posición superior a otro. No se arrodillaban ni reconocían a nadie como su señor, salvo solo a Dios que estaba en el Cielo, por tanto en la Tierra no había nadie ante quién hincarse. Nadie llevaba títulos honoríficos, y cualquier responsabilidad era temporal, y se la llevaba con humildad, todos se consideraban hermanos, por tanto el que presidía la lectura también se lo llamaba "hermano". Al propio José Calvo se le llamaba hermano, y él mismo se hacía considerar como un igual entre todos, detestando cualquier honor que se erigiera sobre los demás. Suiza se convirtió en la primera democracia de la modernidad.

Mientras tanto en Alemania, todos los príncipes fueron llamados ante el emperador, para renunciar a los postulados de Lotario y a entregarlo al mismo en manos del emperador y sus sequitos. Sin embargo todos los príncipes se pronunciaron contra el emperador, diciendo "si alguien osa arrebatarme el derecho a mi fe, que primero se atreva a quitarme mi vida", uno a uno se rebelaron contra el emperador, pues el emperador para quitarles la vida antes tendría que enfrentarse a todos ellos. Y se hizo leer una carta, llamada la "Carta de Pronunciamiento y de Confesión de Fe Alemana", dónde se determinaba el credo y organización de la Secta abeliana en Alemania. Este fue el inicio de una guerra que durará un siglo entero. Los reyes a fines a Roma en toda

Europa, no se quedarían con los brazos cruzados y ver caer a sus coronas, sino que las defenderían empuñando sus armas. Revueltas, guerras de guerrillas, guerras entre reinos, así sería el devenir más próximo de Lotario en toda Europa. Entre tanto el Pater como respuesta llamó a un concilio para determinar la doctrina y organización de la "Secta Universal", como comenzó a llamarle, de tinte conservador. De este concilio surgió una nueva orden religiosa, llamada los "abelistos", cuya constitución fue escrita por "Juan Layala", fieles tanto al Pater, como a nadie más. En esta orden estaba contenido el precepto predicado por el Pater Gregario III del siglo XI, por el cual, los religiosos responden al Pater antes que a cualquier otra autoridad. Esta consigna traería conflictos en el futuro que pondría en riesgo la supervivencia de la orden, pues levantará grandes celos entre los reyes y la misma Secta Universal. En las nuevas tierras conquistadas en el nuevo mundo, rivalizarán por el control las comunidades fundadas por los abelistos con las civilizaciones (colonias) fundadas por los reinos europeos. Sin embargo de momento, las coronas europeas se habían ligado a la Secta de Roma bajo una misma causa contra una amenaza aún mayor, que era el lotarianismo abeliano que amenazaba el destino de ambos (de la Secta de Roma y de las coronas europeas).

Este es el contexto que se nos presenta en este siglo, pero ahora hablemos de nuestro personaje en el mismo, sobre su vida y su destino, y también de otros. En este siglo Anastasia nace varón, nuevamente en Francia, y es apodado como Gabriel. Gabriel, vidente, es autor de un libro llamado "las predicciones", acertando en muchas de ellas referidas a su tiempo. El libro es amplio, y sus predicciones abarcan hasta los próximos tres milenios que restan por transcurrir. El otro personaje es Hipatita, que vino naciendo como varón desde la última vez que cumplió con su rol arquetípico en el siglo IV. En este siglo, ella se rebela contra la autoridad, inspirada en la reforma de Lotario. Pero en ella hay algo más, una revolución más personal, que de a poco irá sacando a la luz, que es el hecho de que todos somos iguales, tanto hombres como mujeres, lo que implica que el hombre no debe someter a la mujer como la mujer no somete al hombre. Será feminista de corazón sin aún saber qué es el feminismo.

También surge un erudito llamado "Víctor Maquinario", italiano de Florencia, harto en su tiempo de ver a los italianos divididos por causa de la política paterista de Roma, en la cual no hay líder político, sino que reina el Pater dividiendo políticamente a los italianos, escribe un libro que se llama "el monarca", dedicado a los príncipes de Italia, en la cual el rey, príncipe o gobernante, debe usar cualquier artimaña inescrupulosa, tanto política como militar, para someter a sus rivales y proteger a su reino. Desde Maquinario en adelante, el mundo de la política se fue volviendo en una tiranía, los valores del rey quedaron de lado cuando se trata de alcanzar un fin. Inclusive enseña que los mismos valores son utilizados cuando amerita la situación.

Ahora hablaremos de Lilith y sobre la pintura en la que fue retratada en el siglo pasado. La gente frecuentaba el museo de París y contemplaba la obra de "el regreso de Venus", y se preguntaban "¿quién sería esa mujer, qué fue de su vida?", y en lo más profundo de su inconsciente, sin hacerlo consciente, un impulso que no podían traducir, que decía "¿dónde estará?".

Como bien se dijo, Lilith nació en Alemania, hija de un comerciante llamado Huger. Estaban vivenciando el proceso revolucionario y convulso por el que pasaba Alemania, y se hicieron lotarianos. Lilith se casó con un predicador, noble y rico, pues su padre le dio su aprobación. Huger, como en sus otras vidas, siempre velando por el cuidado de su hija, asegurando su porvenir, eligiendo o dando su aprobación a quien sería su pretendiente.

Lilith como siempre, fue amante de los buenos gustos, de banquetes y picnics por las tardes. De ver a los juglares y escuchar canciones. También se tomaba su tiempo de lectura, su familia era poseedora de un ejemplar del Libro Sagrado traducido al alemán. Lo estudiaba con gran entusiasmo y detalle. En este siglo la gente se sintió inspirada por el saber, gracias justamente a la imprenta y a la novedad de estar en circulación los sagrados textos. Lilith discutía y se unía a los debates sobre el entendimiento y la interpretación del Libro Sagrado[15]. Sin embargo la mujer seguía por costumbre, sometida aún a los hombres, y no se le permitía la misma autoridad y libertad para predicar, enseñar y hasta opinar, pero ella era obediente, más a ninguna mujer le convenía rebelarse, y menos en su posición social.

A pesar de la guerra y de las revueltas, ella vivió hasta la vejez, pero vio morir en combate a algunos de sus hijos varones. Su esposo falleció previo a ella, pero también vivió muchos años. Atom V[16] dejó de ser el emperador de Alemania. Alemania se convirtió en una Confederación, y

---

[15] ¿Por qué hoy que los libros son más fáciles de adquirir la gente lee menos? Porque no es tendencia. Pues en el siglo XVI el escudriñar las escrituras era tendencia, o sea, era la moda del momento. Hoy en día por más libros que hayan circulando, al no ser tendencia el leer, pasan desapercibidos.

[16] En Atom V fundí a dos reyes a la vez, a Carlos I y a Felipe II de España.

solo heredó el reino de España y de Portugal. En su tiempo tenía la flota más grande del mundo, pero la perdió cuando intentó invadir Inglaterra por un conflicto de sucesión. De allí en adelante, España y Portugal dejaron de ser los reyes del mar, y tuvieron que compartir su gloria junto a Francia, Holanda e Inglaterra. Tanto Holanda como Suiza, eran repúblicas democráticas, basadas en la reforma de José Calvo. Los comerciantes holandeses eran muy temidos en el mar, pues eran grandes piratas, asaltaban a los barcos provenientes de los demás reinos, y se hacían con todas sus riquezas

Así finaliza este siglo, con un imperio perdido, pero que no deja de ser reclamado. El rey de España reclamará su derecho al trono en Alemania, y el siglo venidero será la expresión de esa pretensión con un gran conflicto bélico que se augura. Los calvonistas han sido perseguidos en el transcurso de este siglo, especialmente en Francia. Muchos emigraron a Inglaterra y Escocia, pero allí tampoco la pasan bien. El rey de Inglaterra corta relaciones con Roma, porque el Pater no aprueba sus divorcios. Pues se casó cinco veces, por tal razón tuvo que crear su propia Secta Universal de Inglaterra, en la cual él mismo es su líder, sin cambiar nada de su doctrina, que es idéntica y va en consonancia con la doctrina de Roma. Tal aventura fue atrevida gracias al impulso de la Reforma Lotariana, o sea, por todo lo que pasaba en el contexto del continente. Muchas de las veces que se divorció, fue debido al conflicto sucesorio que daría como heredero del trono de Inglaterra al rey de España, y otras tantas porque se desencantó de sus esposas, y una fue degollada cuando aún reinaba el Pater en la Secta de Inglaterra. Pues la promesa de matrimonio dice, "estarán juntos hasta que la muerte los separe", por tanto muerta la esposa, el rey queda libre para casarse nuevamente. El nombre del rey era "Cristian VIII".

La política en Roma, estaba influenciada notablemente por España. El rey de España era el paladín de la fe abeliana de Roma.

Siglo XVII

En el siglo XVII de nuestra era común, nace nuevamente Lilith en Alemania, y es apodada nuevamente con el mismo nombre. En Europa hay una gran persecución religiosa contra los lotarianos y los calvonistas. En el siglo pasado hubo una gran masacre contra los calvonistas en Francia, también por tanto, una guerra civil, y en dicha guerra venció la parte a fin con la reforma religiosa. El rey pretendiente a la corona se llama "Cristian IV Borobón", y anuncia el fin de la persecución instituyendo la libertad religiosa, pero más tarde se regresa a la fe romana, porque políticamente le era conveniente, de allí su frase "París bien vale un rito romano". La situación seguía dentro de todo tensa, y el rey de España no había renunciado a la corona del Sacro Imperio Alemán, por tanto comenzó una guerra, de España contra la Confederación Alemana, y se volvió general, ya que intervino Francia y Suecia. Lilith, adolescente, huyó junto con su familia a Inglaterra, lo mismo que cientos de familias. Mientras tanto en Inglaterra, su rey "Pedro I", un romántico por el pasado, tomó la decisión de que la Secta de Inglaterra vuelva a pertenecer a Roma, y a raíz de ello el Parlamento inglés se dividió en dos facciones, por un lado, los aristócratas que apoyaban al rey, y por otra los comerciantes liderados por un tal "Steve Cronos", habiendo una gran guerra civil, dando por victorioso a la facción de los comerciantes.

Steve era de confesión calvonista, y tenía odio contra los romanos, y por tanto odiaba a la corona y a todo título honorífico. Avivó el repudio contra el rey con todo tipo de arengas, consiguiendo juzgarlo, pero sin lograr deslegitimar la corona, por lo que se lo llevó al rey a la horca por la fuerza del voto de la mayoría, pero sin argumentos sólidos que desestimen a la monarquía. El rey fue ejecutado en público ante un público silencioso y estupefacto, que en su corazón desaprobaban tal acto, diciendo "el rey es elegido por Dios", y a esto Steve dio una arenga en la cual decía lo siguiente:

Steve: Querido pueblo, este hombre les ha robado su lugar, se creía más que ustedes, y todos somos iguales ante Dios, pues el hombre solo se inca ante Él, y no reconoce otro señor en la Tierra, hicimos bien en librarnos de este tirano...
-Y el pueblo se fue golpeándose el pecho-

Inglaterra se quedó sin rey, por tanto había un vacío de liderazgo, quedando todo en manos del Parlamento. El mismo eligió a Steve como su dirigente, y éste tomó el título de "defensor del pueblo", tomando forma de una dictadura. Comenzó a perseguir a todos los romanistas, y defendió con fanatismo a su fe calvonista.
Muchos ciudadanos ingleses, tanto romanistas, como lotarianos y calvonistas, huyeron al nuevo mundo, radicándose en el norte de América, fundando comunas, librados de la guerra, caos y persecuciones

que vivían en Europa. Allí en la nueva tierra prometida, eran libres, y en sus comunas decidieron sus propias formas de gobierno autónomas.

Lilith y su familia se acomodaron en Inglaterra, pues el ambiente era más pacífico y enternecedor que en el centro de Europa.

En este siglo nacen por primera vez como varón Agostino, Látigo el huno, y Teodorico, quien fue emperador de Roma en el siglo IV. Y aparece un nuevo personaje, llamado "Rob Aparte", un pensador francés que idea un método de investigación para toda ciencia, el cual será adoptado por todas las generaciones presentes y venideras del ahora y del mañana. En otras palabras, se le considera el fundador de la Ciencia Moderna. Tal método enseña que "todo es falso hasta verificar que sea verdadero", pues dudaba tanto que llegó a decir que su única certeza era el hecho de estar pensando, que todo lo que veía, oía, olía y tocaba podía ser una ilusión. Decía que la realidad es lo que el hombre interpreta de lo que en realidad es Real, que por tanto lo Real en sí, es inconcebible, porque el hombre está limitado.

Un colega, italiano, descubrió que la Tierra gira alrededor del Sol, y no que el Sol gira alrededor de la Tierra, y el Sagrado Directorio le persiguió, obligándolo a retractarse y a quemar a todas sus obras, de lo contrario sería condenado a la hoguera. Su nombre era "Marcelo Marcelino", y salvó su vida retractándose en público, abandonando toda investigación. Fue un gran bochorno de la época, pues dejará en ridículo a la Secta en el devenir. De aquí en más, los pensadores que se radicaban en naciones dónde regía la libertad religiosa, se dedicarán a atacar a la Secta Romana, señalándola de intolerante y retrógrada. Estas naciones progresarán, mientras que en las de confesión romana se anquilosarán, ya que la ciencia y la libertad de pensamiento son perseguidas. Francia tiene un nuevo rey, de la familia Borobón, llamado "Franco XIV", un mecenas de la cultura, de las bellas artes y de la ciencia, embellecerá a toda Francia, con grandes monumentos y obras públicas. Promociona la moda en todo su tipo de innovación que aliente la estética y la belleza.

Entre tanto, en lo referido a la guerra, que duró cuarenta años, salió victoriosa Francia, imponiéndole a España la renuncia para toda pretensión de la corona de Alemania, se firmó la libertad de culto para toda Europa, y la no injerencia de la Secta de Roma en asuntos políticos.

En tanto, en Inglaterra falleció Steve el dictador, y volvió a producirse otra guerra civil entre ambos bandos del Parlamento, estableciendo a un rey extranjero de confesión calvonista, para asumir el liderazgo de la Secta de Inglaterra, pero renunciando a toda autoridad política, siendo meramente un símbolo de la autoridad, pero dejando obrar en todo al Parlamento. Aceptó la proposición, su nombre era "Gustavo III".

Este es el contexto que se ha presentado en este siglo de grandes cambios, pero ahora nos centraremos en la vida de nuestro personaje: Lilith se educó y creció en Alemania, llegó a Inglaterra poco antes de cumplir los 18 años de edad. Su padre Conrado, velaba por ella como ha sido de costumbre en las otras vidas. Lilith fue educada en Inglaterra en un ambiente intelectual, a pesar de que formaban parte de una clase media a baja, ya que eran inmigrantes. Su padre era comerciante, y poco a poco se fue haciendo de riquezas. Eran tiempos distintos, de grandes cambios, y aún más en Inglaterra, cuyo gobierno era de tipo parlamentario, para los que conocen este sistema de gobierno es algo que se acerca más a una democracia. Se permitía la libertad de culto y de pensamiento, nadie era perseguido por sus ideas o por sus creencias. Muchos jóvenes se presentaron a Lilith como amantes. Por su belleza fue comprada -en amistad- por gente de la alta alcurnia, invitada a debates y a las óperas. Era una mujer casta y firme en sus creencias, no dejaba su fe ni siquiera ante todo lo que se le ofrecía. Sin embargo de a poco, los hombres le fueron hallando el punto, principalmente uno llamado Evans que había leído las obras del filósofo Rob Aparte, haciéndola pensar, reflexionar y hasta dudar:

Evans: Bella Lilith, aún estás soltera, ¿cuándo piensas tomar a alguno de los tantos pretendientes que tienes?
Lilith: ¿Por qué esa pregunta buen amigo? Solo perteneceré a aquel que robe mi corazón.
Evans: Pero Lilith, más de uno ha querido robártelo y tú te resistes…
Lilith: Porque ninguno ha demostrado tal dignidad para poder pertenecerle.
Evans: Pero tú bien que eres creyente debes saber que a nadie encontrarás digno a la altura de tu Dios. Has colocado en ese nivel a un candidato por lo tanto no lo hallarás.
-Lilith pensaba-
Lilith: No es perfección lo que busco, si te apetece saberlo. Solo busco a alguien a quien pueda amar verdaderamente, y que por tanto también yo sea igual de correspondida.
Evans: Eso es buscar la perfección mi buena amada…
-Lilith nuevamente piensa-
Evans: ¿Pues para tal circunstancia, dime como quién de la vida real que conozcamos representaría ser el modelo que buscas? ¿Tal vez

representado en la obra trágica de Romeo y Julieta? ¿O sacado de algún ejemplo del Libro Sagrado? ¿Tal vez el ejemplo de un matrimonio entre Abraham y su esposa Sara que era infértil? ¿De un Sansón y Dalila, cuyo final fue la traición? ¿O de alguna amante del Dios mismo, así estuviera personificado en un hombre, en esa especie de amor platónico? ¿O de algún modelo reciente de la realeza, cuyos matrimonios son arreglados políticamente? ¿Dime Lilith, dónde hayas el modelo tuyo?
Lilith: Verdaderamente es difícil encontrarlo...
Evans: Por supuesto Lilith, y dudaría que exista obra alguna que represente a ese modelo perfecto, pues sería del todo aburrida y ficticia.
Lilith: Tienes razón... Vaya, me has hecho dudar.
Evans: Tus creencias te han esclavizado. Pues es el resultado frustrante de todo matrimonio, en idealizarlo.
Lilith: ¡Pero existen matrimonios felices!
Evans: ¡Por supuesto Lilith! ¡Pero no perfectos! Y tú buscas la perfección, y por eso permaneces sola.
-Lilith pensaba-
Evans: ¿Dime con certeza Lilith, a quién de todos tus pretendientes deseas más?
Lilith: Esa pregunta es indiscreta, amigo Evans...
Evans: Disculpa mi retórica, buena mujer, pero mi pregunta va a que quizás a alguno de entre muchos hayas visto con buenos ojos, y no le diste la oportunidad por tanta exigencia. Dime que es así.
Lilith: ¿Pero por qué tanta insistencia con ello? Comienzo a pensar que tú te estás interesando en mí.
Evans: Pues dudo que no haya hombre que te haya visto y no se haya interesado en ti, amada Lilith.
Lilith: Sabes que yo le huyo a los cortejos, pero no ha sido tu caso porque tenemos una buena amistad, pero si insistes en ello, podría darte la espalda.
-Evans se sintió intimidado, y entre el titubeo, intentó cambiar de giro la conversación-
Evans: Amada amiga, solo intento tener una plática contigo.
Lilith: En un momento me hiciste dudar, y he concluido que todos los hombres buscan lo mismo de las mujeres.
Evans: Admiro tu valor. Pues pocas mujeres como tú pueden ser halladas. Si quieres dejamos la charla, si es que te has sentido fastidiada. No ha sido mi interés en atacar tus valores, ni pretenderte. De toda charla se aprende, y tú eres muy especial amiga, tengo que decírtelo

con franqueza. Eres bella, inteligente y con grandes valores. Solo me preguntaba, que habiendo tantos hombres notables, no estés con ninguno de ellos. Pero intentaré no entrometerme en tus misterios mi buena amiga.

Lilith: Tú también eres simpático amigo. Solo decirte eso, una de las razones por las cuales no me vez con un hombre, es porque no me he enamorado de ninguno aún. Y una mujer no solo ve apariencias, es lo que primero se ve, pero no basta con solo eso.

Evans: Entiendo. Las mujeres tenéis y guardáis grandes misterios que sólo conoce Dios. Estimo que Dios lo mantiene en secreto porque sois unos tesoros muy bellos, por los cuales hay que estar dotados de la dignidad suficiente para merecerlos.

Lilith: Tus palabras sonaron muy románticas amigo.

Evans: Por usted es un placer mademoiselle -hace una reverencia-.

Lilith: Las mujeres queremos que nuestro corazón sea conquistado. Yo sé que el hombre busca poner en duda este castillo que poseemos, para eliminar la entrada amurallada, y así tener pasada. Algunos lo consiguen, y no lo veo imposible. En un instante tú me hiciste dudar, y si no fuera por tu insistencia con este tema, tal vez me habrías hecho dudar más.

Evans: Pues tú me has hecho dudar a mí. Y reconozco gran valor en ti. Por eso los hombres se enamoran de ti, porque en tus ojos ven el brillo de tu alma.

-Lilith se queda asombrada por el halago de su amigo, y en un instante siente que la va conquistando-

La moraleja es que con trampas lógicas se puede hacer caer a una mujer, o hacerla entrar en duda en cuanto se refiera a sus creencias, así tal vez para robarle un pedazo de pan, pero mediante la sinceridad cuando hay admiración en la otra persona, se conquista a su corazón y se obtiene más que robarle una prenda, sino al castillo entero.

La charla prosiguió, y a pesar de que Lilith era una mujer muy creyente, comenzó a querer a su amigo Evans, y con el tiempo comenzó a amarlo. Él era un comerciante como su padre, rico en propiedades. Se vieron varias veces más, y ella cedió de a poco, llegando al punto en dónde él le propone matrimonio. Lilith segura de quien es su pretendiente, acaba aceptando y confiándole su más preciado tesoro.

Eran tiempos en los cuales comenzaba a reinar la duda, en la cual las creencias comenzaban a ceder, y las personas a relajarse más en su moralidad, pero era aún muy temprano para Lilith.

Lilith tuvo muchos hijos con Evans, y formaron parte de una clase social privilegiada. Su padre aprobó su matrimonio, pues Evans era de la clase social por la cual era del agrado de don Conrado[17].

Siglo XVIII

En el presente siglo de nuestra era común, nace Lilith, apodada nuevamente por el mismo nombre[18], en el seno de una familia aristocrática en Inglaterra. Otros personajes que vinieron naciendo como mujer, recientemente nacen nuevamente como varones, son el rey franco "Clodo", y el emperador bizantino "Justo". Entre tanto todos aquellos que van cumpliendo con su rol arquetípico, nacen al siglo siguiente de su sexo opuesto, sean ahora mismo, "Rob Aparte", "Steve Cronos" y "Franco XIV", ambos tres hembras por el tiempo de un milenio.

Hay que tener en cuenta, que bajo estas circunstancias, es como se van dando los tiempos. Rob Aparte ha sido un hombre con un juicio de mucha duda, "un pensador meticuloso", que por tanto, su generación en la que en este siglo serán todas mujeres, deben ser agradadas y convencidas mediante juicios criteriosos. Por eso el siglo XVIII será "el siglo de la razón". A estas mujeres se las agrada con el esplendor y las promesas de un príncipe, con el juicio de una mente con criterio, pero oculto está una rebelión interna por manifestarse, allí el espíritu de "Steve Cronos", por eso la sátira y toda burla contra el gobierno son bien aceptadas y disfrutadas.

Los hombres de la generación de Clodo, son el estamento de los más pobres, varones, campesinos, creyentes, pero a su vez sumisos a la hora de ser llevados como ganados a un fin. Los de la generación de Justo, son de la clase pudiente, aman las buenas obras, el teatro, las pinturas, la música y las bellas artes, son también creyentes, por tanto también se

---

[17] El padre de Lilith se presenta en todas sus versiones como un hombre interesado, pues siempre se fija para su hija un candidato adinerado o miembro de la aristocracia. Lo que quiero resaltar aquí, es una sobreprotección de parte de la familia sobre Lilith, y a su vez una realidad del contexto, que justamente las familias aspiraban en ascender social y económicamente. En ese tiempo cuando se pretendía una mujer, se pedía a la mano a sus padres.

[18] Decidí llamarla Lilith en todas las ocasiones para que refleje en el transcurso del tiempo de la historia ser aquella mujer mítica de la que hablaban los antiguos y que así no se pierda en otras apariencias.

entiende que en este siglo aún prospera la ópera religiosa, sean las obras musicales inspiradas en la fe abeliana.

La generación de Steve, se liga más al estamento de los pobres, y conviven como esposas de los de la generación de Clodo, que ahora son varones. El hombre por tanto es más sumiso que la mujer que se manifiesta en mayor rebeldía.

El personaje relevante de este siglo, es un pensador francés llamado Barón Volto, de quien se piensa que ha inspirado tanto la política como las bellas artes. Volto se ríe de todo, defiende la tolerancia y toda libertad de expresión, dice "no pienso como tú, pero defenderé tu derecho a expresarte".

Volto cuestiona a la fe abeliana, encuentra incoherencias en ella y muchas contradicciones. Satiriza a muchos relatos del Libro Sagrado, y lo hace con gran vileza. La Secta no puede hacer nada contra él, porque es un protegido de los reyes. A los reyes les gusta la comedia, y cada vez se apartan más de la fe. Rigen bajo la bendición de Dios, pero viven como paganos apegados a todos los placeres y a las riquezas. Esta situación levanta celos y odios entre la gente más pobre, y Volto también aviva su enojo, sin embargo en las obras mismas que los reyes y la aristocracia son satirizados, éstos se lo toman en gracia, disfrutando como un buen público. Pero no se están dando cuenta que al permitirlo, avivan un veneno que se volverá en su contra, y destruirá a la realeza.

Lilith bebía de todo este cambio generacional y revolucionario de su tiempo. También se volcó por disfrutar del deleite de los placeres terrenales, vistiéndose y arreglándose como una bella mujer, adornada de todo tipo de joyas y arreglada con los mejores maquillajes. Pero no quería decir que ella sea un objeto de fácil obtención, seguía siendo Lilith, una mujer tal vez menos piadosa, pero orgullosa.

Los nobles y hasta los reyes que la veían la codiciaban. Hallaban inconscientemente en ella un parecido con la mujer de la pintura "el regreso de Venus" del pintor Darío. Pues no creían en la reencarnación, salvo los ocultistas, que en ese tiempo pululaban, pero que se mantenían en plena discreción. Se dice que Volto pertenecía a la orden de "los caballeros ocultos", que conspiraban contra el antiguo orden, y que buscaban establecer uno nuevo, basado en los valores de la democracia y la libertad. Buscaban la piedra basal y querían hacerla suya. Creían en la reencarnación, y todo lo que se dice en esta novela, ellos lo saben. Sabían que el ser humano nace mujer, como nace hombre, que Luzbel es la causa del origen de este mundo, que es sensual y bello, como portador de luz que fue. Que por tanto ese Luzbel es Abel, y que ahora es una mujer, que por tanto la están buscando para ofrecerla a un rito. Esa mujer es "Lilith". Han podido buscarla y encontrarla en la historia, en algún rastro, y por revelaciones determinaron que es la modelo de la pintura "el regreso de Venus". Pues ahora se dedican a encantarla, bajo trabajos espiritistas.

Lilith percibe en su alma ese cambio, y por eso se siente más empujada a los deleites que nunca. Sin embargo su padre protector vela por ella, contra todo deseo y pretensión libidinosa. Ella forma parte de una familia muy religiosa, pero el contexto evidencia un relajamiento de la fe. Por tanto ella vive bajo el espíritu de la sensualidad de forma constante.

De entre muchas de las personas distinguidas, le han reconocido, y de entre ellos hay ocultistas. Le han ofrecido retratarla, como aquella vez que la pintó Darío. Pero ella está bajo la protección de Dios, y antes que lleguen ellos, un príncipe de la realeza, que no es sucesor de la corona en línea directa, se ha sentido encantado al verla, y la ha llamado:

Mick: ¿Quién es esa mujer?
Sirviente: Su nombre es Lilith mi lord.
Mick: Llámala por favor…
Sirviente: Madame, el príncipe se siente honrado de su presencia, le ha mandado a llamar, gusta en querer conocerla.
Lilith: Dígale al príncipe que estaré honrada en presentarme.

Y Lilith fue hacia dónde estaba el príncipe Mick, pero antes de que ella llegara a dónde él, él se levanta y va hacia ella, encontrándose ambos en el camino.

Mick: Mademoiselle -le hace una reverencia y le besa la mano-. Estoy encantado de tenerla en nuestra presencia. No la he visto nunca antes, deseo conocerle, su belleza es radiante, y su gracia nos cubre a todos de su encanto.
Lilith: Gracias mi lord, me digno y me complazco de tales palabras, es un honor para mí -hace una reverencia-.
Mick: Una flor tan bella merece de gran cuidado, por lo que me siento en el deber de brindarle de nuestra protección, si así usted lo desea.
Lilith: ¿Y qué tipo de protección podría brindarme el príncipe?
Mick: Dicen que enamorarse a primera vista es un mito, sin embargo desde que la vi, he comenzado a creer. Pues no seré atrevido con lo que

le digo, es que cualquier hombre comenzaría a creer en el amor a primera vista al verla a usted por primera vez.

Lilith: Muchas gracias por su cumplido mi lord, me honra.

Mick: Le presentaré a mi familia real, si usted gusta. Se sentirán complacidos al verla de cerca y oírla.

Lilith fue integrada al círculo de conversación que había en el banquete real del palacio, de a poco entró en amistad con el príncipe Mick, y se vieron reiteradamente, pero no llegaron a ningún compromiso aún. La mano del príncipe parecía la mano de Dios que la estaba rescatando de aquellos que querían poseerla con fines ocultos. El príncipe era una persona de fe, creyente en Dios. Conocía los textos sagrados, y esto fue lo que le dijo:

Mick: Lilith, desde que te conozco, he visto en ti tal nobleza de mujer que me traes al recuerdo a una gran mujer de la historia de nuestra fe, a "Ester"[19].

Lilith: ¿Y por qué lo crees compararme con tal virtuosa mujer?

Mick: Eres noble como ella, lo veo en tu mirada, lo siento en tu alma y lo aprecio en tus palabras desde el tiempo en que te conozco.

-Lilith le observa detenidamente con una mirada de emoción en sus ojos-

Mick: Cuánto quisiera que fueras mi esposa amada Lilith.

-Lilith se sonroja e inclina la cabeza hacia abajo-

Lilith: No sé si estoy preparada mi lord.

Mick: ¿Qué te detiene Lilith, no confías en mí, crees que no sería un buen marido?

Lilith: Usted es un gran hombre mi lord. En este tiempo usted es una luz, como pocos hombres que han demostrado amar al Señor. No es heredero directo al trono, pero usted merece el reino más que ningún otro, porque lo he visto.

Mick: Lilith -le toma de la mano- sé mi prometida al menos, seremos felices, de mí recibirás todo lo que desees, pero mucho más de mi amor.

De a poco el príncipe Mick fue conquistando a Lilith. La razón por la cual ella no se entregaba a él, era porque en ella había un sentimiento de

---

[19] Según mis creencias, Ester se ubica cronológicamente en el tiempo equivalente al siglo XVIII de nuestra era cristiana. Pues si reencarnara y cumpliera nuevamente su rol, estaría en ese siglo.

perversión oculto, se sentía deseada por todos los hombres, por eso repudiaba la idea de casarse con uno. Pues acabaría convirtiéndose en señora, y sus días dorados de primavera acabarían. Anduvo mucho tiempo a las vueltas, entre sentirse atraída por Mick, y a su vez jugando a la nena caprichosa. Sin embargo ella se sentía segura con él, más que con nadie. A pesar de su juego, no le soltaba la mano, y Mick mucho menos a ella.

Los caballeros ocultos querían desterrar a la fe abeliana del orden mundial, pues veían en ella al impedimento para poder alcanzar sus objetivos. Entre tanto, los "abelistos", la orden fundada por Juan Layala en el siglo XVI, seguía obrando intensamente, defendiendo y respondiendo primero al Pater antes que a cualquier otra autoridad, así sea el mismísimo rey que se antepusiera. El pensador Volto se esmeró en cuestionarlos, y en avivar el anhelo de los reyes por expulsarlos de sus tierras. Así sucedió, pero antes, los reyes convencieron al Pater a que suprimiera[20] la orden, para esto le ofrecieron a la Secta grandes regalías y atenciones. El Pater fue convencido y cedió a regañadientes. Pero los abelistos fueron valientes, intentaron defenderse y resistirse contra tal injusticia. En América sus famosas comunas fundadas, entraron en conflicto con los virreinatos, y acabaron en contiendas armadas. Sus comunas fueron tomadas por el virreinato, y los abelistos acabaron como mártires en batalla, empuñando armas de guerra.

Mientras tanto en Europa, la reina de Rusia "Carolina", que era admiradora de toda su obra civilizadora, los acogió y les brindó protección. Allí estuvieron hasta ser restablecidos un siglo después.

Los caballeros ocultos continuaban en sus entramadas para poder apoderarse de Lilith, ya la tenían divisada, y hacían todo tipo de conjuros y ritos para encantarla aún más con el espíritu de seducción, pues tenían en mente que en un instante, indicado, ella cedería y caería en sus manos.

Lilith fue invitada de cortesía a un banquete celebrado en un distinguido palacio en presencia de grandes lores de Inglaterra. De esto no sabía nada Mick, y ella sentía añorar más libertad, por lo que decidió asistir.

Dicha fiesta, plagada de placeres mundanos, de las mejores comidas y excesos de bebida, intentaron embriagar a Lilith y algunos sobrepasarse, pero ella se resistía.

---

[20] Un paralelo con el pasado, cuando se le pidió al Papa que suprimiera la orden de los caballeros templarios, en esta ocasión a los "jesuitas".

La fiesta prosiguió, y los invitados comenzaron a sobrepasarse en sus conductas, las mujeres se desprendían sus vestidos, algunos se apartaban a sitios reservados, y en un momento comenzó a parecerse todo a una orgía. Lilith estaba a punto de quedar sedada por los efectos del alcohol, pero un colega del príncipe le advirtió a Mick de lo que estaba por suceder, lo que implicó que Mick interrumpiera en la fiesta, y rescatara a Lilith de las manos de todos esos hombres deseosos de ella. Para gracia, Lilith no llegó a ser ultrajada. Mick la reprendió arduamente:

Mick: ¿Pero en qué estabas pensando Lilith? Cuando percibas un ambiente extraño, debes irte lejos de allí. No vuelvas a hacerme esto nunca más, te lo pido con todo el favor.

Lilith se sentía mal, e hizo penitencia por un mes. Mick sentía enfado por ella, pero la amaba, y por ello le perdonó, no la dejaría ir otra vez, y se empeñaría aún más en pretenderla como su esposa. Lilith con el tiempo comprendió lo necesario para su vida, y fue renunciando a sus caprichos de la juventud, para entregarse a un solo hombre y bueno.
Finalmente Mick y Lilith se casaron, y tuvieron una gran fiesta, como las que se relatan en los cuentos. Fueron felices y tuvieron muchos hijos. Y ya en la vejez de ambos, fueron testigos del inicio de un conflicto que surgió en Francia. Las arengas del filósofo Volto, acompañadas de obras operísticas y panfletos distribuidos con mensajes críticos contra la realiza, fueron preparando el terreno para una gran conspiración, que conllevó a un mal empleo del gobierno en manos de un rey débil, "Franco XVI", conllevando a un alzamiento popular de gran magnitud, avivado por los mercaderes y grandes magnates del comercio, que querían a semejanza de Inglaterra, instaurar a un gobierno parlamentario. Pero como contrapartida, las riendas del gobierno fueron tomadas por fanáticos agitadores de entre las masas, estableciendo a la primera República de Francia. Como había resistencia, su líder y dirigente se comportó como un absoluto dictador, enviando a la cuchilla a miles de personas, incluido el rey y su familia, fue un reinado de terror.
Toda Europa estaba conmocionada por lo que estaba ocurriendo en Francia, y la agitación comenzó a llegar a los demás reinos, por lo que para frenar esta ola, los reyes se comprometieron en hacerle la guerra a la República, y restablecer el orden monárquico previo.

De entre los soldados y generales del ejército francés, comenzaron a surgir talentos naturales de entre medio del pueblo, y uno que se convirtió en paladín de la guerra, llamado "Apolión Botapart", será la nota para el siglo siguiente.

Mientras tanto, al poco de finalizar el siglo, Lilith fallece como anciana, ya viuda, y conmocionada por los cambios que eran adversos para los de su generación.

Siglo XIX

Grandes desmanes ocurren tras la gran revolución que acontece en Francia. Los caballeros ocultos siguen operando para establecer su orden pensado. No tienen a mano a Lilith, pero si tienen a mano la tumba de alguien que ellos saben que ella fue en otras vidas del pasado, me refiero a la tumba que contiene los restos del rey inglés "Reinaldo corazón de dragón". Por tanto en ese caos, secuestran sus restos con los cuales los utilizan para hacer sus ritos, y así poder llegar a Lilith y poseerla para sus fines. Los restos del rey inglés desaparecieron para siempre.

Previo a comenzar el siglo XIX, nace el personaje citado en al apartado anterior, "Apolión Botapart", se presenta ante Dios con el nombre de quien fue en una vida previa, la última vez que se lo nombró en esta novela fue "Francis", pues nos referimos con este apodo a este enemigo eterno de nuestro personaje principal:

Francis: ¡Heme aquí Señor, me hago presenta ante tu llamado!

Dios: Francis, adversario mío, te envío a la Tierra, a la que estás arraigado, a cumplir con tu rol arquetípico. Querrás elevarte aún más alto que yo, y llevar tu trono hasta las alturas. Dejaré que lo intentes.

Francis: ¿Dejarás que tome mi botín?

Dios: Permitiré que lo intentes todo, tú tendrás que demostrar que puedes incluso contra aquello de lo que no estás advertido y preparado. Demuestra tu destreza, elévate lo más que puedas.

Francis: Así será… Y me verás en lo alto.

Francis luego se llama Apolión, y le llevará veinte años de diferencia a Lilith. Intentará tomar el control de todo el mundo, conquistando todos los reinos de la Tierra, pero para ello antes debe conquistar a toda Europa. Querrá llegar a Lilith, y convertirla en su amante, ya que esposa él ya tiene. Pues por todos los pueblos que él conquistará, se acostará con las mujeres más bellas.

Entre tanto, Lilith nace en Inglaterra, nuevamente apodada con el mismo nombre, su padre sigue siendo el mismo personaje de siempre. En Inglaterra se vivirán momentos tensos, porque Apolión está dispuesto a derrocar a todas las monarquías, para él sentarse a reinarlas como un emperador romano.

Luego de tanta anarquía que vivía Francia, Apolión, por su destreza es llamado a establecer el orden. Con gran audacia y determinación, acaba con todas las manifestaciones populares, asesinando despiadadamente a todo ese pueblo que se alzaba una y otra vez en armas contra el gobierno. Los masacró a cañonazos en la plaza principal. Por temor y admiración a la vez, no osaron volver a alzarse.

Apolión sabía que era la reencarnación de Alejandro Magno, y quería volver a ser otro Alejandro en este tiempo, y hasta superarse de ser posible. Siempre se interesó por las ciencias ocultas, pues como adversario declarado contra Dios, debía también estar al tanto de todo aquello que sus ojos y oídos físicos no podían saber. Debía conocer su destino y quién era. Buscó a los mejores brujos para tenerlos como medio de asesoramiento. Éstos le indicaron todo sobre su pasado, y sobre todo aquello que influía en el presente. Le dijeron que fue Alejandro Magno, y que en su harén tuvo tanto a Lilith como a Julio César. Pues en aquella época no se hacían acepciones en la vida sexual, si entre ser heterosexual u homosexual. Además estaba el impedimento de poder hacerse con César, pues en ese tiempo equivalente al presente, él es varón, sin embargo no le pareció determinante y un obstáculo para tomarlo como su hembra, practicando una homosexualidad activa, o sea, haciendo Alejandro de hombre y César de mujer.

Los brujos le decían que Lilith fue Campaspe, la concubina más bella de Alejandro, que fue pintada por Apeles, que quedó fascinado de su belleza al pintarla desnuda. Alejandro se dio cuenta de cómo la deseaba el pintor, y pues como demostración de humildad y de honor, se la entregó en posesión, a costa de sus afectos. De allí en adelante, las mujeres, en imitación de Campaspe, comenzaron a desnudarse en público y a entregarse a todos los hombres.

De esta forma, Alejandro se hizo de las dos coronas, de las del Imperio Romano, y a su vez de la monarquía abeliana, pues Campaspe como reencarnación de David y posteriormente como Reinaldo, representaba la otra corona del mundo en el otro extremo de los tiempos. Pudo someter a ambos, a Lilith y a Julio César a sus afectos.

Apolión le consultó a los brujos si había algún rastro de Lilith en la historia que le pudiera servir de pista para poder contemplarla a su vez, y hallarla cuando le encontrara parecido. Y ellos le respondieron que el cuadro, "el regreso de Venus" de Darío, es el retrato de la modelo Lilith. Cuando Apolión contempló la pintura enloqueció de pasión, pues la contempló desnuda, con tal preciosura se hizo una película en su mente. Se la imaginaba blanca, radiante, bella de contextura física, con el cabello violeta, perdida mentalmente y entregada a todos los placeres libidinosos con todos los hombres, sin distinciones. Pero los brujos le indicaron que ella tiene valores y que es creyente, que no le sería fácil romper con su estructura. Por tanto Apolión comenzó a buscar su talón de Aquiles, para lograr que la mente de Lilith enloquezca, mediante alguna paradoja que la ponga en contradicción. Su método siempre fue punzante, por tanto sabiendo que ella podía ser débil, caería finalmente.

Los brujos le indicaron que ella estaba en Inglaterra, por lo que mientras tanto fue pensando la forma de invadir ese reino que distaba tan solo de un pedacito de mar, al que le llamó "himen". Pues se decía, si cruzo el canal de la mancha, le arrebataré la virginidad a Lilith.

Apolión ordenó que el cuadro "el regreso de Venus" sea colocado en su dormitorio. Allí él, mientras tiene relaciones con su mujer y otras amantes, contempla a Lilith imaginándosela en la cama.

Los demás reinos le amenazaban constantemente, por lo que a sabiendas de tal amenaza, y para evitar que se congraciaran en una gran cruzada contra Francia, invadió rápidamente a Austria, y les venció en combate humillándoles. De allí se conoció una nueva estrategia del método de hacer la guerra. Apolión fue admirado, y se decía, "no hubo nadie como tú en el arte de la guerra después de Alejandro Magno, hasta tal vez seas superior a lo que él fue".

Tenía que cruzar el Canal de la Mancha, pero le advirtieron que Francia no podía hacer nada contra la flota inglesa comandada por el capitán Bolson. Pues para ello decidió hacer una alianza con España, otro reino con una gran flota naval, y así con su ayuda creyendo que podría derrotar a la flota inglesa y cruzar con su ejército a Inglaterra.

Pues así fue, España se prestó a brindar ayuda a Francia. Las armadas navales se enfrentaron en las costas del Atlántico, Francia y España contra Inglaterra. Era una gran jugada, era vencer o ser derrotado, no había antes ni después, y tanto Inglaterra como Apolión, lo sabían.

La armada inglesa con más experiencia, y aunque con menos barcos, derrotó a Francia y España, hundiendo a todos sus navíos, y sin perder ni uno solo, lo que desde el punto de vista simbólico implica que Lilith no padeció ningún tipo de ultraje. El gran héroe fue Bolson, sin embargo solo llegaron sus restos para ser honrados en Inglaterra, pues murió heroicamente en combate, demostrando sus grandes valores. Parecía que no podía haber conquistador en vida de Lilith. Así ella quedó pérdida del otro lado del mar, y Apolión contemplando el horizonte, sabiendo que no podría volver a intentarlo, ya que a partir de esa gran derrota, Inglaterra se hizo dueña de todos los mares. Muchos compararon esta hazaña como la derrota de Goliat frente a David.

Como contrapartida Apolión decidió bloquear en toda Europa a Inglaterra, no dejando que ningún barco inglés pueda comerciar con los reinos europeos. Pero tal bloqueo no pudo prosperar, los reinos necesitaban comerciar con Inglaterra, quién tenía la llave a todas las mercancías y riquezas del mundo. Necesitaban abastecerse de todo lo acostumbrado, por lo que Italia, Portugal y Rusia abrieron sus puertos al comercio.

Esta situación indignó a Apolión, al que no sabía su pueblo aún como llamarle, si general o simple cónsul. Su título seguía siendo inferior al de los reyes. Como veía incumplido su objetivo de tomar a Lilith y llevarla a su cama, lo que le hubiera valido coronarse, decidió devolver el cuadro al museo[21] -pues decían, "es tuya solo en sueños"-, pero que igualmente se coronó emperador en una reunión secreta con la presencia del Pater bendiciéndole a la distancia.

Difícil fue convencer al Pater para tal fin, pues le prometió restaurar la corona abeliana en Francia, haciéndose paladín de los valores de la Secta. Pero todo era una farsa, engañó al Obispo de Roma, se coronó él mismo, y fundó así el imperio francés, estableciendo un código civil basado en los valores filosóficos del siglo XVIII, que son la igualdad y la libertad, de allí que no hay Dios, y que los hombres posean los mismos derechos sin distinción. Pero sin embargo, mucha gente distinguida se enteró de tal evento "secreto", entre ellos músicos y artistas, y como respuesta, protestaron contra él, y muchas obras artísticas dedicadas a

---

[21] La alegoría de esta novela de ficción es con el cuadro de la Mona Lisa de Leonardo, que verdaderamente Napoleón la colocó en su dormitorio. Es probable que lo haya devuelto previo a comenzar la guerra para no caer debilitado en su espíritu y poder hacer frente a sus enemigos con todas sus fuerzas, energías y destrezas, tanto físicas como espirituales.

Apolión, le fueron retiradas. Decían "éste nos defendió contra la tiranía para volverse el más grande de los tiranos coronándose como tal".

El Pater entre tanto protestó contra Apolión declarándole anatema de la fe por no cumplir con su promesa de restaurar los valores abelianos. Apolión respondió contra su rebeldía, se dirigió a Italia con su ejército y apresó al Pater. Pero ahora la pregunta es ¿Cómo vivenciaba Lilith aquellos tiempos?

Lilith en la historia fue conocida como la ramera de Babilonia, esposa de siete grandes reyes. Pues esto es cierto en cuanto en otro tiempo ella perteneció a los harenes de todos los reyes del mundo en cada una de sus vidas. Pero ahora es distinto, porque Dios la ha preservado, y los reyes la reclaman sin poder obtenerla.

Inglaterra vive gran conmoción por la desventura del emperador francés en pretender invadirla. Y Europa vive una oscuridad, ya que ha traído guerra y muerte en todos los campos del continente, centenares por miles de jóvenes que podrían haber formado una familia y vivir feliz, caídos en la guerra por culpa de este monstruo que parece invencible ya que no hay nación, ni ejército ni general distinguido que pueda hacerle frente. Por tanto Lilith vivenciaba y compartía ese mismo sentimiento en el ambiente que se percibía en su nación. Estaba disgustada con Apolión, y lo tenía demonizado. Para ella era un ogro monstruoso y pretensioso. Añoraba que alguien le derrotara y que cayera derribado. Como también le temía. Inconscientemente sentía que si este monstruo invadía Inglaterra equivalía a que le quitaran su falda y sus bragas. Se había comprometido con un joven apuesto y de valores nobles. Este joven pertenecía al ejército, por lo que si el monstruo francés invadía la isla, podría poner en riesgo su vida y quedarse viuda de su prometido. Seguía siendo virgen, y como de costumbre, de modales y de buena conducta, una persona creyente en Dios y practicante de su fe.

El Ogro, como lo apodaron en Inglaterra a Apolión, tuvo que invadir España para hacerle la guerra a Portugal por haberle abierto sus puertos a los ingleses. El hecho sucedió porque España no iba a dejar pasar al ejército francés, pues por negarse fueron a la guerra.

Cuando Apolión invade España, vence con facilidad a las fuerzas militares españolas, pero para lamento de Francia, el pueblo entero se alzó en armas contra Francia, y allí Apolión perdió gran parte de sus tropas. Pudo contener la sublevación y pasar a Portugal, pero quedó muy diezmado. De allí tuvo que viajar al otro extremo, a Rusia, para castigarla por la misma razón que a Portugal, "el haberle abierto los puertos y comerciar con Inglaterra".

Con su ejército diezmado, pero aún listos para el combate, Apolión emprendió su marcha hacia Rusia, pero cuando llegaron a Moscú se encontraron que el zar había abandonado la ciudad junto con su ejército. Por lo que los franceses decidieron adentrarse más hacia el Este en persecución. Mientras avanzaba Apolión, perdía a muchos de sus hombres, sea por el frío del invierno y por los sucesivos combates de guerra de guerrilla que se le presentaban.

Apolión, renunciando a su fin de poder cazar finalmente al zar, decidió pegar la vuelta, y en su retroceso siguió siendo hostigado en el camino, y perdiendo ciento por miles de sus hombres. Cuando llegó a Francia, a penas lo acompañaba una escaramuza de soldados. Esta noticia despertó el interés de todos los reinos para hacerle la guerra a Francia. Le pidieron cortésmente su abdicación a la corona. Con dolor Apolión tuvo que abdicar, empujado por todos sus hombres y autoridades. Pues también se había vuelto impopular entre la gente. Como pena, Inglaterra lo exilió a una isla en el mar mediterráneo, a la que rigió con el título de rey. No satisfechos los ingleses, iban a raptarlo y enviarlo aún más lejos, a una isla en medio del Atlántico Sur. Enterado de tal desventura, Apolión se apresuró a regresar a Francia, descontenta con el nuevo gobierno regido por "Franco XVIII". Cuando pisó suelo francés, el rey envió una tropa para apresar a Apolión que había desembarcado en suelo francés, y sin descartar la posibilidad ante la resistencia, en asesinarle.

Cuando las tropas del ejército vieron a su emperador a la distancia, se conmovieron. Apolión se acercó desarmado y les dijo "¡si quieren asesinar a vuestro emperador, no me osaré en resistir, pues adelante!". Ante tal coraje demostrado ante la muerte, ni un solo soldado se atrevió a dispararle, pues como contrapartida vitorearon su nombre, y de camino, más y más tropas del ejército se iban uniendo en su marcha hacia París. El rey Franco XVIII tuvo que huir de Francia, y dijo "éste hombrecillo lo volvió a hacer".

Apolión tomó control del gobierno, y esto intimidó a las monarquías europeas que se organizaron para invadir nuevamente a Francia antes de que el emperador recuperara la fortaleza de su ejército de hombres jóvenes.

Los reinos de Austria, Prusia (principado de Alemania), Rusia e Inglaterra se apresuraron al combate que tuvo lugar en las tierras de Holanda, un poco al norte de París. El emperador tuvo la mala suerte de tocarle mal tiempo, y de camino muchos de sus cañones se quedaron atascados en el barro. Además Apolión se encontraba indispuesto, y sus hombres no tomaron al pié de la letra sus órdenes, lo que le conllevó a perder posiciones en el campo de batalla.

Confiado Apolión de la victoria de uno de sus ejércitos, pensó que a lo lejos marchaban para unírsele, y la sorpresa es que era el enemigo el que se asomaba, "los prusianos", que habían derrotado a sus fuerzas. Entre idas y vueltas, y grandes bajas de ambos bandos, el monstruo no pudo superar su destino, sus fuerzas fueron derrotadas, incluso sus fuerzas de elite que nunca se habían visto envueltas en pánico, situación reciente que ahora sí era el caso.

Apolión tuvo que retirarse, y volver a abdicar a su trono. Lilith festejaba alegre y festiva junto a todo el pueblo inglés. Las calles en Inglaterra eran de puro festín, de bebidas y de fuegos artificiales. El monstruo finalmente había caído.

Los ingleses seguían empeñados en llevarlo a la desolada isla del Atlántico Sur, pero no podían tomarse esa atribución de forma arbitraria, por lo que le permitieron que viva como un ciudadano común. El ex emperador tuvo la idea de embarcarse a recorrer las Américas como un emprendimiento de investigación. Tal vez quería convertirse en paladín en el nuevo continente. Pues no concretaría su sueño, el barco que lo llevaba fue secuestrado por una embarcación inglesa y Apolión tomado como prisionero. Finalmente se lo llevó a la desolada y desconocida isla, y allí estuvo hasta su muerte.

Lilith continuó con su vida normalmente. En Inglaterra no se vivían las mismas turbulencias sociales que dentro del continente europeo. En Europa seguían ocurriendo sucesivas revueltas y alzamientos populares. Francia había dejado una gran herida en cada nación. Pues Apolión había afrancesado a todos los pueblos, y tales pueblos querían exaltar a sus respectivas identidades nacionales. La revolución francesa avivó la idea de que los pueblos se constituyan en repúblicas.

Así proseguirían los años sucesivos tras y durante este siglo XIX. Lilith viajaría a las playas mediterráneas, y ahora se viste a la moda inspirada en el romanticismo, que es utilizar ropa vulgar, o sea, del común. Se animaba a mostrar más sus piernas y a usar sus cabellos sueltos y al natural, sin maquillajes. Se casó, nuevamente formó una familia pero ya en una edad avanzada, a sus cuarenta años. Pensó en vivir una juventud más extensa, sin ligarse a las consecuencias en su flor de la edad de conformar una familia y en el tener que hacerse cargo de la crianza de sus hijos.

La Secta se había propuesto una reacción a toda la explosión filosófica de la época, en la cual la gente cada vez más descreía de la existencia de

Dios. Abandonaban su fe, tanto lotariana, calvonista, como romana. Surgieron pensadores que avivaban la rebeldía interna del ser humano contra toda estructura creada por los hombres. "El Hombre debía liberarse", decían, de toda atadura moral, social y cultural, debía crear su propia moral y su propia cultura, en cada ser e individuo, sin el hecho de estar a la deriva del deber de pertenecer al conjunto social. El Hombre debía romper los códigos y la vergüenza, como a su vez ignorar la crítica y la condena de una sociedad hipócrita.

Este era el comienzo de un nuevo tiempo y de una nueva época para la humanidad. Entre tanto, Lilith alcanza la ancianidad y fallece formando parte y comulgando con todo este movimiento sociocultural que se estaba gestando.

Apolión esta vez no pudo hacerse de Lilith, fue derrotado por el destino, o tal vez por el Reino de los Cielos, quién sabe...

Siglo XX

En el presente siglo de nuestra era común, nace Lilith en una familia tradicionalista de clase media inglesa, cuyos padres vuelven a ser los mismos. En el presente tiempo, se están gestando grandes cambios en las consciencias de los individuos. Se replanteaban los valores y las creencias, como bien se lo venía señalando a finales del siglo anterior. Lilith siempre fue muy bella, y fue criada en los valores de la Secta de Inglaterra, pero no estaba exenta del contexto de las nuevas generaciones. Los jóvenes eran adeptos a las nuevas formas de pensar.

También la acompañaron en el presente siglo, Apolión, que de ahora en más, luego de haber cumplido con su rol arquetípico, nace como mujer, y Carol, el famoso rey coronado emperador por el Pater en el siglo VIII, siendo antítesis de Apolión, que habiendo nacido como mujer tras un milenio, ahora comienza a nacer como varón.

Europa cada vez más se adentraba en un nihilismo, abandonando sus viejas estructuras y su pasado, pero muchos sintieron nostalgia de aquel mundo que iban dejando atrás, que representaba a su pasado. Se escribieron algunas obras musicales y operísticas que inspiraban esa misma nostalgia. Carol que ahora era varón, se sintió conmovido en su ser, pues siglos atrás había nacido como mujer sin poder imponerse en la cultura y en el medio de la vida social, ahora que es hombre, su presencia se hace sentir más, y desde las sombras, en este mundo que se apartaba de Dios, hombres como él comienzan a trabajar para hacer regresar los viejos valores que se iban perdiendo.

Entre tanto, Apolión, que ahora es una mujer, comenzó a luchar y a rebelar a las de su sexo, para hacer la revolución que aún resta, que es luchar por los derechos de las mujeres. Se unió a una líder llamada "Elizabeth Brown", la mujer más referente del feminismo posmoderno. Cometían actos de barbarie y atentados como medio para llamar la atención y así hacerse oír.

Lilith era de buenos modales, toda una señorita, no se fijaba en la gente de clase muy baja, por lo que cualquier cortejo le parecía despreciable. Sus padres por tanto, también la custodiaban. Pero ella comenzaba a aspirar del ambiente ese aire de cambios. Se hizo de nuevos amigos, que buscaban ser distintos a todos, se vestían desaliñados y se comportaban vulgarmente, pues despreciaban la moralidad. A Lilith le chocaba un poco, pero de a poco comenzó a hacerle gracia y a acostumbrarse. Con ellos se inició en el vicio del cigarrillo, que estaba muy de moda. Al probarlo ella, lo hicieron sus amigas. De a poco comenzó a pegarle la onda rebelde, se juntaba en las plazas -con sus amigos-, y solía levantarse su vestido, mostrando sus pantaletas largas. Se maquillaba y le quedaba muy bien, pero como acto de rebeldía comenzó también a vestirse de forma desaliñada.

Sus padres comenzaron a apreciar su espíritu rebelde, y como represalia le prohibieron sus salidas y juntas con sus amigos. Lilith vivía como con injusticia esa situación y se decía: "¿Pero qué he hecho mi Dios para merecer esta familia tan atosigante, agobiante y opresiva?", y lloraba encerrada en su cuarto, quería huir de ellos. Sus amigas le visitaban y sus padres para no parecer tan duros, les permitían a las de más confianza entrar a su cuarto. Lilith les confesaba sus pesares:

Lilith: ¡Amigas, no sabéis lo duro que es vivir entre barrotes!
Amigas: Lo sabemos Lilith, por eso nosotras debemos hacer la revolución y unirnos a las feministas. Las mujeres tenemos derechos a una sexualidad libre, y a decidir por el tipo de vida y valores qué adoptar.
Lilith: Lo sé amigas, pero tampoco es que quiera irme a los extremos, amo la sexualidad, pero aún espero al amor de mi vida.
Amigas: ¿Pero qué dices Lilith? ¡Esos son cuentos chinos, sino fíjate la vida que llevan todos aquellos que creen o han creído en ese amor! Debes escaparte de tus padres.

Lilith: No puedo amigas, si lo hago me meterán en un internado para señoritas.

Amigas: No me gustaría estar en tus zapatos Lilith.

Lilith: ¡Está bien amigas, me escaparé, haré el intento! ¿Pero dónde podré hospedarme sin que me encuentren?

Amigas: No te preocupes, nosotras lo arreglaremos.

Pasaron dos noches y a la tercera, Lilith escapó por la ventana de la casa de sus padres, y fue a hospedarse en la casa de una muchacha, amiga de su entorno. Allí Lilith se las arregló para sobrevivir, le costó porque estaba acostumbrada a la comodidad y a una vida de lujos. De a poco iban muchachos a frecuentar la morada que la hospedaba, y se hacía cada vez de más amigos. Ante todo ella quería demostrar aún su nobleza en los valores, pero la rebeldía parecía una fragancia y un licor dulce, sabroso y tentador, del cual no podía eximirse.

Sus padres la buscaban incesantemente, llamaron a la policía, pero no podían hacer nada, porque ella era mayor de edad, y ellos no tenían potestad sobre su libertad. Todas las tardes se juntaban sus nuevos amigos con sus amigas en el jardín de la casa, fumaban, y discutían sobre temas profundos de la moral, los valores y la nueva forma de pensar. De a poco Lilith comenzó a sentir en su ánimo muchos cambios, se sentía bien en demasía, y al mismo tiempo comenzó a volverse más atractiva, porque era como que irradiaba una energía, pues se había vuelto libidinosa. Todos los fines de semana hacían reuniones, fumaban, jugaban a las cartas y bebían licor. Pero ella ponía un freno, no se permitía que se sobrepasaran. Hasta que de a poco comenzó a ir cambiando tanto en el ánimo, que parecía que ello le afectaba en su juicio. Comenzó a sobrepasarse en la bebida, y se vestía provocativamente, a veces se quedaba solo con las pantaletas delante de los muchachos. A ellos les llamaba la atención, pues se veía hermosa con su maquillaje, sin embargo jugaba un juego de histeriqueo, no se dejaba conquistar por cualquiera.

Y así prosiguió largo tiempo. Se había alejado definitivamente de su familia, aunque sus padres aún la extrañaban y pensaban mucho en ella, pero Lilith no daba el brazo a torcer. Tenía en su mente un conflicto, su pasado y su familia, y por delante su libertad y su sexualidad. Había una contradicción que no podía aún resolver, no sabía si estar atrás o estar adelante.

Ella cada vez se animaba más a cautivar a los hombres, cuando una de sus amigas llamaba la atención, ella intentaba superarle. Así que estando en el río, una tarde de verano, una de sus amigas decidió quitarse el vestido y nadar en ropa interior. Los muchachos la veían con ojos de sorpresa y de entusiasmo, pues el agua había hecho que se le transluciera su ropa. Al tiempo se animaron otras de sus amigas a bañarse también en ropa interior. Los muchachos hicieron lo mismo, al tiempo de que Lilith los criticaba, y murmuraba diciendo "¡qué inmorales!". Se quedó reposada a la sombra, pensando y conteniéndose. Sus amigas la arengaban a que las acompañara, pero ella entre su timidez de mostrar sus partes íntimas y por otra parte su indecisión y capricho, prefería abstenerse.

Se fue a caminar, y cuando regresó, vio que se habían hecho parejas. Los muchachos tocaban a las doncellas y se besaban de forma muy calurosa. Lilith se quedó sola, pues contenida por la rabia y la ansiedad, su estado del ánimo comenzó a volvérsele insoportable. Pues comenzó a tomar licor para calmarse, pero la mezcla fue terrible. Comenzó a sentirse extasiada, y ya no se soportaba, por lo que se quitó el vestido y dijo, "yo también me bañaré". Se metió al río con tan solo su ropa interior, se le translucía todo, pues no se animaba a salir del agua, y los demás le arengaban "¡vamos Lilith, sal del agua!", y ella les respondía "por favor no me vean", pero ellos no se movían de su lugar. Pasó un rato, hasta que se animó a salir. Mientras salía se tapaba sus partes íntimas, y los muchachos decían "¡wow, pero qué mujer!". Lilith se sonrojaba, se puso el vestido rápidamente, y dijo, "es hora de irnos ya".

Se fueron, y ella se quedó pensando toda la semana, abrumada por su ánimo. Comenzó a tener pensamientos recurrentes y sueños eróticos, no entendía qué le pasaba. Pasaron así tres semanas, y volvieron a juntarse una tarde en el río. Sus amigas volvieron a bañarse en ropa interior junto con los varones del grupo. Lilith había entrado a sentirse bien en demasía y se quedó afuera hablando con uno de ellos:

Amigo: ¿Qué te sucede Lilith, te encuentras bien, te noto algo incómoda?
Lilith: Estoy bien, solo que me ha dado calor.
Amigo: ¿Por qué no te bañas?
Lilith: No lo sé, me van a ver…
Amigo: Pero todos nos dejamos ver.

Lilith se quitó su vestido y se introdujo con sus amigas en ropa interior, y ellas la felicitaban "al fin Lilith, no seas tímida, así nunca cambiarás tus viejos hábitos". A esto Lilith dijo, tienen razón, y uno le dijo "¿y si vas a cambiar los hábitos por qué no te animas a romper definitivamente con la estructura moral?". "Tienen razón", dijo Lilith y para no llevarse el fiasco de la otra vez, salió del agua con toda la ropa empapada y traslúcida y comenzó a beber licor, y mezclado con sus síntomas, se animó a hacer lo que ninguno hizo, se quitó toda la ropa, quedando completamente desnuda, y dijo "Venus ha vuelto". Todos se quedaron atónitos y sorprendidos, los muchachos no pudieron soportar contemplar la belleza de su cuerpo, que irradiaba una energía percibible, muchos no podían controlar su erección, y ella se introdujo al agua a nadar con ellos, mientras que sus amigas le decían "¡pero Lilith, te has exagerado!", y ella reía haciendo movimientos sensuales en el agua y diciendo "si hay que romper con las estructuras hay que hacerlo de en serio y no de mera forma aparente". Salieron, se vistieron y se fueron. Todos comentaban sobre el atrevimiento de Lilith. No comprendían que ella había enloquecido.

Volvieron a juntarse por las tardes en la casa donde se alojaba, y ella decía, "tengo calor, y la ropa se me hace incómoda", y se la quitaba quedando completamente desnuda -pues ya había cruzado la línea y quería repetir la misma sensación-. Se sentaba a jugar a las cartas, a fumar y beber licor, mientras los hombres presentes la veían con deseo. Ellos se acercaban a cortejarla, y Lilith les respondía provocativamente. Cuando uno de los muchachos le fijaba la vista, ella se abría de piernas y descubría el bello vaginal, mostrándole el interior de su sexo, y ellos se ponían como locos. Llegaban extraños día a día, se pasaban la voz y comentaban sobre ella.

Lilith sabía danza clásica, por lo que en momentos cuando se aburría, se ponía a bailar en el jardín de la casa desnuda. Los muchachos decían "verdaderamente es una ninfa", y aún nadie la había tomado, seguía con el himen intacto.

Un muchacho era fotógrafo, y le pidió que se dejara tomar unas fotos, pero ella se negó diciendo, "al honor de verme lo tendrán aquellos que me aprecien en persona".

Planearon un viaje a Estados Unidos, decidieron viajar a conocerlo, en esos viajes cruceros que estaban muy de moda. Tuvo suerte que no viajara en un tal barco "el Coloso", el más grande construido, que se hundió en medio de las aguas por chocar con un iceberg. Arribado en el nuevo continente, allí conoció a un tal James.

En Estados Unidos, Lilith se puso a la moda, vistiendo ropa ligera y asistiendo a bailantas, que eran como las discotecas de hoy. La música que se escuchaba estaba influenciada por la cultura africana, y eran tiempos en dónde la raza negra luchaba por la igualdad contra el racismo de la raza blanca.

Allí Lilith entró en un estado como de psicosis, enfermedad que estaba en estudio reciente. En tanto delirio, Lilith enloqueció, la experiencia vivida fue en una casa, y ella comenzó a danzar extasiada, comenzando a quitarse sus ropas, quedando en ropa interior delante de sus amigos, como lo hacía acostumbradamente, y ante desconocidos. A pesar de todo, los hombres la respetaban. Entre ellos había tanto blancos como negros, y varias mujeres. Nadie se animó a tocarla.

Lilith reafirmaba esa vida liberada de toda imposición estructural y dogmática, se fue apartando de la fe, se permitió besarse con varios hombres y tuvo un amante que pareció ser más un sátiro. Así fue como se conocieron en una noche en un bar:

James: ¿Hola preciosa, no pareces de aquí, cómo te llamas?
-Lilith estaba bebiendo, por lo que se encontraba más a la disposición-
Lilith: Lilith ¿y tú caballero?
James: James, señorita noble y educada ¿De dónde eres? Yo soy de Chicago.
Lilith: Yo de Inglaterra.
James: Se te notaba algo extraño en el acento y en tus modos. Mucho gusto ¿Me puedo sentar a beber contigo, no te molesta?
Lilith: Para nada, usted se nota una buena compañía.

Hablaron un buen rato y bebieron. James le propuso salir del bar y llevarla a la casa de unos amigos, pues le dijo que había una fiesta, Lilith estaba bajo los efectos del alcohol, por tanto estaba plenamente desinhibida. En el camino James intentó sobrepasarse, pero Lilith le puso freno. Cuando llegaron a la fiesta, había mucho alcohol y mujerzuelas. Lilith de momento pensó en sus amigos que dejó en el bar y quiso irse, pero James la convenció de quedarse:

Lilith: No puedo quedarme aquí.
James: ¿Vamos Lilith, estás en América, quién te va a juzgar aquí? Te vas a divertir.
Lilith: Es por mis amigos, preferiría estar con ellos, no te conozco.
James: Te vas a divertir, nada malo va a pasar.
-Lilith se sentía confundida y a la vez extasiada, pues la pasión le venció-
Lilith: Está bien, me quedaré un rato.

Lilith se puso a bailar con James, y de repente comenzó a sentirse como en trance, comenzó a tener alucinaciones, y se había perdido de sí. Se llenó de placer, por lo que comenzó a quitarse las prendas quedando con los pechos descubiertos. Los hombres estaban acostumbrados a ver mujeres desnudas, por lo que tampoco les era del todo sorprendente, pero en Lilith apreciaron una sensualidad y una belleza particular digna de admirar. Tenía los pechos redondos que armonizaban con su contextura corporal, por debajo había quedado solo con sus medias y una pantaleta, que en ese tiempo eran amplias y cubrían parte de la pierna. Los hombres se le acercaban y la olían, quedando extasiados con el delicioso perfume que llevaba mezclado con su olor de la piel.

Todo no quedó allí, James comenzó a acariciarla y a besarla. Comenzó a acariciarle sutilmente sus pechos y a besarle sus pezones y se los chupaba como niño amamantado, mientras otro hombre venía por detrás y le acariciaba sus nalgas. Al rato Lilith comenzó a perder lo poco de ropa interior que llevaba puesta, quedando completamente desnuda, y bailando sobre una barra. Los hombres y las mujeres debajo de ella la alentaban, y ella hacía movimientos sensuales. Se ponía en cuclillas y se habría de piernas mostrando su vagina llena de bellos. Los hombres le pedían que descubriera sus bellos vaginales, y ella como en otra ocasión, asintiendo, se abrió los labios vaginales acompañando con movimientos sexuales mostrando la virginidad de su sexo, por lo que acercaban sus rostros para olerle la vagina, algunos se la besaban y a otros se las dejaba lamer. Todo parecía haberse vuelto una degeneración, y James permitía que todo ello sucediera, pues él estaba bajo los efectos del alcohol. Las demás mujeres a imitación de Lilith e incitadas por ella, comenzaron también a degenerarse, y la fiesta se volvió una orgía.

Comenzó a danzar en medio del establecimiento, a abrirse de piernas y a hacer todo tipo de movimientos sensuales. Parecía una danza tipo progresista, a pesar de que ella había estudiado danza clásica. James no se pudo contener más, pues veía como los demás hombres se sobrepasaban con ella y la manoseaban, por lo que fue por ella. Lilith dejándose llevar por la situación, fue tomada por James, pero no solo por él, sino por uno y por otro hombre a la vez y por vez, allí se le arrebató su virginidad. Lilith tenía 24 años en ese momento, y comenzó a salir con este tal James mientras estuvo en América, hasta que se cumplió el tiempo de sus largas vacaciones y regresó a Inglaterra. Se despidió del muchacho y prometieron volver a verse en otro viaje. Se escribieron a la distancia, y contaban todas las anécdotas que con tal confianza e intimidad se confiaban mutuamente por la gran amistad que hicieron. Él le decía que jamás olvidaría a su cuerpo exquisito, que no había tomado a mujer alguna que le hubiera brindado semejante placer, y ella gustosa de sus palabras le hizo saber que lo disfrutó mucho. Ese estilo de vida marcó a Lilith, y se apegó a los vicios y a la bebida, continuó llevando esa vida en Inglaterra, intentando ser discreta a la vez.

En otro viaje, y en otra ocasión, en el mediterráneo, al sur de Francia, fue a vacacionar con unas amigas, y Lilith bajo ese estado de manía hizo lo de costumbre, se quitó su traje de baño y nadó desnuda en el mar, tomando sol expuesta totalmente en compañía de sus amigas. También tuvo otras historias con otros jóvenes mientras allí vacacionaba, se dejó crecer el bello en las axilas y usaba ropa ligera mostrando sus piernas al desnudo. Su forma de vestir y aspecto, aunque era desaliñado, llamaba la atención de los hombres, pues la veían muy distinta a las demás señoritas, lo que a la vista levantaba murmuraciones y no menos escandalizaba a la gente.

En una de sus relaciones sexuales quedó embarazada, y el aborto era una práctica ancestral, por lo que sus amigas le recomendaron practicárselo, pero ella por el contrario, decidió experimentar la maternidad y se negó a practicárselo. Regresó con un embarazo a Inglaterra, y cuando sus enamorados le vieron el vientre hinchado, se preguntaban unos a otros desconcertados "¿cómo fue que le ocurrió esto?", pues no veían a ninguna pareja con ella, lo que los hizo irritarse, y a su vez llenarse de celos y de pasión. Su familia estaba al tanto de lo que a Lilith le ocurría, y supieron que esperaba un hijo de un desconocido, por tanto se escandalizaron. Pensaban que estaba fuera de sí, y en ese tiempo la psiquiatría estaba comenzando a convertirse en una práctica médica estimable.

Mientras tanto, Lilith tiene a su hijo, un hijo varón. Sigue viviendo en la casa en dónde le dio hospedaje su amiga, y allí cría a su recién nacido. Cada vez se siente más decidida en la vida que eligió, no cambiando y reafirmando su estilo desaliñado del vestir, mostrando sus piernas al desnudo con minifalda, y dándole de mamar a su hijo en la vía pública, lo que hacía que los hombres se sientan atraídos por sus pechos que rebozan de leche materna, y excitándose ella ante la mirada de ellos.

Pero entre tanto las mujeres se escandalizan, por sus modos, su exposición e incoherencia en el modo de pensar, las autoridades han decidido apresarla. Mientras se encontraba detenida, es asistida por un psiquiatra. Sus padres se enteran de la situación y son advertidos por la policía. El médico determina que Lilith padece de un tipo de ninfomanía, detecta en ella pensamientos incoherentes, padece de alucinaciones y de síntomas previos a la psicosis.

Por tanto le arrebatan la tenencia de su hijo, y éste es dado en adopción mediante el beneplácito de sus padres, pues era un hijo bastardo de padre desconocido. Lilith se desgarra de dolor, tanto porque pierde su libertad, como por arrebatarle el derecho de ser madre. Es internada en un manicomio dónde la estudiarán. Sus padres, a pesar de la distancia que han tenido con ella, se preocupan por la vida de su hija.

Los médicos para estudiar el caso de Lilith, intentan autoexperimentar con drogas para tener conocimiento de sus síntomas. Buscan de todas las formas para poder curarla, pero no pueden conseguirlo. Ella queda internada de por vida en una angustia profunda. Con el tiempo, estas drogas que han utilizado los médicos, pasarán clandestinamente a manos de la gente, y por sus efectos el Estado las declara ilegales, tanto en su consumo como en su comercialización, surgiendo así el tráfico ilegal de drogas.

Los jóvenes intentarán experimentar los mismos síntomas que Lilith mediante estas sustancias. Es como si Lilith hubiera abierto una puerta, y los demás pasaran a través de ella. Sus padres les preguntaban a los médicos "¿a qué se debía la enfermedad de Lilith?". Ellos contestaron que era un fenómeno que se estaba dando en este tiempo, tal vez debido a "un malestar en la cultura". Pues el espíritu de Apolión estaba impregnado por todas partes, y era su espíritu el que hacía enloquecer a Lilith, porque en otra vida, cuando fue Alejandro Magno, pudo desatarla, desnudarla y entregarla al pueblo. En esta ocasión fue privado de ella, pero en otra vida -en esta-, ella no ha podido contenerse ante el contexto, el orden y el espíritu reinante.

El caso de Lilith, parecía una tragedia para el orden espiritual, por lo que Dios maldijo al mundo, e hizo iniciar una gran guerra. En dicha guerra un tal "Igor Kelin" de Rusia, exacerbó los ánimos de los trabajadores, y con la ayuda de Alemania, pudo tomar el poder y expulsar al zar del gobierno, instaurando el primer gobierno cooperativista[22]. Y acabada la guerra, Alemania fue humillada tras la derrota, por lo que dentro y en su seno, surgía un nuevo paladín del nacionalismo, llamado "Rodolfo Heller", que odiaba a todo progresismo cultural. Pues tarde llegó a la fiesta, si quiso tener parte con Lilith, ella quedó en manos del pueblo.

---

[22] Que es lo mismo que "comunista".

Era un hombre resentido, y comenzó a buscar culpables para toda esa "degeneración", como le llamaba a la revolución cultural gestante.

De entre muchos de los personajes talentosos de la época, tanto científicos como escritores y artistas, eran judíos, por lo que comenzó a echarle la culpa a esa religión, desde un punto de vista social y antropológico, o sea, en cuanto pertenecían y descendían de israelitas -nacidos en aquellas tierras-, como la causa por la cual se estaba contaminando a la cultura occidental. Sin embargo el resentimiento oculto de Heller, era su frustración por Lilith. Su inconsciente le había indicado que llegó tarde.

Persiguió a toda corriente nihilista, progresista, revolucionaria y contracultural. En cuanto a todo lo revolucionario, era enemigo de su ideología conservadora, tenía por enemigo al cooperativismo ruso, aliado de todo este movimiento contracultural. Pues en su bandera ultranacionalista, de derecha y conservadora, había una cruzada contra todo aquello que se colocaba en el extremo opuesto.

Comenzó invadiendo a las naciones del Este, a las cuales anexó, por considerarlas de pasado alemán. Luego, tras la guerra declarada por Francia, se enfrentó a esta nación y la invadió. En el otro extremo invadió a Rusia. Pues como Apolión, Heller quería regir el mundo, y tenía pensado como estrategia invadir a las naciones más poderosas, y así tendría la llave para el resto del mundo. Bombardeó Inglaterra, dominó Italia por medio de una alianza, y tuvo como aliado a España.

Todo esto ocurría mientras Lilith pasaba el resto de sus días en un manicomio. Ella estaba loca, y el mundo también parecía haber enloquecido. Los grandes cerebros de Alemania, huyeron, junto con muchas otras personas talentosas, Estados Unidos les brindó alojamiento, allí crearon el Pentágono, y todo lo que sabían lo aplicaron para ayudar a la República Norteamericana para así frenar a este dictador de terror.

Miles de judíos morían perseguidos, torturados y tratados de la forma más inhumana de la que se pueda tener noción. Miles de muertos en combate, civiles, ciudades destruidas, nunca se vio tal catástrofe causada por el Hombre.

Una vez que Estados Unidos se sintió fuerte para ir al combate, y debilitada Alemania, fruto del fortalecimiento de Rusia, ya que Norteamérica le pasaba tecnología y armamento militar por el Ártico, se vislumbró el instante por el cual era la hora de invadir Europa y derrotar al dictador.

Alemania comenzó a retroceder, y los aliados -como se les llamaba a los adversarios del régimen nacionalista alemán-, avanzaron rápidamente, derrotando a las fuerzas de Heller. De ambos extremos, Estados Unidos por el Oeste y Rusia por el Este, se encontraron en Alemania, quedando dividida en dos, una parte conquistada por los americanos y la otra por los rusos. De Heller no se supo más, nunca fue encontrado, ni siquiera sus restos mortales, no se sabe si se suicidó, o huyó.

A partir de este instante, finalizada la guerra, comenzó una nueva guerra, la llamada guerra fría, o sea, una guerra en la cual no se enfrentarían Estados Unidos con Rusia con armas, sino mediante otros medios, como mostrándole al mundo el ejemplo del mejor gobierno que cada uno puedan ofrecer, y el ejemplo de mejor sociedad a su vez.

Lilith murió de pena en el manicomio, tal vez castigada por Dios, por sus pecados. Los médicos dirán que fue víctima de un malestar social y psíquico, pero otros dirán que fue causa y efecto de sus acciones previas en vida.

Siglo XXI

Habiendo entrado en el tercer milenio de nuestra era común, Lilith vuelve a nacer como mujer, y vuelve a llamarse por el mismo nombre. También nace su adversario como mujer, por segunda vez consecutiva, desde que fue Apolión, y ahora se llamará "Camila". Nace Rodolfo Heller por primera vez como mujer, tras un milenio de nacer como varón, habiendo cumplido su rol arquetípico, y se llamará "Federika". En cambio quien fue el emperador Atom I del Sacro Imperio Alemán, habiendo nacido un milenio como mujer, ahora comienza a nacer como varón tras haber reinado su arquetipo inverso en el siglo anterior.

Siendo así, la sociedad se compone de los Clodos, Carols y Atoms, como varones, y de los Cronos, los Botapartes y los Hellers, como mujeres. Los primeros son de una clase social baja y media trabajadora, mientras que los segundos son mujeres luchadoras y del mundo del espectáculo. Lo que nos revela que el varón es del tipo conservador, mientras que la mujer es de tendencia progresista. En este siglo reinará nuevamente César, quien será en su nueva reencarnación, y se llamará "John Pear". Pero nos centraremos más en Lilith que en lo que pueda pasar con el mundo de la política y del contexto social mundial.

Lilith nace en España, en una familia de clase media, mientras que Camila nace en Francia. El destino hará que ellas se encuentren, y la pregunta es "¿qué reacción pueda haber siendo que sus almas se han enfrentado y buscado por milenios a su vez?", enemigas y a la vez amantes, ahora ambas son del mismo sexo.

El contexto familiar de Lilith, es de una familia profesa de la fe abeliana de la Secta Universal Romana. Sus padres pertenecen a la generación x, que es la generación que marcó el cambio en la cultura. Pero sus abuelos aún arraigan el pasado conservador medieval, hombres trabajadores y del campo, en su mayoría analfabetos, o con poca formación intelectual. Lilith entre tanto forma parte de una generación que surge con toda la tecnología, en un mundo dónde todos están interconectados. Fue bautizada en la fe abeliana, noble en su estilo, pero tales estructuras son flexibles en ella. Pues está inmersa en un mundo con mucha bulla, en la cual las personas cada vez menos responden a los elementos tradicionales de su pasado. Están formados intelectualmente, pero son ignorantes de muchas cosas, ya que consumen todo lo que el mercado les ofrece, perdiendo todo juicio propio. Lilith no pasa por las crisis mentales del siglo pasado porque ahora reinan medicamentos que la contienen, pudiendo llevar una vida con más cordura y sensatez.

Camila por otro lado, es hija de una familia en la que su padre es abogado, y su madre es pintora. Son ateos y de ideología política socialista. Camila ha bebido de su familia y de su contexto social la rebeldía que los caracteriza. En este sentido, si se encuentran, tanto Camila como Lilith, y si es en la juventud temprana, se apreciarán posiblemente en ellas a dos contrastes.

John Pear mientras tanto, es un luchador por los derechos, es homosexual y declarado abiertamente. Desea la igualdad y la fraternidad en el mundo, en el cual se acabe con toda discriminación y con las diferencias, que se pueda concretar la aceptación, la libertad y el respeto. Para ello se enfrentará contra las viejas estructuras, como la religión, no solo la abeliana, sino también el Islam y los cultos orientales, como el budismo y el hinduismo, y hasta el conservadurismo del confucionismo que pervive bajo ciertos aspectos en una China progresista, atea y occidentalizada. Él está ganándose su lugar desde abajo, sin haber nacido en cuna de oro. Dice "lo que quiero lo consigo, y no necesito ayuda". Lucha contra todo título de privilegio, y quiere una igualdad universal. Dice "todos somos iguales, sin distinciones". Y por todo ello el pueblo le ama, porque el pueblo no detenta títulos. Pear dice, "llegaré tan alto como los reyes, conseguiré lo que ellos han tenido, y sin ser un rey". Porque a los reyes les quiere demostrar que él puede tanto y más sin que sobre él se posare una corona que lo haya designado, o por algún otro signo que señalara que haya nacido en cuna de oro que lo privilegie. Él viene de abajo, y quiere demostrar que siendo de abajo conseguirá más que lo que han conseguido otros, para gloria del pueblo que también está abajo.

Pues Lilith es como la contracara de Pear, pues ella sí ha nacido en cuna de oro cuando cumplió su rol arquetípico. Cuando fue Reinaldo, fue orgulloso, ambicioso y hasta egoísta, mientras que Pear busca ser todo lo opuesto, humilde, bondadoso y un luchador por la causa del pueblo y no por la propiamente suya. Reinaldo dejó de lado a su pueblo cuando se fue a la cruzada para buscar una corona más alta, mientras que Pear piensa en trabajar y en quedarse con la gente, pensando en un gobierno que promueva la equidad. Sus principios no son malos, pero los abelianos lo ven como malvado porque se aferran a lo prescripto en los preceptos de su fe que va contra el progresismo de Pear. Las religiones son muy contradictorias, y eso en este tiempo lo saben todos. Pues por una parte se enseña a ser un moralista, y por otra se denuncia a ese moralismo de hipócrita. El mundo sumido en el nihilismo y por falta de una prueba satisfactoria que demuestre que hay un Dios y cuya religión vocera sea una en particular de entre todas, además de aclarar al mundo las confusiones, se han volcado por pensar que el tal Dios no existe, y sea por tanto que todos somos libres. Se llega a aceptar la creencia en el espíritu, pero no se cree que existan unas reglas determinadas a las cuales obedecer.

Lilith, tanto como Camilia, están sumidas en este mundo, viven relajadas, no se juzga por las apariencias, ni por la vestimenta. La sensualidad y la sexualidad se vive con libertad y liberalidad. El pasado de la vida anterior de Lilith -del siglo XX- fue extraño, pareciera que hubiera venido al mundo a cumplir un fin determinado, como si de repente sacrificara su vida envuelta en toda esa locura que padeció ¿Pasará por circunstancias análogas en este siglo?

Hace un milenio, la situación era inversa al presente, si ahora los hombres tienden a ser más conservadores que las mujeres, en aquella otra época la mujer tendía a ser más romántica y el hombre más aparente. Lo que no se puede negar es esa lucha constante entre adversarios. Pues en ambas épocas entre el hombre y la mujer ha existido una duda y un prejuicio, el hecho de que la mujer dude de la honestidad del hombre hace un milenio atrás, y ahora que se considere al hombre como el custodio del patriarcado. Pues no se está errado siendo como se ha planteado el orden según se ha descrito. Por eso el amor es una lucha, la lucha de toda la historia, entre el Ying y el Yang, atracción, conquista y sometimiento del otro. A veces entre adversarios existe, y lo más lógico por pensar, es el "rechazo", sin embargo el rechazo forma parte de la actitud de aquel que está subyugado o por ser subyugado. La realidad es que entre opuestos no está la idea del alejamiento, sino aquello que he señalado, "el anhelo de la conquista de uno al otro". Por eso es que se vive con tensión en esta vida, y la paz siempre es un período temporal intermedio, y que sirve para replantear una futura acometida y defensa.

Camila viaja a España para una jornada de las socialfeministas. Conoce a Lilith en una manifestación cuando Lilith estaba de pasada en una plaza. La situación se da de la siguiente forma: Camila le entrega a Lilith un folleto con algunas consignas políticas del accionar de la ONG a la que pertenece.

Camila: Hola chicas éstas son las consignas de nuestra organización, la mujer debe resistir a la opresión del patriarcado ¿Sabían que estamos en una situación de vulnerabilidad y sometimiento por el hombre?

Lilith: Algo sabemos de todo ese tema. Yo pienso que la mujer debe saber darse su lugar. Es cierto que el hombre no considera muchas veces sus sentimientos, ni tiene conocimiento de lo que siente y necesita el cuerpo de la mujer. Yo creo que hace falta más diálogo y educación en la sociedad. Si el hombre y la mujer se distancian en ese diálogo, aún más difícil se va a tornar que como mujeres consigamos lo que buscamos. La mujer necesita del hombre, como el hombre de la mujer, somos un complemento. Puede ser que hayan mujeres que tomando la determinación de prescindir del hombre, sientan que no lo necesitan. Pero desde el punto de vista natural, la mujer disfruta tanto del hombre como el hombre de la mujer.

Camila: Tienes razón amiga ¿Cómo te llamas?

Lilith: Lilith.

Camila: Yo soy Camila, mucho gusto. Como bien te decía, tienes razón en parte sí, y en parte no. La sociedad no se debe dividir, y no distinguir entre género masculino y femenino ¿Porque qué hay de los homosexuales? Es discriminatorio definir hombre o mujer, habría que englobarlo como un solo género humano. Hoy en día contamos con muchos recursos como para que tanto el hombre como la mujer puedan vivir sin la dependencia de un llamado "sexo opuesto".

Lilith: Es cierto Camila, pero tampoco se nos puede privar a todos de la distinción de un sexo del otro, pues hay quienes somos heterosexuales, y hasta nos gustan las cualidades que caracterizan a nuestro sexo opuesto.

Camila: Esa es una idea que les ha introducido el patriarcado. Tú te expresas así porque has sido educada en esos valores, pues lo que buscamos hoy es romper con esa estructura milenaria que ha sometido siempre a la mujer, lo que se busca no es otra cosa que la libertad y los derechos de la mujer, buscamos igualdad.

Lilith: Camila, pienso también que por parte del movimiento feminista hay cierta obstinación, y la pregunta es ¿No será también que están siendo manipuladas por algo parecido al patriarcado?

Camila: Ni lo pienses, es el patriarcado que intenta introducirles esa idea. Nosotras elegimos y decidimos. Cuando conocí las consignas por las que lucha el feminismo, me sentí plenamente identificada, y me dije, "pues es lo que siempre me he planteado". No amiga, esto viene desde abajo, es una lucha de mucho tiempo, de mujeres que se han animado arriesgando sus vidas por la censura y persecución del orden heteropatriarcal.

Lilith: Te doy la razón en ciertos puntos, pero en otros, creo que estás muy cerrada, no aceptas ni siquiera proviniendo de la mujer, que nos sintamos bien en relación a nuestro sexo opuesto con todas sus características que lo hacen en su esencia.

Camila: En ti también hallo obstinación amiga. Mira, si quieres podemos seguir esta charla en algún café ¿Quieres que nos intercambiemos los números?

Lilith: Ok.

Camila y Lilith quedaron en seguir la charla en otro momento, se escribieron por mensajería telefónica, se cayeron muy bien, pues la más interesada en encontrarse era Camila, y pudo convencer y agradar a Lilith. Esta fue la charla en un café:

Camila: Hola amiga, viniste, me da mucho gusto.

Lilith: Hola Camila. Es muy interesante todo lo que me hablas, y quiero aprender.

Dialogaron un rato sobre temas y asuntos sociales y de la política, hasta que en un momento Camila se sintió atraída por Lilith:

Camila: Sabes que te miro, y me pareces de lo más encantadora amiga ¿No has tenido novio?

Lilith: Salí un tiempo con alguien, pero eso fue cuando era más adolescente.

Camila: ¿Y ahora qué?

Lilith: Estoy disfrutando de mi soltería, la verdad que es un tiempo preciado del cual no quiero desperdiciar.

Camila: ¿Y has tenido relaciones?

Lilith: Definitivamente no.

Camila: ¿Pero por qué? ¿Eres asexual?

Lilith: No. Es como te decía, disfruto el instante, y no quiero compromiso.

Camila: Pero no necesitas compromiso para tener relaciones.

Lilith: Sinceramente es algo que no me atrae el acostarme con cualquier desconocido.

Camila: Pero no puede ser un desconocido, podría ser alguien que conozcas.

Lilith: También, pero con mis amigos me valga el respeto. Amigos son amigos.

Camila: Pero hay amigos con derechos jaja.

Lilith: Si lo sé jaja. No lo sé, no me siento del todo preparada.

Camila: Para una primera vez nunca se está preparada, solo hay que animarse, hacerlo y ya.

-Lilith la miraba y pensaba-

Lilith: ¿Y tú, ya lo has hecho con muchos hombres?

Camila: Tuve mis relaciones ocasionales, salí con un muchacho un tiempo, pero me di cuenta que me gustaban más las mujeres.

Lilith: ¿Eres lesbiana?

Camila: Desde que te vi a ti... jaja ¡es broma!

Lilith: jaja ¿En serio eres lesbiana?

Camila: Sí, lo soy.

Lilith: Espero no te enamores de mí jaja.

Camila: Sinceramente eres una mujer muy bella y encantadora, y si te digo que si fuera por mí, estaría contigo.

-Se quedan mirando con ojos brillosos, pero Lilith comienza a ponerse incómoda-

Camila: No es nada del otro mundo. Es como te decía, tú estás sometida a una idea que el heteropatriarcado te ha impuesto, por lo que no te animas a probar, porque impones una censura que proviene de esa estructura que te han impuesto desde niña. Te aseguro que tú vienes de una familia criada en los viejos valores.

Lilith: Sí, es cierto. Pero a mí me gustan los hombres.

Camila: ¿Y cómo puedes saber que no te gustaría una mujer si nunca has probado? Te diré que en realidad no es que yo sea lesbiana, soy bisexual, y pienso que todas las personas somos de alguna o de otra forma bisexuales. Lo que nos frena a experimentar son los tabúes y la idea de lo prohibido, de lo que nos parece un sacrilegio, ya que animarse con el mismo sexo es como si fuera una profanación. Todo está enmarcado en cuanto a los valores que te han impuesto.
-Lilith pensaba-
Camila: Al menos permítete con un beso, tal vez así puedas saber qué es.
-A Lilith se le despierta la curiosidad-
Lilith: Mmmm... Podría concedértelo, pero no en público.
Camila: Vamos a mi hotel.

Camila sentía una atracción natural por Lilith, por una parte por su encanto, y por otro porque era como algo que se encontraba en lo más profundo del instinto de su inconsciente. Era el alma que era buscada en todas las vidas. Llegaron al hotel y se sentaron en la cama grande del dormitorio:

Camila: Relájate amiga.
-Lilith temblaba de nervios-

Camila la acaricia y comienza a besarla delicadamente en sus mejillas, y luego la besa en la boca. Lilith se deja llevar, pero se siente como intimidada y ciertamente inhibida por el acto prohibido. Camila va bajando, le besa debajo de los labios, en el mentón, y luego baja al cuello. Lilith comienza a darle un escalofrío, y Camila le va desprendiendo el top que Lilith llevaba. Allí Lilith le puso freno, y Camila le dijo lo siguiente:

Camila: Relájate, tú di hasta dónde, pero intenta llegar lo más lejos que puedas, así sabrás...

Lilith fue cediendo, y en esto Camila consiguió quitarle el top, dejando los pechos de Lilith al descubierto, se los acariciaba delicadamente, y comenzó a bajar con los besos desde el cuello hasta un poco más abajo, dónde comienza el pecho, mientras le acariciaba su espalda.
Lilith volvía su cabeza hacia atrás y su respiración cambiaba a un estado de clímax. Camila comenzó a dirigirse con su lengua hacia la derecha y

bajó hasta el pecho de Lilith, comenzando a chuparle sus pezones con dedicación. Nunca antes nadie llegó tan lejos con Lilith, solo se había permitido besos, abrazos y solo tocarse efímeramente sobre la ropa con su antigua pareja. Camila comenzó a quitarse toda la ropa, y Lilith comenzó a excitarse, y le decía "detente".

Camila: No me molesta que mires a mi cuerpo desnudo. Tú quédate tranquila, tú llegarás hasta dónde digas.

A esto Camila recostó a Lilith en la cama, y se puso encima de ella, y con una mano le tocaba la pelvis sobre el pantalón. Notó que Lilith se estaba mojando, por lo que aprovechando el clímax, comenzó a desprendérselo, adentrando la mano por debajo, llegando a tocarle toda la vagina. Lilith le decía, "no, detente, basta", pero no hacía mucho por frenar a Camila que estaba decidida en continuar y avanzar.
Seguía besándola y tocándola en las zonas que se despierta más la sexualidad. Aprovechando el momento y el clima que se estaba generando, Camila se animó a quitarle el pantalón y las bragas. Ambas quedaron desnudas, y comenzaron a tocarse mutuamente. A esto Lilith puso un freno, y pensó:

Lilith: ¡No, basta! ¡Sinceramente basta, ya está, es suficiente!
Camila: ¿No quieres que culminemos al menos este momento?
Lilith: Ya me mostraste demasiado de esto, no es lo que quiero, no me siento bien.
Camila: Está bien amiga, lo dejamos ahí, lo comprendo…

Lilith se sintió muy mal por lo que hizo, se preguntaba "¿dónde quedaron mis valores?", y no quiso volver a ver a Camila, cada vez que la veía, o cuando Camila le escribía, y ya con el tan solo recordarla, Lilith sentía un gran rechazo por ella. Camila llegó muy lejos con Lilith, pues intentó forzarla a algo en lo que Lilith no tenía seguridad y en la cual no era de su convicción. De allí en adelante Lilith anduvo muy deprimida, y le costó mucho sobreponerse de aquel momento.
El presente siglo, fue un tiempo complicado para la Secta. John Pear fue escalando peldaños hasta consagrarse como Presidente de los Estados Unidos de América. Instituyó un gobierno socialdemócrata, ayudó en el acceso a todos en los servicios, en los hospitales y en la educación. Permitió que en el año hayan muchos días festivos.

Sus enemigos desde el extranjero intentaron frenarlo, e hicieron que las demás potencias, como Rusia y China le hicieran la guerra. Pear no se quedó esperando, y se defendió llevando a Estados Unidos como victorioso en la contienda. Acabó por instaurar un gobierno mundial y se consagró como dictador, ya que mientras ocurría la guerra se le atribuyeron poderes autocráticos que luego decidió conservar.

Viajó a Medio Oriente, y ayudó a las naciones de allí en su reconstrucción. Decretó una ley llamada, "Norma de la Tolerancia", lo que implicaba una censura a los cultos religiosos a la hora de expresarse críticamente tanto a las demás tendencias religiosas como a todo lo irreligioso. No se permitió ni la discriminación ni el juzgamiento de las tendencias sexuales, los castigos eran con cárcel y otras penas.

Medio Oriente fue sometido por la fuerza, o sea, con la occidentalización y la limitación del poder y del ejercicio religioso. Sus habitantes se iban emancipando de los viejos hábitos de poco en poco, y amaban a John Pear, por su beneficencia, su bondad y su gracia.

Una vez emancipado Medio Oriente, John Pear decidió hacer un viaje a la Tierra Sagrada. Había ayudado a la reconstrucción del Tercer Templo, y ya estaba concluido. Ingresó en un acto político a toda pompa, e intentó coronarse como rey, ya que los judíos lo veían como el mecenas de su cultura y civilización, sin embargo se alzaron muchos abucheos, por lo que Pear ante dicha protesta se quitó la corona, a esto recibió elogios, y viendo que la gente le aclamaba intentó volverse la corona a su cabeza, nuevamente le abuchearon, por lo que la tomó y la arrebató hacia el público diciendo "no necesito una corona, mi gloria es la humildad".

La Secta protestaba contra las políticas progresistas de Pear, pues sus adeptos los abelianos, eran gente muy conservadora, y como se dijo, detestaban a todo aquello que iba contra las normas religiosas. Decían de Pear que era la encarnación del Diablo, aquel que las profecías lo señalaban como el perseguidor del pueblo de Dios en el final de los tiempos. Pues no se toleraba tal desorden público, y las críticas y toda agresión contra Pear, "un agravio contra la investidura presidencial". Por ello se proscripibió el abelinismo en muchas ciudades y países, y en otros se restringió su práctica. Surgieron nuevas herejías de la Secta, y ellas fueron perseguidas aún con más tenacidad, tanto por la Secta como por el gobierno mundial.

Pear logró una alianza con la Secta, y con la misma persiguió a todas las herejías que se desprendían de la misma, y que resultaban una amenaza aún mayor que la propia Secta, ya que implicaba un rebrote de la fe, y lo peor es que eran ultraconservadoras. El progresismo a pesar de estar protegido por el Estado, era frágil ante las ideologías que surgían día a día de entre los cientos de herejías que iban surgiendo.

A Pear se le subieron los humos, y se creyó más que un rey, tomando atributos y decisiones sin consultar. Enfadados los miembros de su gobierno, le tendieron una trampa, en uno de los actos políticos que realizó, le dispararon, y para no fallar fue desde varias direcciones y con metralletas. Pear murió en el atentado, y a raíz de este trágico episodio, quedó un gran vacío de poder, y comenzó una lucha por su sucesión. El resto de las naciones comenzaron a cuestionar al orden mundial que instituyó, y muchas potencias se abrieron, regresando todo al orden previo al gobierno de Pear. Pero había dejado muchos adeptos y seguidores, y de a poco restituirían todo lo que él logró.

Lilith vivió hasta la ancianidad, se quedó soltera, viviendo esa doble vida característica de su tiempo, entre creer en Dios, entre la duda, y el llevar una vida sexual libre. Tuvo tres hijos con distintos hombres. Dios fue clemente con ella como lo fue con muchos. A su muerte el Señor le dijo lo siguiente:

Lilith: Heme Señor ante ti, aquí regreso al Inframundo luego de mí pasar por el mundo.

Dios: Lilith, te has portado mal porque has sido débil. En varias vidas te dejaste llevar por las pasiones humanas y te dejaste caer en manos de los hombres. Deberías haber sido tan valiente como lo has sido cuando fuiste hombre, sin embargo como mujer demostraste tener un espíritu débil. Te perdono porque una vida o dos no definen lo que has sido en todo el tiempo. Pero no te dejaré compartir de mi gracia. Sin embargo te anuncio que en el próximo siglo, que a ti te correspondería nacer como Abel, enviaré a mi Hijo, al Cristo, y él será grande entre los grandes, Abel será una sombra caminando a su lado comparado con su brillo radiante.

Lilith: ¿Y qué será de mí Señor?

Dios: Será una sorpresa.

Lilith: ¿Acaso me quedaré en el Inframundo y él ocupará mi lugar en el mundo, o seré un testigo suyo?

Dios: A su debido tiempo lo sabrás.

Lilith: Que así sea mi Señor.

Lilith no sabía qué sería de ella. Después del Mesías seguiría un reino de cuatro mil años. Lilith no sabía si pasaría sus siglos en el Inframundo tras ese tiempo, si nacería como varón o nacería como mujer. Dios prefirió dejarlo en la incertidumbre.

FIN

Epílogo

Vamos por la pregunta más básica: ¿Quién es Lilith?

Lilith desde mi interpretación, vendría siendo la ramera de Babilonia del Libro Apocalipsis en sus capítulos 17 y 18. Es la mujer de siete grandes reyes, que estuvo en siete harenes en siete vidas. O bien, la mujer que pasó por todos los harenes de los reyes paganos de la Babilonia.

En esta novela mi intención fue intentar demostrar que ésa era la mujer, pero a su vez rescatarla, no solo por el bien de ella, sino por el bien del pueblo y por el de nuestra fe. Si Lilith caía presa de todos los reyes por los cuales fueron contemporáneos de ella en mi novela, no hace más que darle el triunfo al mundo sobre Dios. Pues al no caer bajo el dominio de los reyes del mundo, implica que Dios ha ganado una pulseada allí.

El episodio más claro fue en el relato del siglo XIX, dónde yo interpreto que Napoleón no puede adquirirla, pero que en tiempos de Alejandro el Grande, éste sí. La diferencia estaría en que ahora estamos en la era de Cristo, y por eso el Diablo está limitado en sus logros.

Rescaté a Lilith en la novela hasta cierto punto, ya que intenté a su vez mostrar lo que fue esa Lilith legendaria. Si ésta mujer existió, no puedo ser preciso en saber qué fue de ella.

¿El otro punto a plantear es de cómo surgió esta novela? La novela surge como una necesidad personal mía, tras la crisis vivenciada en el mes de febrero de 2019 pasado, en la cual el Inconsciente me revela a esta mujer haciéndome creer que era yo. Entonces luego de investigar y de asesorarme bien, pudiendo hacer mi interpretación, sumado a esto de que un colega mío me dijo que una bruja le había dicho que reencarnamos tantas veces como varón tanto como mujer, realicé mis propias deducciones que son las que se plasman en esta novela. Pues como verán, la misma vendría siendo como un ensayo.

La otra pregunta: ¿Por qué el nombre "dónde estás Lilith"?

Referido a mi propia experiencia, está basado en un capricho humano por la cual uno se pregunta sobre aquella persona por la cual estamos obsesionados, sobre qué estará haciendo en el momento en que no la vemos. De mi propia experiencia "en aquella obsesión de colegas míos de saber si he conocido a una mujer o en qué estoy haciendo en un determinado momento", o a mi propia pregunta sobre las mujeres de las que estuve enamorado u obsesionado en mi etapa de la juventud y en el tiempo de las crisis. Es la pregunta a la obsesión misma. En la historia Lilith era un personaje anónimo, y en el inconsciente colectivo está esa búsqueda de ese modelo, y la pregunta que le conlleva "¿dónde estará?". Y digo mi propia experiencia, porque esta explicación está basada en lo que yo he vivenciado.

¿Quién es Abel? Abel sería Juan el Bautista, que según mis teorías sería en el pasado el mismo Abel del Génesis, por eso lo apodé al personaje como "Abel". Cristo está ausente, pero la novela transcurre como si la era fuera cristiana ¿Algunos me preguntarán por qué Cristo estuvo ausente? Es una pregunta difícil de responder, pero estaría ausente porque la novela se centra en el personaje, que es Lilith, para relatar cómo fue su vida no solo en esta era cristiana sino en los milenios precedentes. Cristo a diferencia de Lilith o de Abel o de Juan el Bautista, viene una sola vez y no reencarna tras los siglos, porque él vive en los Cielos y no está arraigado a la Tierra. Creo que esta sería la respuesta más concreta a la pregunta...

Otra pregunta es ¿Por qué presento a Lilith siempre como una mujer bella y esbelta? Porque ella vendría siendo la encarnación de Luzbel -o Lucifer, como se le quiera llamar al primer ángel que se rebela contra Dios-, y tanto que este ángel se dice que era bello, y que se creía aún más bello que Dios, ella debe representar físicamente en la novela al encanto que dicho ángel posee espiritualmente.

Cuando es varón tiene el aspecto más tosco del hombre, de gran físico, de buena estatura, apuesto y rudo. Y cuando es mujer, delicada, femenina, dulce y sensual. Dos aspectos diametralmente opuestos de un mismo ser que habitó en dos géneros sexuales distintos.

La novela tiene tintes de erótica, no sé si podría catalogarla como literatura erótica, pero contiene en varios instantes dicho contenido. Me parecía necesario trabajarla en este tipo de género de novelas porque pienso que la enriquecería aún más, y ya que mis escritos siempre se han inclinado a un tipo de puritanismo, darme la oportunidad de hacer una demostración de mi parte en este tipo de género. Pienso que así la novela sería más atrayente para el lector.

Desde mi punto de vista de la expresión del erotismo, es mucho más excitante y apasionante cuando la expresión se da en un contexto en que naturalmente no se manifiesta, o sea, en un ambiente de puritanismo, que cuando la expresión se da en un contexto dónde ya es más obvio y natural. Aún tengo que resaltar que es más excitante en muchos casos un leve y delicado gesto de sensualidad y de erotismo, que en relatos y expresiones más explícitas.

Particularmente hago mucho énfasis en la virginidad del personaje en cada escena sexual, como si para mí la virginidad en cada acto sexual tenga un significado de valor, de pasión y de erotismo. Por un lado siempre que el personaje se encuentra con una experiencia sexual, es su primera vez, no relatando en ningún caso una ocasión posterior. Por otra parte, desde lo personal, bien es cierto que sobrevaloro a la virginidad, y sea pues tal vez por el caso en que yo soy virgen, y creo que ello tiene mucho que ver desde el aspecto psicológico del que relata. Para toda persona que no se ha iniciado en la sexualidad, la virginidad siempre es un tema tabú y de importancia ¿Qué pasará tras y en el día después, qué será de mí luego, o cómo viviré esta experiencia, será buena o será mala, o con quién la experimentaré? Entre otras cosas, a su vez, tengo que admitir, aunque no fuera de gran importancia para muchos, está en mí ese anhelo de iniciarme en la sexualidad a la vez que la mujer con la que quiera estar lo haga al tiempo que yo -perder la virginidad juntos-, y ello implica en buena medida, y como algo que se da una vez y no dos veces, un valor alto a dicha virginidad. Nombro al himen del sexo de la mujer en varias oportunidades en la novela, pues también admito que como un fetiche personal, me parece de cierto fascinante (significativo) desde el punto de vista de lo sexual, así desde mi experiencia y mi visión personal de lo sexual es como construyo a mi relato.

La ideología del relato está basada en un combate entre el hombre y la mujer, en la atracción, en la búsqueda de dominio sobre el otro, en lo que respecta a subyugar, y en el dejarse conquistar y en ser subyugado por el otro. La mujer es pasiva porque es penetrada por el varón, y el varón es activo porque penetra. Parece simple y no tener importancia, pero sepan que sí la tiene, y para la mujer es tan difícil dejarse penetrar, como para el varón que es un gran incentivo y un deseo el penetrar. Porque aquí uno es conquistador y el otro conquistado, todos quieren conquistar, más el hecho de ser conquistado y aceptarlo, es un caso especial.

También muestro una realidad, que en el tiempo en que un bando de entre dos fuerzas enemigas nace como varón, su rival nace como mujer. Entonces los enemigos que son rivales, se buscan en vida en una relación amorosa y de afectos con gran puja. Quería mostrar en la novela esa relación, que admito que me costó, ya que me costaba focalizarme en un personaje y en distinguirlo de otro. Pues cuando me metía en cada personaje, era yo en cada uno de ellos, y no el personaje con su propia alma y personalidad. Aquí siento que fracasé, y solo resta de mis lectores el apreciar el lado positivo de mi trabajo.

En el siglo XX, en el relato que hice de la vida de Lilith, intento recrear la obra de Igor Stravinski, "la consagración de la primavera", de la cual interpreté la vida de una doncella que resistiéndose en su puritanismo, al final se libera y se entrega a las pasiones con total soltura y apasionada despreocupación. Pues aquí intento recrear en Lilith a aquella doncella, sin embargo, siendo crítico de mi obra, pienso que no anduve ni por cerca de la obra de Stravinski, pues Lilith de entrada se liberó de sus ataduras, y todo el relato no es más que hacer explícito sus experiencias sexuales, y que desde mi punto de vista, poco de erotismo y de sensualidad posee. Pues el relato que hice del siglo XV me pareció más apasionante, cuando el pintor le pide que se desnude para retratarla, accediendo Lilith al fin a tal pedido. Allí cobra importancia la imaginación del lector, y el personaje no pierde su personalidad que lo caracteriza. En el siglo XX Lilith está perdida en medio de una locura de pasión sexual desenfrenada, no se aprecia en ella a su alma que es descrita y estimada en capítulos previos.

En el último capítulo -siglo XXI- y en otro previo -siglo XV-, relato unas escenas de sexo y de relaciones homosexuales, que bien podrían señalar que estoy haciendo apología al amor entre personas del mismo sexo, pero sino que lo que intento demostrar es una teoría del origen de la homosexualidad, por la cual lo que se atraen son las almas, independientemente del sexo que uno posea. Pero dando una opinión al respecto, pienso que cada cosa a su tiempo y a su lugar, si has nacido hombre, enamórate de una mujer, y si has nacido mujer, enamórate de un hombre, pero así y todo nada opongo al libre albedrío que Dios nos dio a cada uno, lo que implica que cada quien con su consciencia. Si te sienta bien sentirte como mujer, espera a que reencarnes como mujer, y si fuera como varón, lo mismo.

En el mismo relato de mi novela, no solo me centro en el personaje, sino que a su vez relato la historia de Occidente, en nuestros dos mil años que han pasado desde el nacimiento de Cristo. Lo que implica que es un ensayo de historia a su vez. Llamo a la Iglesia "Secta", para intentar demostrar como un calificativo puede evolucionar en el tiempo de una connotación negativa hacia una positiva, de una que lo demoniza a otra que la glorifica.

También el término que va a catalogar a la religión principal de la novela, cómo surge, si bien de un tal Abel, luego se le llama fe de Abel, luego abelianismo, abelinismo, abelistas, etc. Como no es un término existente en el vocabulario, va tomando diferentes formas de llamarlo, y prefería dejar viva esa variedad para demostrar su evolución. Y también que se apreciara la evolución del crecimiento del Obispado de Roma hasta llegar a ser lo que es hoy en día, de un referente criminalizado a un líder sentado en un trono.

Por lo que la novela de momentos se aprecia que se centra en el personaje principal, y en otros en la historia. Mis lectores pueden resultar críticos a la hora de evaluar mi trabajo, pero como resultando ser una obra instructiva y recreativa del conocimiento de la historia, me parece importante, aunque pobre en lo respectivo en el relato del personaje, y en el objetivo que me propuse previamente a escribirla.

Un detalle particular es cómo el personaje al comienzo de cada capítulo aparece en el Inframundo dialogando con Dios para acordar términos en su próxima reencarnación, concepto similar que posee el mormonismo, pero que ya es conocido en el Oriente. Pues en el libro tibetano de los muertos se puede apreciar este mismo concepto.

La idea de que una persona nazca como varón en un milenio, y en el otro como mujer, se puede deber a que en uno es protagonista, y en el otro está para no interferir en el proceso de la historia. Pues si su arquetipo es varón, cuando es varón interferirá en el proceso histórico, pero si nace como mujer, su rol será pasivo, lo que impedirá que interfiera, y deje paso a otros hombres en dicho proceso.

El personaje toma distintos roles, es guerrero, es filósofo, etc. Si fuera cierto, no sé si habrá tomado roles tan diferentes en cada vida, pero yo lo planteé así para que se acomodara a la historia del contexto.

Decidí no apodar a los personajes históricos con sus nombres originales, salvo en el proceso histórico previo a la vida de nuestro personaje —o sea, antes de Cristo- para que mis lectores no me criticaran mis errores, ya que en buena medida he hecho ficción con cada uno de ellos. En el caso del Islam y Mahoma, como verán hice una excepción, decidí no manipularlos por respeto a esta Religión y a su Profeta. Es cierto que no soy musulmán, pero me someto de cierta forma al contexto de su cultura, previendo que un día ellos puedan leerme y no sea motivo de ofensas.

Se puede apreciar como en el transcurrir de la obra, se nombran a los personajes y cómo voy mostrando cuando cambian de sexo en futuras reencarnaciones, esto lo hago para dar a conocer mi concepto por el cual mil años se nace varón, y mil años mujer, y que cambia el rol cuando se llega al arquetipo a cumplir, y cuando pasa el arquetipo del rival opuesto. Muchas veces los nombro al comienzo de un capítulo, pero que en el desarrollo no aparecen. Pues fueron nombrados simplemente para señalar ese detalle, y no tanto para darles participación en el relato. Pues se dijo, esta novela es un ensayo que relata la vida de un alma, que recrea la historia y da a conocer una teoría.

Es significativo, y hasta puede resultar ofensivo para los cristianos, no solo exclusivamente para ellos, sino también para el resto de las religiones abrahámicas, el relacionar a Lilith con Juan el Bautista y Abel, y no menos pensar en creer que fuera yo, según se lee en mis otras obras literarias. Pues dije que pienso, según lo que me reveló mi Inconsciente en algunas de mis crisis, que Juan el Bautista sería Luzbel. Cristo dice "no se levantó más grande que él, pero es el más pequeño en el Reino de Dios" (Lucas 7:28; Mateo 11:11). Se me reveló que Luzbel en el Cielo se convirtió en un consejero de Dios, pues cuando vino el Cristo, éste se convirtió en consejero de Juan el Bautista superándole. Pues se invierten los roles, y a la revolución esta vez la hace Dios, como Luzbel la hizo una vez en el Cielo.

El concepto de Satanás es muy amplio, se piensa que pertenece a una sola entidad, pero la realidad sería que son muchas entidades. Por eso en mi teoría, Dios convoca a todos los espíritus malignos reinantes a su mesa el día en que él se presenta al mundo, para reparar el mal que han causado. Son mis creencias, y creo que merezco que sean respetadas como yo debo respetar a las de los demás, vivimos en un mundo donde reina la libertad religiosa, y a su vez la libertad de pensamiento y de expresión.

¿Por qué en la novela hay una relación de Lilith con la Mona Lisa de Leonardo Da Vinci? Fue una idea mía, intenté buscar a la Lilith real en alguna representación, una pintura o en una foto, y me encuentro con la Mona Lisa, pintura muy estimada, tal vez la pintura más famosa de la historia que ha fascinado a mucha gente, incluido a personajes de la política, a reyes y emperadores, al punto de que Napoleón se la llevó a su dormitorio. Muchas leyendas se han referido a esta pintura de esta mujer tan enigmática para aquel que la contempla, y a raíz de tanta fama y de tanto interés, se me vino pensar que pueda implicar ser la encarnación del personaje principal de este relato.

En el capítulo del siglo XIX, relato que Napoleón, quien es Apolión, se la imagina con el cabello violeta. Esto surge de una visión que yo tuve de esta mujer en mi última crisis de febrero de 2019, en la cual la vi teniendo sexo en un harén con muchos hombres, incluso viajeros y mercaderes, blanca, radiante, sensual y con el cabello largo y violeta, como si fuera un hada, llegando a pensar que podía ser yo en otras vidas. Pues en mi relato digo que Napoleón se la imagina así, pues llevo a su imaginación, a mi imaginación más apasionante de este personaje -que hago imaginar a Napoleón lo que yo imagino-. Y a su vez pienso que la obra de Stravinski de la consagración de la primavera, es la expresión de cómo Napoleón se imagina a Lilith, o bien, como la pretende o la quiere, sino entregada al pueblo.

La relación de Lilith y Napoleón, habría sido de un encuentro amoroso, porque se da que ella es mujer en el tiempo que él es varón. Y respecto a Carlomagno, que implica ser el arquetipo inverso a Napoleón, en vida de éste, Lilith es varón, lo que hubiera hecho que Carlomagno sea su amigo. Pero no digo nada del arquetipo inverso de Lilith, que sería Julio César, que en tiempos de Carlomagno, éste habría sido mujer, y en tiempos de Napoleón varón. No puedo dar detalles porque mi estudio se centra en Lilith, y no me he puesto a pensar que pueda haber sido de aquel. Sin embargo, puede ser posible que Julio César como mujer, pueda haber sido una concubina de Carlomagno, así como Lilith fue concubina de Alejandro Magno. En mi relato doy a entender que ella era Campaspe.

Mientras revisaba mi novela, previo para la publicación, en momentos tuve imágenes oníricas, sea cuando leía el siglo XVII, XVIII, XIX y XX. En los siglos XVII y XVIII se me venía la imagen de una mujer muy bella, maquillada como las princesas del barroco, y en el siglo XX, a una mujer más bien parecida a una María Magdalena de cómo la muestran en el cine, con un parecido a la actriz Mónica Bellucci. No puedo explicar a qué se han debido estas imágenes del Inconsciente, solo darlas a conocer. Pues nadie puede determinar con certeza cómo funciona el Inconsciente.

Un descubrimiento reciente, es que Lilith, a quién en la novela en tiempos de Alejandro Magno la doy por referencia como Campaspe, la concubina que fue pintada por el pintor Apeles, y que Alejandro se la cede, en tiempos de Napoleón las referencias podrían dar con el pintor Jacques-Louis David como encarnación de Apeles, y Campaspe reencarnando en la musa célebre "Juliette Récamier". Pues sabiendo que un pintor célebre y tan cercano a Napoleón, podría ser lo más parecido a un Apeles, por lo que busqué entre sus obras a algún retrato de mujer, y encontré el retrato de Juliette, y aquí fui por su biografía. Lo que se puede apreciar aquí, es el fracaso de Napoleón, pues Juliette rechazó ser la dama de honor de la emperatriz Josefina de Beauharnais, y también cuatro veces rechazó un lugar de honor en la corte cuando Napoleón fue emperador. En caso de haber sido dama de honor de la emperatriz, o inclusive ocupar un lugar de honor en la corte, hubiera estado cerca de Napoleón, lo que a nuestra imaginación uno puede pensar cualquier cosa, el poder ser cortejada por él, o por miembros de su círculo y llegar a convertirse en su amante, como ha ocurrido normalmente en el ambiente de la política y de la realeza.

Se dice que ella mantuvo su virginidad inclusive hasta los cuarenta años, lo que implica que durante todo el tiempo en que reinó Napoleón, no se habría acostado con nadie. También el pintor imperial Jacques-Louis David sintió celos de artista, cuando mientras la retrataba se enteró que otro pintor -François Gérard- también la estaba pintando, pues también se dice que se ofendió porque ella le preguntó "por qué se demoraba tanto en su retrato". Lo que implica otra frustración, ya que en este caso no la vio desnuda[23] y ni si quiera tuvo una respuesta de amor de ella.

Por haberla exiliado de París, el tirano -Napoleón- luego tuvo un exilio aún más terrible. Al no haberla conquistado, ella conquistó los corazones de la gente más estimada y famosa, y se la puso en su contra. Y lo más parecido a la mujer de mi visión onírica, de mientras leía mi novela en los siglos XVII y XVIII, sería una "Madame de Pompadour", aunque con dudas por las fechas en las que vivió. Si continuamos la lógica, ella debió haber nacido sobre la tercera mitad del siglo XVII, pero aunque haya nacido en el siglo XVIII, fallece previo al nacimiento de Juliette Récamier. El parecido que hallo en Madame de Pompadour con mi visión onírica es de mucha similitud. Aunque tengo que admitir que en mi visión se veía mucho más seductora, con el cabello recogido blanco (peinado similar al de Pompadour), su cara maquillada de blanco, y con los pómulos maquillados de un rosa bien rojizo. Ella era una mecenas del arte y de las letras, al igual que Juliette Récamier. Si la relaciono con el espíritu de Luzbel, según lo que informa el espiritismo y el ocultismo, describe a un espíritu que embellece y dota de sabiduría. En ello hay coincidencia, pero no seguridad. Una Madame de Pompadour podría ser la Ester de la era común, pues se ubica cronológicamente en un punto de la historia equivalente.

---

[23] Hay un retrato de Juliette Récamier desnuda, pintada por Jacques-Louis David, pero se dice que fue por venganza de éste contra ella, lo que no ha implicado que la haya visto desnuda, o que la haya retratado en presencia de ella. Muchos errores han encontrado en la relación de ese retrato y ella.

Aclaro que mis visiones oníricas fueron previas a mi descubrimiento de estas dos mujeres. Pero ante todo se tiene que saber, que estas ideas forman parte meramente de suposiciones y de la imaginación. Además, no pude hallar en la mirada de Juliette, en todos sus retratos, semejanza con la Mona Lisa de Leonardo, sin embargo de ella se dicen cosas que la asemejan con una Ester y con el atractivo de la pintura de Leonardo. Así y todo, podría implicar que ninguna de estas mujeres sean una misma alma encarnada en cada uno de esos cuerpos como bien lo señalo, ni la Juliette, ni la Mona Lisa, ni Campaspe, y ni si quiera la Ester bíblica.

Índice

9 789877 707267